rororo

ro
ro
ro

WEIHNACHTS-
GESCHICHTEN

AM KAMIN 40

Gesammelt von
Barbara Mürmann

Rowohlt Taschenbuch Verlag

1. Auflage

Originalausgabe
Veröffentlicht im Rowohlt Taschenbuch Verlag,
Kirchenallee 19, 20099 Hamburg, September 2025

Redaktion Jasmine Hofmann
Mitarbeit Marie Lorenzen

Covergestaltung Cordula Schmidt Design, Hamburg
Coverabbildung Daniel Rodgers/Advocate Art GmbH
Satz aus der DTL Haarlemmer
bei Pinkuin Satz und Datentechnik, Berlin
Druck und Bindung CPI books GmbH, Leck
ISBN 978-3-499-01807-7

Kontaktadresse nach EU-Produktsicherheitsverordnung:
produktsicherheit@rowohlt.de

FSC www.fsc.org MIX Papier | Fördert gute Waldnutzung FSC® C083411

VORWORT

Seit vierzig Jahren gibt es nun schon die «Weihnachtsgeschichten am Kamin», demnach halten Sie, liebe Leserinnen und liebe Leser, gerade einen kostbaren Jubiläumsband in den Händen!

Als ich mich in diesem Frühjahr durch den Stapel der vielen Beiträge las, passierte etwas Seltsames: Alle, wirklich alle meine Weihnachtskakteen, die zu Weihnachten geblüht hatten, bekamen neue Knospen und blühten eine nach der anderen wieder auf. Offenbar lag in meinem Wohn- und Lesezimmer so viel Weihnachten in der Luft, dass die Pflanzen mit dem Blühen ihren Job wieder aufnahmen. Und ganz bestimmt wollten sie mich daran erinnern, dass ich Sie, liebe Leserinnen und Leser, darum bitte, mir auch weiterhin Ihre schönen Geschichten zu schicken. Denn letztendlich ist es allein Ihnen zu verdanken, dass wir auf vier erfolgreiche Jahrzehnte mit nachdenklichen, fröhlichen, besinnlichen wie lustigen – und allesamt wunderbar weihnachtlichen Geschichten zurückblicken dürfen.

Ich freue mich über jede eingesandte Geschichte. Dank Ihrer Post ist für mich das ganze Jahr immer ein bisschen Weihnachten.

Barbara Mürmann

WARUM FRITZ DIE NASE VON ERWIN HAT

Conny Vielain

Ich drücke mir fast die Nase an der Fensterscheibe platt und beobachte wachsam den Himmel. Der Weihnachtsmann darf mir nicht entwischen, denn ich habe einen ganz besonderen Wunsch an ihn.

Die Tür zu meinem Zimmer öffnet sich leise. Es ist Mama. «Marsch ins Bett, Lisa!», kommandiert sie. «Sonst kommt der Weihnachtsmann nicht.»

«Aber ich …»

«Kein Aber! Ab unter die Decke!»

Aber ich darf den Weihnachtsmann nicht verpassen, denke ich. Er soll mir kleine, anliegende Ohren machen, wie bei meiner Freundin Julia. Meine Ohren sind viel zu groß. Und sie stehen ab. Die will ich nicht mehr haben.

«Gute Nacht, mein Spatz.» Mama schließt die Tür.

Ich liege im Bett und warte, bis es ruhig ist. Dann schleiche ich wieder zum Fenster. Im Schein der Straßenlaterne tanzen Schneeflocken, doch vom Weihnachtsmann keine Spur. Meine Lider werden schwerer und schwerer. Und dann kann ich die Augen nicht mehr aufhalten.

«Du solltest eigentlich im Bett liegen und tief und fest schlafen.»

Ruckartig öffne ich die Augen. «Der Weihnachtsmann! Wie schön. Ich habe einen ganz großen Wunsch. Ich hätte so gern kleine, anliegende Ohren.»

«Hm», brummt der Weihnachtsmann und wiegt den Kopf hin und her. «Diesen Wunsch kann ich dir leider nicht erfüllen. Aber ich will dir eine Geschichte erzählen.»

Ich klettere zurück ins Bett, ziehe mir die Decke bis ans Kinn und sehe den Weihnachtsmann erwartungsvoll an.

«Vielleicht hast du dich schon einmal gefragt, warum Erwin eine viel zu große Nase hat, Hildegard so furchtbar lange Beine und Walter so riesige Dumbo-Ohren.»

Ich schüttele den Kopf.

«Der Engel Alfons hat mir berichtet, wie es dazu gekommen ist», beginnt der Weihnachtsmann.

Damals war Alfons noch sehr jung, pausbäckig, klein und ohne Flügel, denn die würde er erst am Ende seiner Abschlussprüfung erhalten. So verfolgte er wissbegierig, wie Gott Himmel und Erde erschuf.

Und dann, am sechsten Tag der Schöpfung, sprach Gott: «Lasset uns den Menschen machen nach unserem Abbild, uns ähnlich.»

Da ging er hin, nahm einen Klumpen Lehm, knetete und formte. Am Ende des Tages standen die Menschenkinder aufgereiht in einer riesigen Regalwand, denn ehe der Herr ihnen Leben einhauchen und sie auf die Erde schicken konnte, musste der Lehm über Nacht trocknen.

Die Engel hatten davon gehört, dass der Chef Menschenkinder gemacht hatte, und nachdem der liebe Gott gegangen war, schlich sich Alfons neugierig in sein Atelier.

Die Tür quietschte leicht, als er sie aufschob, und vor Schreck blieb er wie angewurzelt stehen. Er wollte ja nur mal schnell einen Blick auf die Menschen werfen. Leise betrat er die Halle unter der Sternenkuppel.

«Die Menschenkinder sind wirklich schön geworden», flüsterte er und ließ seinen Blick über das gigantische Wandgestell gleiten. Plötzlich sah er sie. Sie stand ganz oben auf dem höchsten Regalbrett, hatte lange, blonde Haare und ein Gesicht wie ein Engel.

Alfons stellte sich auf die Zehenspitzen und reckte den Hals. «Hätte ich doch nur schon meine Flügel ...»

Er sah sich um und suchte nach einer Leiter oder nach irgendetwas, auf das er klettern konnte. Doch da war nichts.

Mit einem Mal überkam es ihn. Ehe er überhaupt begriffen hatte, was er tat, war er an der Regalwand hochgeklettert. Er lehnte sich ein wenig zurück, um das Mädchen aus der richtigen Entfernung sehen zu können, da verlor er das Gleichgewicht, kippte nach hinten und riss das Gestell mit sich.

Peng! Pardauz! Rumms! Schepper!

Die Menschenkinder purzelten aus dem Regal und zerbrachen in Stücke. Arme und Beine waren überall verstreut, ein Ohr schlitterte an Alfons vorbei, ein Kopf ohne Nase kullerte über den Boden, die Nase, etwas ramponiert, sauste kurz darauf auf ihn zu und blieb eine Handbreit vor ihm liegen. Dann war es auf einmal still. Nur die große Zeituhr, die über der Tür hing, tickte.

Tick ... tack ... tick ... tack.

Alfons richtete sich auf und starrte wortlos vor sich. Sein Herz pochte wild. Er schnappte nach Luft. Dann entwich ihm ein Schrei. «Oh mein Gott!»

«Was ist denn passiert?» Die Engel Bartholomeus und Mordechai kamen angelaufen und blieben, als sie das Malheur sahen, wie angewurzelt stehen.

«Ach du lieber Gott», quäkte Mordechai und hielt sich die Hand vor den Mund.

Alfons fühlte, wie das Blut durch seine Adern schoss. Ihm wurde ganz heiß. «Was soll ich denn jetzt machen?», schluchzte er. «Unser Herr wird Feuer und Schwefel regnen lassen. Und ich werde nie und niemals meine Flügel bekommen.»

«Nein, nein, nein …» Bartholomeus lief nachdenklich unter der Zeituhr auf und ab. «Lasst mich überlegen.»

Tick … tack … tick … tack.

Abrupt blieb er stehen. «Wartet. Vielleicht … Wir könnten …»

Tick … tack … tick … tack.

«Bis zum Sonnenaufgang haben wir noch ein paar Stunden Zeit. Ich hole einen Eimer Kleister aus dem Keller, und dann kleben wir die Menschenkinder wieder zusammen.»

Gesagt, getan, und als der Morgen graute, standen die Menschen alle wieder auf ihren Plätzen im Regal. Nur sahen sie etwas anders aus als vorher. Fritz hatte die Nase von Erwin, die ihm viel zu groß war. Der kleinen Hildegard gehörten jetzt die langen Beine von Dolores, und überhaupt hatte fast jeder einen Körperteil, der einem anderen zugedacht gewesen war.

«Äh-hä …» Alfons kaute auf seinen Fingernägeln.

Bartholomeus und Mordechai sahen sich an. «Ups.»

Die große Zeituhr tickte unaufhörlich weiter.

«Was sollen wir denn jetzt bloß tun?», jammerte Alfons.

«Keine Ahnung», stöhnte Mordechai.

Bartholomeus schüttelte nur resigniert den Kopf.

Wenige Augenblicke später schienen die ersten Sonnenstrahlen durch die Kuppel, und die Schritte Gottes waren zu hören.

«Zu spät», rief Mordechai und zog die beiden Engel durch die Tür. «Nichts wie weg!»

«Dann wollen wir mal», sagte Gott. Er hätte sich seine Schöpfung gern noch einmal genauer angesehen, bevor er ihr Leben einhauchte, aber er fand seine Brille nicht. «Na ja, egal. Es geht auch so.»

Er bildete mit den Händen eine Art Trichter vor dem Mund und blies kräftig hinein. Ein Mensch nach dem anderen streckte seine Glieder, sprang aus dem Regal und rutschte über einen Regenbogen auf die Erde hinab.

«Es ist vollendet», sagte Gott und stieg auf den Himmelsbalkon, um sich anzusehen, was er alles gemacht hatte. Da fiel ihm auf, dass die Menschenkinder irgendwie anders aussahen. Er trat ans Fernrohr.

«Was ist denn da passiert?» Er schüttelte ungläubig den Kopf, doch dann zuckte er mit den Achseln. «Was soll's. Eigentlich sehen sie so viel interessanter aus.»

«Ja, so ist das gewesen», endet der Weihnachtsmann. «Gott beschloss, die Menschenkinder so zu lassen. Nicht die Wohlgestalteten sind schön, meinte er, sondern die Außergewöhnlichen. Es sind die kleinen Fehler und Unperfektheiten, die die Menschen liebenswert machen. So ist jeder von ihnen etwas ganz Besonderes.»

«Mhm!» Ich lächele den Weihnachtsmann an. «Stimmt. Julia hat Sommersprossen, die sie ganz fürchterlich findet. Ich finde sie süß.»

«Siehst du», erwidert der Weihnachtsmann. «Ich muss jetzt weiter. Die anderen Kinder warten auf mich. Ach, bevor ich es vergesse: Der Engel Alfons hat seine Flügel bekommen.»

«Aufstehen, Lisa!» Mutter kommt ins Kinderzimmer. Sie rüttelt mich. «Aufwachen! Der Weihnachtsmann war da.»

«Ja, ich weiß.»

DIE VERSCHOLLENE WEIHNACHTSZEITUNG

Ute Volkert

Die jährliche Weihnachtszeitung des kleinen Städtchens war heiß begehrt. Sie wurde stets Anfang Dezember kostenlos an alle Haushalte verteilt und bot für jeden Leser etwas: Die Kinder fanden Weihnachtsbilder zum Ausmalen, es gab Adventsrätsel, Plätzchenrezepte, Bastelanleitungen, Märchen und die Weihnachtsgeschichte, aber auch Informationen über die Öffnungszeiten der Adventseisbahn oder des Weihnachtsmarktes. Als Bonus waren Rabattgutscheine der ortsansässigen Händler zum Ausschneiden abgedruckt, weshalb die Zeitung auch bei Weihnachtsmuffeln äußerst beliebt war.

Als Pfarrer Althaus Mitte Dezember die Termine der Weihnachtsgottesdienste in der Zeitung überprüfen wollte, konnte er sie im Zeitungsständer nicht finden. Missmutig saß er über seiner Predigt für den zweiten Weihnachtstag. Im Geiste sah er die an diesem Tag stets leeren Kirchenbänke vor sich und überlegte verzweifelt, was er den wenigen Weihnachtswaisen, die keine Familie mehr hatten und oft nur aus Langeweile kamen, predigen sollte.

Da fiel ihm ein, dass sich die Uhrzeit für den Gottesdienst kurz vor Redaktionsschluss der Weihnachtszeitung geändert hatte, weil der Orgelspieler noch woanders spielen musste. Ob sie richtig abgedruckt worden war?

«Wo ist denn die Weihnachtszeitung?», fragte er seine Frau, dankbar, sich von der Predigt ablenken zu können.

«Frag mich was Leichteres!», erwiderte diese ausweichend. «*Du* holst doch immer die Zeitungen rein.»

Natürlich wusste sie ganz genau, wo die Zeitung war, denn schließlich hatte sie diese sorgsam vor ihrem Mann versteckt. Der suchte jedoch vergebens danach.

«Ich kann sie nicht finden», sagte er ratlos. «Heute ist wirklich nicht mein Tag: Bei der Predigt für den zweiten Feiertag komme ich nicht weiter, und jetzt fehlt auch noch die Zeitung.»

«Ich verstehe schon. Die leeren Kirchenbänke am zweiten blockieren mal wieder deine Gedanken.» Seine Frau nahm ihn in den Arm. «Stell dir doch einfach vor, die Kirche wäre rappelvoll! Vielleicht fällt dir dann etwas ein.»

Doch das lag außerhalb seiner Vorstellungskraft. So beschloss er, einen kleinen Spaziergang ins Rathaus zu unternehmen, um dort nach einem Restexemplar zu fragen.

Draußen tanzten bei eisiger Kälte die Schneeflöckchen, als er wenig später den Kirchberg hinabging. Von der nahe gelegenen Eisbahn hallten Weihnachtslieder herüber, und die bunten Lichter des stattlichen Weihnachtsbaumes auf dem Marktplatz zauberten eine vorweihnachtliche Stimmung in Pfarrer Althaus' Herz. Sinnend lauschte er den vertrauten Klängen der Adventsmusik.

Das Hupen eines Autos, dem er den Weg versperrte, durchbrach den Zauber und erinnerte ihn an sein Vorhaben.

Doch auch die Empfangsdame an der Rezeption des Rathauses bedauerte: «Es ist leider kein Exemplar mehr für Sie da.»

Dabei berührte sie mit dem Fuß einen Stapel Weihnachtszeitungen, die für den Pfarrer unsichtbar links unter dem Rezeptionstresen lagen. Allerdings hatte die Dame nicht gelogen: Zwar waren noch Exemplare vorhanden, aber eben keines für den Pfarrer.

«Ich müsste dringend die Termine der Weihnachtsgottesdienste überprüfen», sagte dieser ratlos. «Die Uhrzeit für den Gottesdienst am zweiten Feiertag wurde kurz vor Redaktionsschluss geändert, und ich weiß nicht, ob der korrekte Termin abgedruckt wurde.»

Die Empfangsdame lächelte ihn an. «Das ist kein Problem. Die Seite mit den Termininformationen hängt draußen im Schaukasten aus.»

Nachdem sich Pfarrer Althaus bedankt und die Uhrzeiten überprüft hatte – sie stimmten zum Glück –, kehrte er gedankenverloren um. Seltsam war es schon, dass scheinbar keine Weihnachtszeitung mehr aufzutreiben war.

Da sah er die blauen Papiermülltonnen in langer Reihe an der Straße stehen, und ihm kam eine Idee.

Er hatte Glück. Als er die erste Tonne öffnete, war diese noch voll. Ohne zu bedenken, welches Bild es abgeben würde, wenn er als Pfarrer am helllichten Tage die Mülltonnen anderer Leute durchwühlte, gab er sich der Suche nach der Weihnachtszeitung hin. Je erfolgloser er blieb, umso mehr wurde sein Ehrgeiz angespornt. Irgendwo musste diese Zeitung doch zu finden sein!

Aber sie blieb wie vom Erdboden verschluckt.

«Suchen Sie etwas Bestimmtes?», schreckte ihn plötzlich die Stimme von Frau Krause auf, die als größte Tratschtante des Städtchens bekannt war.

Pfarrer Althaus fühlte sich wie ein ertappter Dieb. «Ich wollte nur mal sehen, ob die Tonnen schon geleert worden sind», versuchte er in seiner Verzweiflung, sich herauszureden.

«Und dafür müssen Sie alle Tonnen durchsuchen?», überführte sie ihn als Lügner. Offenbar hatte sie, von ihm unbemerkt, schon länger seine Suche beobachtet.

Am liebsten wäre er vor Scham im Erdboden versunken. Er konnte nur noch ein «Nichts für ungut!» murmeln und nach Hause flüchten. Es war wirklich nicht sein Tag.

Und so sehr er sich auch bemühte, er konnte bis zu den Feiertagen kein Exemplar der Zeitung mehr auftreiben.

Nachdem er den Heiligen Abend und den ersten Feiertag in friedvoller Weihnachtsstimmung verbracht hatte, mit Freude beim Predigen und dem Gefühl von Geborgenheit bei der weihnachtlichen Familienfeier, wachte er am Morgen des zweiten Feiertages mit großem Unbehagen auf. Er versuchte, sich selbst gut zuzureden und an die armen Besucher zu denken, die Weihnachten allein waren und denen er mit dem Gottesdienst über ihre Einsamkeit hinweghelfen konnte.

Schon lange vor Beginn betrat er missmutig die Kirche und zog sich in die Sakristei zurück.

So bekam er nicht mit, wie sich die Kirche nach und nach bis auf den letzten Platz füllte. Einheimische und Zugewanderte, Menschen aller Glaubensgemeinschaften und jeden Alters waren gekommen. Auch rund um den mit roten Kugeln und Strohsternen geschmückten Weihnachtsbaum und die aufgebaute Krippe mussten noch Stühle gestellt werden, um alle unterzubringen.

Als Pfarrer Althaus aus der Sakristei kam, blieb er verdutzt im Altarraum stehen. Träumte er?

Völlig überwältigt ging er zum Mikrofon, wo Frau Krause, die Vorsitzende des Kirchenvorstandes, mit der Weihnachtszeitung auf ihn wartete.

«Lieber Pfarrer Althaus», wandte sie sich an ihn, «heute wollen wir Ihnen etwas geben, wonach Sie in der Adventszeit vergeblich gesucht haben.»

Der Pfarrer lief knallrot im Gesicht an, als er peinlich berührt an die durchwühlten Mülltonnen denken musste.

«Es ist die Weihnachtszeitung», erklärte sie, faltete das Objekt seiner erfolglosen Suche auf und hielt das Deckblatt hoch, erst an die Gemeinde gewandt, dann zu ihm.

Unser Weihnachtsgeschenk für Pfarrer Althaus: Bitte kommen Sie am zweiten Feiertag um 11 Uhr in die Ev. Kirche!, war dort zu lesen.

«Die schönsten Geschenke sind die, die man nicht kaufen kann», sagte Frau Krause. «Und es ist uns eine Ehre, Ihnen heute mit unserem Hiersein ein solches bereiten zu dürfen, nachdem Sie das ganze Jahr immer mit Rat und Tat für uns da waren. Ihre Frau hat uns übrigens einen kleinen Tipp gegeben.» Dabei zwinkerte sie seiner Frau, die in der ersten Reihe saß, verschwörerisch zu.

Er schaute in deren schmunzelndes Gesicht und konnte ihr trotz der Heimlichkeiten nicht böse sein. Das alles hatte sie für ihn getan.

Applaus brandete auf.

«Nun ist wirklich Weihnachten!», ergriff Pfarrer Althaus schließlich das Wort. «Sie sehen mich völlig überwältigt vor Freude. Niemand muss mehr allein in fast leeren Kirchenbänken sitzen. Wir sind in dieser Stunde eine große Weihnachtsfamilie. Jedem, der heute gekommen ist, ein herzliches Dankeschön dafür! Jetzt lassen Sie uns zusammen Weihnachten feiern, fröhlich sein und davon singen: O du fröhliche.»

Kaum hatte er seinen Platz eingenommen, ertönten die Orgelklänge zu dem vertrauten Lied. Während die Gemeinde aus vollem Herzen «O du fröhliche» sang, flüsterte Frau Krause ihm ins Ohr: «Ich habe übrigens niemandem etwas von den Mülltonnen erzählt.»

NOCH DREI SCHAFE

Christa Wißkirchen

Einmal im Jahr veranstalten Sebastians und Isabels Eltern zu Hause einen Adventskaffee mit Gästen. Drei Kerzen flackern auf dem Adventskranz, der Kaffee duftet, und alle reden durcheinander und naschen von den Plätzchen. Vorhin haben sie schon ein paar Lieder gesungen, begleitet von Onkel Heikos Gitarre.

«So», ruft Papa jetzt und steht auf. «Damit wir hier nicht vor lauter Gemütlichkeit festwachsen, geht's noch mal raus ins Kalte und Dunkle. Wer kommt mit zum Weihnachtsmarkt?»

Alle haben Lust, bis auf Opa Bernhard, der lieber in seinem Sessel sitzen möchte. «Einer muss doch auf die Plätzchen aufpassen», meint er.

«Aha», sagt Mama, «da machen wir ja den Bock zum Gärtner. Aber wisst ihr was: Wir sollten vorher mal nachsehen, ob wir vom Weihnachtsmarkt noch etwas für unsere Krippe brauchen. Da gibt's doch jede Menge schöne Sachen.»

Tante Miriam holt die Weihnachtskiste aus dem Keller. Jetzt gibt es ein großes Wiedersehen. Ach ja, der alte Stall mit dem Strohdach, Maria, Josef und das Krippenkindchen, das vertrocknete Moos, ein Hirte mit wackeligem Stab, ein Engel, ein goldener Stern. Papa findet, dass das Stroh auf dem Dach nichts mehr taugt.

«Das kann man wegschmeißen. Aber wo kriegen wir neues Stroh her?»

«Wir können doch Rinde nehmen», meint Sebastian. «Das sieht super aus. Im Wald finden wir bestimmt genug.»

Auf einmal lacht Oma Karin laut los und hebt ein komisches braunes Tier hoch. «Wisst ihr, was das ist?»

O ja, die Erwachsenen wissen es genau. Das ist der Ochse, den Onkel Thomas als Kind aus Fimo gemacht hat. Er sieht einem Ochsen eigentlich nicht besonders ähnlich, und vor allem ist er furchtbar lang geraten.

«Das ist ein XXL-Dackel mit Ochsenkopf», lacht Papa. «Den brauchen wir doch sicher nicht mehr in unserer schönen Krippe.»

Aber die anderen protestieren. Wenn Onkel Thomas an Weihnachten zu Besuch kommt und der Ochse weg ist, wird er beleidigt sein.

Der Esel ist noch ganz in Ordnung. Aber wo sind denn die Schafe, die der Hirte hüten soll? Ein einziges Schaf findet sich, das hat nur noch zwei Beine und ein Ohr. Schafe gibt es bestimmt auf dem Weihnachtsmarkt.

Also, dann gehen sie jetzt los. Zwischen den Buden herrscht ein Riesengedränge. Es ist fast unmöglich, als Familie zusammenzubleiben. Sie beraten kurz, wie sie es machen wollen: Miriam und Heiko gehen Glühwein trinken, Mama möchte gern allein ein paar geheime Geschenke besorgen, Papa geht mit Sebastian und Oma Karin mit der kleinen Isabel.

«In einer Stunde treffen wir uns alle am Karussell, abgemacht?»

Sebastian steht mit Papa an einer Bude mit Krippenfiguren. Da gibt es alles, was das Herz begehrt. «Guck mal, ein Ziehbrunnen mit Eimer! Guck mal, ein Kamel! Guck mal, eine Hundehütte!» Sie kaufen den Ziehbrunnen, eine Palme, einen Hirtenhund und drei Schafe.

An einer anderen Ecke kauft Oma Karin ein paar Strohsterne und für Isabel ein goldenes Glöckchen. Dann darf Isabel drei Schäfchen aussuchen. Sie nimmt ein liegendes, eins, das nach oben guckt, und eins, das Gras frisst.

Mama hat schon zwei Geschenke gefunden und bummelt an den Buden entlang. Wer sollte noch mal die Schafe kaufen? Bestimmt haben die anderen das vor lauter Gedudel und Geglitzer vergessen. Sie nimmt zur Sicherheit drei mit: eins, das nach hinten guckt, eins, das springen will, und ein winziges schlafendes Lämmchen.

Miriam und Heiko haben an der Glühweinbude Bekannte getroffen und ziemlich oft mit den heißen Bechern angestoßen. Sie fühlen sich etwas duselig, aber jetzt schauen sie auf die Uhr. Oh, in fünf Minuten sollen sie ja am Karussell sein. Sie drängen sich durch die Menschenmenge, und weil ihnen plötzlich einfällt, dass die Familie ja Schafe braucht, kaufen sie noch schnell drei der lieben Tierchen.

Zu Hause breiten alle ihre gekauften Schätze auf dem Tisch aus (natürlich außer den geheimen Geschenken). Da gibt es großes Gelächter, und die Kinder fangen sofort mit dem Schafezählen an. Wie viele sind es nun eigentlich?

Jedenfalls hütet der Hirte mit seinem neuen Hund am Weihnachtsabend eine richtige kleine Herde. Und als Onkel Thomas durch die Tür kommt, zieht er ein Päckchen aus der Tasche: «Hier habe ich eine Kleinigkeit für die Krippe. Ist auch mein Ochse noch da?»

Wie er das Päckchen auswickelt, fängt die ganze Familie an zu lachen.

«Was ist?», fragt er verblüfft. «Ich dachte, vielleicht fehlt euch noch ein Schaf.»

«Geh mal zu unserer Krippe!», rufen die anderen.

Da merkt er, warum sie gelacht haben. Es ist aber ein schwarzes Schaf, das macht sich in der Herde unter lauter weißen sehr gut.

Frohe Weihnachten also! Und wenn das Christkind mal nicht schlafen kann, zählt es einfach Schäfchen.

DIE VERBORGENE WEIHNACHTSFREUDE

Andres Michael Bernhardt

Ach, was war das wieder für ein Trubel und was für ein Stress! Der Advent im Pflegewohnhaus ist eben eine ganz eigenartige Zeit …

Frau Meier, eine schon sehr alte Bewohnerin eines gemütlich eingerichteten Zimmers, hatte einen nicht so guten Tag. Sie hatte schlecht geschlafen und am Morgen kam dann noch die Sorge, nicht zu wissen, wo sie denn nun eigentlich war.

Stundenlang suchte sie in ihrem Zimmer nach Dingen, die ihr hierauf eine Antwort geben würden. Dabei räumte sie ihren Kleiderschrank aus, verstellte Stühle und den kleinen Tisch, zog die Polster vom großen altrosa Sofa ab. Ja, sogar der Nachttisch wurde nicht verschont. Wo war sie? Diese Frage trieb sie um und machte sie so traurig, dass sie keinen Appetit aufs Frühstück verspürte. Sie wollte einfach nur in ihrem Zimmer bleiben und suchen und suchen.

Gegen Mittag brachte man ihr die gerade eingetroffene Post. Viele bunte Grußkarten mit Wintermotiven beschrieben die Vorfreude auf *das Fest*. Das Fest? Von welchem Fest berichteten diese Karten und Briefe, was war denn so schön und friedlich?

Am Nachmittag drang schöne Musik durchs Haus bis zum Zimmer von Frau Meier, und irgendwie rührten sie diese Klänge auf ganz besondere Weise an. Kinderstimmen sangen von Schnee und Tannenbäumen und Geschenken – aber all diese Worte und Klänge lösten in ihr dann doch nicht die Freude aus, die diese beabsichtigten. Sie war einfach nur auf der Suche, einer ermüdenden und zugleich aufregenden Suche: Wo war sie und was war das für eine Zeit?

Unruhig kramte sie weiter in den schon mehrmals verräumten Sachen ihres Zimmers.

Als sie aber ihre Tischdecke, die über dem Lehnstuhl hing, weglegen wollte, kam darunter auf einmal ein Rauschgold-Engel zum Vorschein – *der* Rauschgold-Engel. Den hatte sie in ihrer Kindheit sehr wohl ins Herz geschlossen und damals aus ihrem Elternhaus in ihre erste eigene Wohnung mitgenommen.

Plötzlich kam da in ihr ein Empfinden von vertrauter Wärme und Zuversicht auf – so, wie sie es vor Jahren bereits erfahren hatte. Und so, wie sie es gerade in dieser Zeit schmerzlich vermisste.

Und auf einmal war sie da, die Botschaft – die *frohe Botschaft* –, in der von Frieden unter den Menschen und von Liebe die Rede ist. Vom Kind in der armseligen Futterkrippe im groben Stroh, im kalten, schäbigen Stall, von Flucht und Angst – und von Freude, von großer, erwartungsvoller Freude, die alle Ängste übersteigt. Und von dem mächtigen Engelsausruf: «Fürchtet euch nicht!»

Tiefer Friede kehrte zurück in ihre Seele. Das so sehr vermisste Gefühl von Geborgenheit entfaltete sich in ihrem Gemüt, und sie wurde zufrieden, empfand Freude. Und noch etwas Wunderbares geschah: Die vormals unbekannten und beziehungslosen Klänge und Lieder bekamen einen Bezug, einen festen Bezug: Es war Weihnachten!

Wie ist es bei vielen von uns?

Sind wir nicht auch oft auf der verzweifelten Suche nach der Weihnachtsfreude?

Verräumen wir nicht auch die vielen verheißungsvollen Zeichen der Adventszeit unter den «Decken» des Alltags, dem Stress, der Aufgabenüberflutung?

Verleugnen wir nicht auch, dass wir uns eigentlich kindlich über den Urgrund von Weihnachten, nämlich die Christgeburt, freuen?

Werden wir genau deshalb nicht auch oft orientierungslos, ängstlich und schwermütig?

Was ist so schwer daran, diese Alltagsdecken wegzuziehen – und die wahre Weihnachtsfreude aufzudecken?

Wagen wir es doch einfach mal!

WARTBURG

Albrecht Gralle

Ein dünnes Schneetreiben setzte ein, während wir an einem Abend Mitte Dezember mit dem Auto unterwegs waren. Wenigstens das: ein bisschen Schnee in der Vorweihnachtszeit. Aber meine schlechte Laune konnte auch der Schnee nicht vertreiben, denn ich hatte mir wieder einmal vor Weihnachten zu viel vorgenommen, und da passte mir diese Idee, den Weihnachtsmarkt in Eisenach zu besuchen, überhaupt nicht ins Konzept. Freunde hatten davon geschwärmt, und ich hatte mich breitschlagen lassen, mit meiner Frau dorthin zu fahren. Es sollte dort sogar einen riesigen historischen Weihnachtsmarkt geben.

Hörte sich alles gut an. Aber ich bin leider der Typ, der nicht schnell genug Nein sagen kann. Ich sage zu und bereue es hinterher. Auch diesmal. Meine Frau war Feuer und Flamme. Und ich dachte, als wir schon unterwegs waren: Wieder ein halber Tag weg, denn Eisenach lag für uns nicht gleich um die Ecke. Mit einer Stunde Anfahrtszeit musste man rechnen, wenn man in Südniedersachsen wohnte.

Okay, dachte ich und überholte einen Lastwagen, ich ziehe das jetzt durch und fertig, wenn sich meine Frau so darauf freut, dann hat wenigstens einer von uns etwas davon.

Von dem Parkplatz unten in der Stadt gab es einen Shuttleservice, der die Touristenmassen mit Bussen nach oben fuhr. Zum Glück hatte ich gerade noch einen freien Platz zum Parken gefunden.

Nachdem wir ausgestiegen waren und ich mürrisch Handschuhe und Mütze anzog, stieß meine Frau mich an. «Mach nicht so ein Gesicht! Es geht ja nicht zu einer Hinrichtung, sondern zu einem Weihnachtsmarkt, ein kleiner Ausflug aus dem Alltagstrott!»

Ich quälte mir ein Lächeln ab und dachte: Eigentlich wäre ich gerne zu Hause in meinem schönen Alltagstrott geblieben, statt hier in der Kälte auf einen überfüllten Bus zu warten. Aber man ist ja höflich und will seiner Frau eine Freude machen.

Natürlich wusste ich auch, dass eine Ehe durch gemeinsame Unternehmungen gepflegt werden muss, und fügte mich seufzend in mein Schicksal. Und so warteten wir ergeben mit den anderen auf den Bus, der uns zu den Buden und Ständen bringen sollte, wo man uns dann das schöne Geld für nichts und wieder nichts aus der Tasche ziehen würde.

Endlich kam der Transport, und nach vielem Geschaukel um die steilen Kurven herum näherten wir uns der Burg, quollen aus dem Fahrzeug und wurden wie erwartet vor einer Schranke unsere ersten zehn Euros los. Dann stiegen wir die letzten hundert Meter zu Fuß nach oben.

Ich musste es zugeben: Die angestrahlte Burg in der Dämmerung sah toll aus, und ich sagte mir, dass die Wartburg schließlich zu den wichtigsten historischen Stätten Deutschlands gehörte. Hier übersetzte Luther, als Junker Jörg verkleidet, die Bibel und schuf ein Deutsch, das die Sachsen, Thüringer, Schwaben, Bayern und Friesen sprachlich miteinander verband. Hier hatte 1817 das berühmte Wartburgfest stattgefunden, und die Idee eines Deutschen Nationalstaates war hier ausgerufen worden. Und unten in Eisenach, das von hier oben wie ein Lichtermeer aussah, war Johann Sebastian Bach vor über dreihundert Jahren geboren worden und hatte eine Musik geschaffen, die noch immer auf der ganzen Welt gespielt wird.

Auf diesem historischen Boden geriet meine schlechte Stimmung ein wenig ins Wanken. Die Schneeflocken kitzelten auf meinem Gesicht, und meine Frau, die sich bei mir einhakte, zwickte mich zwischendurch in die Seite, um meine Stimmung zu heben. Ich musste unfreiwillig lachen.

Jetzt waren wir ganz oben angekommen, und es dampfte in den Buden aus vielen Kesseln: Der Geruch von Gulasch, Glühwein, Punsch und gebrannten Mandeln stieg mir in die Nase. Jemand brüllte: «Das hast du noch nie gegessen: Gulasch in Schwarzbier gekocht. Jetzt oder nie!»

Am Glühweinstand erstanden wir zwei Becher – auf Anraten meiner Frau wählte ich jedoch den alkoholfreien Punsch – und zogen weiter.

Immer mehr beleuchtete Stände und Attraktionen tauchten auf: Schmuck, Brötchen mit Käse, Bratwürste, Grillfleisch mit Sauerkraut, jemand, der auf Stelzen vorbeiging. Und eine Frau in einem leuchtenden Feenkleid ließ sich mit Passanten knipsen.

Auf einem Holzpodest, das von einem Scheinwerfer angestrahlt wurde, stand ein Mann in einem mittelalterlichen Kostüm, mit Bart und Fellmütze, und schien auf etwas zu warten. Plötzlich setzten aus einem unsichtbaren Lautsprecher Posaunenklänge ein, und der Mann fing an zu singen, ohne Mikrofon. Man merkte, dass er ein ausgebildeter Sänger war.

«Herbei, o ihr Gläubigen, fröhlich triumphierend …»

Ich blieb stehen und lauschte den weihnachtlichen Klängen dieses uralten Liedes. Über dem ganzen Trubel, dem Gelächter, dem Dampf aus Kesseln und Feuerschalen, erhob sich dieser Hymnus: «… Sehet das Kindlein, uns zum Heil geboren! O lasset uns anbeten, o lasset uns anbeten, o lasset uns anbeten den König!»

Der ganze Marktlärm trat für mich zurück, und nur diese Stimme war noch da, die alle Menschen dazu aufrief, Gott die Ehre zu geben, ganz gleich, ob sie aus Thüringen kamen, aus Niedersachsen, aus Hessen, aus dem Iran oder aus Syrien.

Nur das zählte: Gott, von dem wir alle herkommen, der dieses gigantische Weltall entstehen ließ und diese einzigartige Erde, der die Quelle des Lebens ist, zu verehren. Mit einem Mal verstand ich den Sinn von Weihnachten, dass dieser große Gott in einem hilflosen Kind zur Welt kam, weil er dieses ganze menschliche Gewusel liebte, weil ihn die Unglücke und Kriege, die kleinen und großen Katastrophen nicht kaltließen, sondern ihn dazu brachten, bei uns anzukommen.

Der Sänger war fertig. Einige waren stehen geblieben und klatschten. Ich auch. Und ich wusste wieder einmal: Wir sind nicht allein, auch wenn wir uns manchmal so fühlen. Weihnachten hat das Alleinsein durchbrochen. Ich drehte mich zu meiner Frau um und küsste sie.

«Nanu?», fragte sie. «Wo ist denn deine schlechte Laune geblieben?»

«Auf dem Weihnachtsmarkt verdampft!» Ich zeigte auf einen Kupferkessel, aus dem weißer Dampf quoll und über die Dächer fortgeweht wurde.

SCHNÄPPCHENDUFT LIEGT IN DER LUFT

Anni Wollrath

Mit Schwung warf sie die letzte Schaufel Schnee um die Ecke. «Fertig!» Der Weg war freigeräumt, und Susi genoss für einen Moment den wunderschönen Wintermorgen. Da bog ihre Freundin schon um die Ecke.

«Guten Morgen, Sarah! Schön, dass du da bist. Dann kann's ja losgehen!»

Die beiden freuten sich schon lange auf diesen Tag. Sie würden in die Markthalle fahren, um auf dem Flohmarkt Trödel und Kostbarkeiten zu verkaufen. Natürlich lockte auch ein kleiner Gewinn. Und wenn nicht: Spaß machte es auf jeden Fall. Man lernte interessante Leute kennen, traf alte Bekannte wieder. Außerdem war es der letzte Flohmarkt vor Weihnachten. Da herrschte in der alten Markthalle jedes Jahr eine besonders festliche Stimmung.

Die beiden Freundinnen trugen alles, was Susi schon zusammengestellt hatte, ins Auto.

«Den Korb hier auch?»

«Ja, pack ein. Und den großen Karton dort.»

«Was ist mit dem kleinen Päckchen hier?», wollte Sarah wissen. Sie hielt ein schön verpacktes Geschenk fragend in die Höhe.

«Oh, nein, das nicht. Keine Ahnung, wie das da reinkommt. Das hat mir meine Schwiegermutter letztes Jahr zu Weihnachten geschenkt.» Susi zuckte leicht mit den Schultern und zog die Augenbrauen hoch. «Ich bekomme jedes Jahr ein Fläschchen Chanel No. 5 von ihr. Unten ist die Verpackung offen, da kannst du es sehen. Meine Schwiegermutter liebt den Duft, ich nicht. Aber was soll ich machen? Sie freut sich.»

Da lächelte Sarah ihre Freundin vielsagend an, legte das Päckchen in den Karton, und mit einem bestimmten «So!» wurde alles im Auto verstaut.

In der Halle herrschte Hochbetrieb. Kaffeeduft zog an ihnen vorbei, jemand backte in aller Frühe schon Waffeln. Die Mädels suchten ihren Platz und begannen mit dem Aufbau.

Am Ende stand das Parfüm schön drapiert in der Mitte ihres Stands. Und siehe da, es kam auch gleich ein Interessent. Charmant begutachtete er dies und das, bevor er nach dem Preis für den Duft fragte.

«Sechzig Euro bitte», antwortete Susi rasch.

«Nein, nein, zwanzig», kam das Angebot.

«Für den Preis kann ich es Ihnen leider nicht verkaufen. Schauen Sie mal nach, was Chanel No. 5 im Geschäft kostet!»

Gerade als der junge Mann alle Register zog, um ein Schnäppchen zu machen, entdeckte Susi in der Menge einen Hut mit wippender Feder, Modell Auerhahn, getragen von ihrer resoluten Schwiegermutter. Der Auerhahn näherte sich mit größter Geschwindigkeit ihrem Stand.

Weidmannsheil!, fuhr es Susi durch den Kopf, und das Herz rutschte ihr in die Hose. Um das Schlimmste zu verhindern, drückte sie ihrer Freundin das Parfüm in die Hand und gab ihr einen Wink, sich diskret um den Verkauf zu kümmern.

Dann ging sie ihrer Schwiegermutter entgegen, die auch am frühen Morgen schon ganz viel zu erzählen hatte. Als Susi aus den Augenwinkeln sah, dass Sarah unauffällig mit einigen Geldscheinen winkte, wusste sie, dass das Geschäft gelaufen und die Gefahr vorüber war. Sie atmete tief durch, lächelte den Auerhahn an und dachte: Weidmannsdank!

Der junge Mann seinerseits war sehr glücklich. Er hatte nämlich auch einen Stand auf diesem Flohmarkt.

«Schatz», sagte er zu seiner Freundin. «Schatz, schau mal, ich hab Parfüm zu einem Schnäppchenpreis von dreißig Euro gekauft. Das verkaufen wir für das Doppelte. Dann haben wir die Standmiete fast raus.»

«Das hast du gut gemacht. Komm, wir dekorieren um und stellen das schöne Päckchen hier in die Mitte unseres Tischs.»

Nun mussten die beiden nur noch auf Kundschaft warten. Und siehe da, nach etwa einer Stunde näherte sich ein schicker Hut, an dessen Seite eine lange Feder steckte.

«Die Dame.» Der junge Mann verbeugte sich leicht und begann ein unverfängliches Gespräch mit der Kundin. «Was kann ich für Sie tun?»

«Ach», bedauerte diese, «es ist wie in jedem Jahr. Ich weiß

nicht, was ich zu Weihnachten schenken kann. Gerade für meine Schwiegertochter fällt mir gar nichts ein!»

Der junge Mann nickte verständnisvoll. «Schauen Sie», er machte eine einladende Bewegung, «unsere Auswahl ist groß. Eine ausgefallene Kaffeekanne vielleicht? Oder hier, wie wäre es mit diesem Schal? Reine Seide.»

Da fiel der Blick der Kundin auf das Parfüm. «Was kostet das Parfüm?»

«Ich hätte gern achtzig Euro.»

«Was? Nein, auf keinen Fall. Ich biete Ihnen vierzig.»

«Im Geschäft bezahlen Sie dafür hundertzehn!» Der junge Mann setzte einen traurigen Blick auf, während er schnell nachrechnete. «Siebzig!»

Die Dame zögerte, zückte das Portemonnaie, holte sechzig Euro heraus und bot sie dem jungen Mann.

Der lächelte, nahm das Geld an und sagte bewundernd: «Sie sind aber eine harte Geschäftsfrau. Alle Achtung!» Er überreichte ihr das Päckchen. «Viel Freude beim Verschenken. Wir wünschen Ihnen frohe Weihnachten!»

Er gab seiner Freundin das Geld für die Kasse und drückte ihr einen Kuss auf die Stirn. «Siehst du. Hat doch geklappt!»

Glücklich ging die Schwiegermutter durch die Markthalle und besuchte am Schluss noch einmal den Stand von Susi und Sarah. «Habt ihr gut verkauft?», wollte sie wissen.

«Ja. Wir waren gerade fertig mit dem Aufbauen, da war schon der erste Kunde da. Und du, hast du etwas Schönes gefunden?», fragte Susi.

«Geheimnis!», antwortete die Schwiegermutter. «Ich

glaube, das Christkind hat in diesem Jahr etwas ganz Besonderes für dich ausgesucht!»

Sie lächelte vielsagend und winkte den Freundinnen noch einmal zu, bevor der Auerhahn mit fröhlichem Wippen zwischen Weihnachtskugeln und Tannenzweigen verschwand.

KNECHT RUPRECHTS BIRNEN

Annette Borkes

Ich liebe Gedichte. Immer schon. Ich kann mich das ganze Jahr über an unseren wunderschönen Klassikern erfreuen, besonders aber in der Weihnachtszeit. Ob Heine, Hölderlin, Fontane, Rilke oder andere, sie alle nehmen einen besonderen Platz in meinem Leben ein.

Und ich liebe meine Tochter. Sehr. Das liebe Kind (sie hat die dreißig mittlerweile überschritten) hat in ihrer Kindheit und Teenagerzeit so manches Mal ihre Mama auf den Mond gewünscht, wenn ich wieder einmal mit verklärtem Gesicht Fontanes «Herr von Ribbeck auf Ribbeck im Havelland» oder Hebbel, der «des Sommers letzte Rose stehn» sah, zitierte.

Noch weitaus schlimmer wurde es dann im Herbst, der ja mit unvergleichlichen Gedichten gesegnet ist. All das geschah in der besten Absicht, wollte ich doch meinem Kind die Dichter und Denker nahebringen, die mir so viel bedeuten.

Richtig dramatisch aber wurde es im November, wenn es draußen nasskalt und regnerisch war und die ersten schweren Stürme tobten.

Wir waren in der Küche mit Plätzchenbacken beschäftigt, hatten uns echte heiße Schokolade gekocht, es war friedlich, eigentlich eine perfekte Stimmung. Beim Blick aus dem Fenster kam ich aber nicht umhin, theatralisch das Nudelholz zu erheben und zu schmettern: «Solchen Monat muss man loben; keiner kann wie dieser toben!»

Meiner Tochter rutschte vor Schreck das Blech mit den eben aus dem Ofen geholten Plätzchen aus der Hand, das polternd zu Boden fiel. Vorwurfsvoll sah sie mich an.

«Mensch, Mama, musste das jetzt sein? Du erschreckst einen ja zu Tode.»

An anderen Tagen wieder musste «Knecht Ruprecht» dran glauben. Meine leise Hoffnung, dass die stete Wiederholung bewirken würde, dass auch mein Kind das Gehörte verinnerlichte, erfüllte sich leider nie. Noch heute tauchen regelmäßig Herrn Ribbecks Birnen im finsteren Tann auf, in dem Knecht Ruprecht strolcht. Was dann ebenfalls regelmäßig zu einem unbeschreiblichen Lachanfall von meiner Tochter führt. Böse kann ich ihr nie sein, ich muss immer mitlachen. Irgendwann habe ich dann, wie man so schön sagt, den Gottesdienst drangegeben und mir gesagt, ich hätte schließlich alles versucht.

Just in jenem Jahr begann mein liebes Kind mit unserer mittlerweile sehr lieb gewonnenen Tradition und bastelte mir einen Adventskalender. Und der hatte es in sich. Neben vielen liebevollen Kleinigkeiten und schönen Ideen für die Adventssonntage hatte sie mir in jedes Türchen ein kleines Zettelchen mit meinen so sehr geliebten Wintergedichten gesteckt. Ich muss Ihnen sicher nicht erklären, wie gerührt ich war und wie sehr ich mich gefreut habe.

Mittlerweile basteln wir uns beide jedes Jahr einen Adventskalender, immer auch mit kleinen Zetteln und Gedichten. Ich weiß das besonders zu schätzen, weil mir bewusst ist, wie viel Zeit sie jedes Mal investiert, um wieder ein «neues», noch nicht verwendetes oder mir unbekanntes Gedicht zu finden.

Ich freue mich schon sehr auf die kommende Adventszeit und habe auch wieder leise Hoffnung geschöpft, dass es mit dem Ruprecht ohne Birnen irgendwann doch noch klappt.

GROSSVATERS WEIHNACHTSÜBERRASCHUNG

Ingrid Reidel

Weihnachten, das Fest der Liebe. Am Ende war es tatsächlich so – harmonisch, warmherzig und sogar das schönste Weihnachten, das wir je miteinander erlebt hatten. Dabei hätte niemand das im Vorfeld für möglich gehalten.

Dem Fest war so viel Unfriede vorausgegangen, dass unsere Großmutter fast den Verstand verloren hätte. Sie, die ich immer für besonnen gehalten hatte, drohte fast zu zerbrechen. Auch ihre Kinder litten unter der Herausforderung – meine Schwester Gerda und meine beiden Brüder Paul und Udo und ich. Selbst die Enkel, Leon und Marie, und das süße Urenkelchen Emma waren vor dem Familienkonflikt nicht verschont geblieben.

Inmitten all dessen war es einzig mein Mann gewesen, der die Lage mit einer Mischung aus Amüsement und Gelassenheit betrachtete. Mit einem ausgiebigen Schmunzeln hatte er nur gesagt: «Was ist das hier für ein Theater?»

Auf ihn wirkte das Chaos fast schon wie eine Art unterhaltsame Familienshow – etwas, das uns anderen zunächst gar nicht auffiel, so sehr waren wir in unseren eigenen Gedanken und Sorgen gefangen.

Angefangen hatte alles mit der Sammelsucht von unserem Großvater. Großvater war stets in seinen alten Frack gekleidet, den er irgendwann einmal irgendwo auf dem Sperrmüll aufgelesen hatte. Überhaupt liebte Großvater den Sperrmüll. «Das ist für mich wie Ostern und Weihnachten zusammen», höre ich ihn heute noch sagen.

Immer, wenn die Leute etwas herausstellten, zog er mit seinem Karren um die Häuser, um die schönen Sachen, um die es so schade wäre, vor dem Ende zu bewahren. Und so «rettete» er zerdrückte Vogelkäfige, alte Hocker, dreibeinige Schränke, wacklige Tische, alte Uhren, lederne Schulranzen und altes Groß- und Kleingerät. Einmal rettete er sogar ein altes, unbrauchbar gewordenes Cello.

Das alles stapelte sich dann nicht nur in der Werkstatt seines landwirtschaftlichen Betriebes, sondern auch teilweise im Haus und verstopfte die Gänge und das Wohnzimmer.

«So kann das nicht weitergehen!», schimpfte Großmutter des Öfteren vor sich hin. «Ich brauche Platz.»

Im Gegensatz zu ihrem Mann war sie eine Frau mit einem feinen Sinn für Ästhetik. Sie widmete sich mit Leidenschaft dem Schönen und der Musik. Oft, wenn ich sie besuchte und sie bei der Hausarbeit war, hörte sie Radio. Einmal erzählte sie mir, dass sie früher davon geträumt hatte, Tänzerin oder Musikerin zu werden – bevor sie Großvater geheiratet hatte.

Eines Tages wagten wir den Versuch, mit Großvater

über sein Sammeln zu sprechen. Als wir vorsichtig das Thema ansprachen, verstummte er. Eine Träne rollte über seine Wange.

«Ach», sagte er mit brüchiger Stimme, «die schönen alten Sachen. Überlegt doch mal, wie wertvoll sie sind.»

In diesen wenigen Worten lag so viel Liebe für die Dinge, die er gerettet hatte, und vielleicht auch eine Sehnsucht nach einer Zeit, die längst vergangen war. Wir waren alle betroffen und konnten ihm nichts mehr entgegnen. Selbst Emma blickte ihren Urgroßvater verwundert mit großen Augen an.

Doch das Schicksal nahm seinen Lauf. Eines Tages stolperte Großvater, als er durch den mit Gegenständen zugestellten Hausflur ging. Er brach sich den Fuß und musste ins Krankenhaus.

«Schnell», sagte mein Bruder Udo entschlossen, nachdem wir uns versammelt hatten, um zu besprechen, wie es weitergehen sollte. «Das ist die Gelegenheit.»

Und so begannen wir – gemeinsam, aber mit schwerem Herzen. Die alten Schränke, die verbogenen Regale, die kaputten Fernseher, all die Dinge, die Großvater über Jahre hinweg gesammelt hatte, wurden herausgeräumt. Es war ein Kraftakt, und wir benötigten drei ganze Tage, um das Haus halbwegs ordentlich zu bekommen. Jedes Stück, das wir entfernten, schien uns zuzuflüstern, dass es für Großvater einst eine Bedeutung gehabt hatte. Aber uns war klar, dass wir handeln mussten.

Als die Arbeit endlich getan war, atmete Großmutter erleichtert auf. In unseren Herzen schwang jedoch auch ein wenig Wehmut mit. Wir wussten, dass wir einen Teil von

Großvaters Welt ausradiert hatten, einer Welt, die ihm so viel bedeutete.

Dann kam der Tag, an dem Großvater aus dem Krankenhaus entlassen wurde. Auf eine Krücke gestützt schaute er sich langsam um. Seine Augen weiteten sich.

«Wo ist denn alles hin?», fragte er mit zittriger Stimme. Es war, als hätte man ihm die Luft abgeschnürt.

Wir sahen uns betreten an. Schließlich war es Gerda, meine pfiffige Schwester, die als Erste das Schweigen brach.

«Ähm», begann sie zögernd, «ich habe da diesen Hocker gesehen, und ich hatte nichts zu Hause, womit man mal schnell die Spinnweben ganz oben wegwischen kann. Also habe ich ihn mir mitgenommen. Du hast doch nichts dagegen, oder, Papa?»

Großvater blinzelte verwirrt. «Du hast etwas gebraucht?», fragte er.

«Ja», warf Udo ein. «Und ich konnte den Heizlüfter gebrauchen.»

«Aber der heizt doch schon lange nicht mehr», entgegnete Großvater.

«Macht nichts», meinte Paul. «Er bläst. Das reicht.»

«Ja», sagte Marie zögerlich. «Und ich habe doch für meine Nähmaschine dringend einen neuen Tisch gebraucht.»

Plötzlich hellte sich Großvaters Gesicht auf. «Na, dann hat es ja seinen Zweck erfüllt!», rief er, klopfte sich zufrieden auf den Oberschenkel und murmelte: «Hab ich doch immer gesagt, alles hat seinen Wert.»

Ich bemerkte, wie die allgemeine Anspannung wich.

Großmutter sagte: «Tja, und hättest du noch ein Akkordeon gehabt, wer weiß … Du kennst mich ja, ich hätte so gern einmal ein Instrument gelernt, anstatt immer nur in der Küche zu stehen.»

Großvater gab Großmutter einen Kuss und strahlte in die Runde. «Es freut mich, dass meine Sachen noch Verwendung gefunden haben!»

Für einen Moment schien es, als hätte ein neues Kapitel in unserer gemeinsamen Familiengeschichte begonnen.

Doch Großvater wäre nicht Großvater gewesen, wenn er nicht wieder angefangen hätte zu sammeln. Kaum war der Gips ab, zog er erneut mit seinem Bollerwagen los, sehr zum Leidwesen von Großmutter. «Fängt das schon wieder an!», jammerte sie, während sie die ersten rostigen Kisten aus der Küche schleppte.

Und dann wurde es um Großvater ziemlich ruhig. Er verbrachte die Tage nicht nur bei seiner Arbeit im Stall, sondern auch in der Werkstatt.

Endlich war Weihnachten. Am Heiligen Abend saßen wir alle im Wohnzimmer, das diesmal erstaunlich ordentlich war – Großmutter hatte dafür gesorgt. Großvater hatte sich in seinen Frack geworfen, die alten Taschenuhren, die er gesammelt hatte, klimperten in seiner Westentasche.

Und dann kam der Moment der Geschenke.

Großvater strahlte, als er die Päckchen verteilte. Klein Emma bekam ein Puppenhaus, das er aus einem alten Schrank gezimmert und mit satten Farben bemalt hatte. Ihre Augen leuchteten. Gerda erhielt eine schwere Leiter aus Holz, deren Sprossen er mit viel Aufwand repariert hatte. Für Paul gab es eine Schreibtischlampe, die er aus einem alten Globus gebaut hatte.

Doch das schönste Geschenk war für Großmutter. Sie öffnete ihr Paket und fand darin ein Akkordeon. Großvater hatte ein verstaubtes Fundstück repariert, jede Taste mit Sorgfalt ersetzt und es so wieder zum Leben erweckt.

«Wilhelm», flüsterte sie, als sie die ersten Töne von «Stille Nacht» intonierte, «das ist das schönste Geschenk, das ich je bekommen habe.»

In diesem Moment schien selbst Großvaters alter Frack eine Spur feiner, sein Gesicht strahlender als je zuvor. Und während Großmutter «Stille Nacht» spielte, war sich die Familie einig: Es war das schönste Weihnachtsfest, das wir je erlebt hatten.

DAS MÜHLESPIEL

Edith Weber-Hebisch

Wie freuten wir Kinder uns immer auf Weihnachten: das Krippenspiel in der Kirche, die Plätzchen, die bis Heiligabend noch nicht einmal probiert werden durften, den zimmerhohen Baum mit seinem Engelshaar und den Kugeln und, na klar, die Geschenke. An dem Abend gab es nichts Schöneres auf der Welt als unsere Spielsachen, die das Jahr über auf dem Dachboden lagerten und darauf warteten, vor den Feiertagen hervorgeholt zu werden.

Kurz nach Silvester wanderten dann Puppenstube, Kaufladen, Eisenbahn, Dampfmaschine sowie der Puppenwagen in Originalverpackung wieder nach oben. Und weg waren die Sachen! Warum? Wir hatten keine Kinderzimmer. Wir Kleinen teilten uns ein gemeinsames Schlafzimmer mit mehreren Betten und machten allabendlich unter uns aus, wer wo schlief. Für Spielsachen war schlichtweg kein Platz.

Genau genommen legte uns also das Christkind die Sachen Jahr für Jahr neu unter den Weihnachtsbaum. Für uns war das aber ganz normal und schmälerte die Freude an den Geschenken keineswegs. Wir freuten uns auf die schulfreien Tage, die wir mit unseren Sachen verbringen konnten. Außerdem hatte das Christkind ja immer noch eine oder zwei Überraschungen für jeden von uns, vielleicht ein Buch, einen neuen Pullover oder etwas ganz anderes! Einmal brachte es mir einen Füllfederhalter für die Schule, den ich übrigens heute noch liebe und gerne benutze.

Unser Vater war während des Jahres, wenn er nicht gerade im Sägewerk arbeitete, immer in Stall und Scheune beschäftigt und bosselte, werkelte mal hier und da, man wusste eigentlich nie so richtig, was er tat. Doch an den Feiertagen nahm er sich Zeit für die Kinder und blieb bei uns in der warmen Stube. Er spielte nämlich leidenschaftlich gern Mühle – stundenlang! Dabei war er ein beliebter Gegner, ein sehr beliebter sogar, denn gegen ihn gewannen wir immer!

Als Soldat, so erzählte unser Vater, habe er sich mit seinen Kameraden häufig mit Mühle- und Damespiel die Zeit vertrieben. Wir Kinder lachten heimlich über ihn, hatte er es unserer Meinung nach wirklich schlecht gelernt.

Es war wieder einmal so ein Weihnachten und ich ein bettelndes Schulmädchen: «Vater, spielst du mit mir Mühle?»

Unser Vater lachte, und ich packte sogleich das Spiel aus. Welch ein Spiel! Im Nu hatte ich ihn «abgezogen». Die Buben schauten amüsiert zu und waren bald auch an der Reihe – auch sie wollten mal so ganz nebenbei gewinnen, das stärkte ihr Selbstbewusstsein!

Warum ließ Vater sich nur auf solche Spiele ein? Hatte

er denn keine Angst, sich zu blamieren? Und wieso hatte er nach all den Jahren nichts dazugelernt?

Allmählich wurde es uns langweilig, immer zu siegen, und so spielten wir nicht mehr mit ihm. Seine Strategien, falls davon überhaupt die Rede sein konnte, waren eigentlich unter unserem Niveau.

Die Jahre vergingen …

Wir waren jetzt schon größer! Aber unser Baum stand wie zu Kinderzeiten stolz in der guten Stube und hatte nichts an Pracht und Glanz verloren. Doch nicht nur wir, auch die Geschenke hatten sich verändert: Bücher und Kleider, süßes Parfüm, vielleicht ein Schmuckstück aus Silber, nicht allzu teuer. Und Eisenbahn und Co. blieben wohlverpackt auf dem Dachboden.

Da kam mir, möglicherweise aus nostalgischen Gründen, die Idee, noch einmal wie früher mit – oder besser gesagt gegen – meinen Vater Mühle zu spielen. Er war froh und gleich einverstanden. Das Spiel begann.

Wie war das noch? Hatte ich etwas verlernt? Wieso war es diesmal so schwer, die Steine sinnvoll zu setzen? Wieso bekam ich keine Mühle mehr zustande? Und überhaupt!

Wieso war das Spiel so schwierig, verdammt noch mal! Wieso lächelte der Vater nicht, sondern saß so konzentriert da? Seine Gesichtszüge waren knallhart, ja, geradezu fremd.

Es ist nicht schwer zu erraten: Ich verlor!

Also gut, auf ein Neues!

Ich verlor. Und ich verlor immer wieder.

Nun verstand ich die Welt nicht mehr – das konnte doch nicht sein! «Seit wann kannst du denn so gut Mühle spielen? Hast du im letzten Jahr geübt, Vater?»

Jetzt lächelte er wieder, der Vater, der mein Gegner geworden war, und sein gutmütiges Gesicht wurde ganz das alte. «Kann ich noch vom Barras her, weißt doch, mein Mäjkesjen. Hab ich doch immer jesacht! Musst doch noch wissen, Kind!»

Ja, Vater, ich wusste es! Jetzt wusste ich es! Das war unser letztes Spiel. Gegen ihn war ich chancenlos. Meine Kindheit war vorbei – ich war erwachsen geworden. Das hatte Vater mir an diesem ersten Weihnachtstag vor vielen Jahrzehnten auf seine eigene Weise gesagt.

GUDRUN

Petra Horn

Der Brief hatte ihr die Weihnachtsvorfreude gründlich verdorben. Heute Morgen, bevor er angekommen war, hatte sie die große Kiste mit dem Adventsschmuck vom Speicher geholt. Die ganze Wohnung war jetzt liebevoll geschmückt, denn am kommenden Tag war der erste Advent. Nun saß Gudrun in ihrem gemütlichen Sessel am Fenster und hatte den schon mehrmals gelesenen Brief auf dem Schoß liegen.

Ihre Tochter Irene schrieb ihr, dass ihre beiden Kinder Ute und Ralf in diesem Jahr Weihnachten nicht zu Hause feiern würden. Sie selbst würde diese Gelegenheit nutzen und zusammen mit ihrem Mann das Weihnachtsfest bei Freunden in Österreich verbringen. Die Familie könne also in diesem Jahr nicht in den Harz kommen, um mit Gudrun zusammen den ersten und zweiten Weihnachtstag zu feiern. Dafür habe sich Irene aber Anfang Januar zwei Wochen Extraurlaub genommen, die sie, wenn der Mann und die Kinder wieder zur Arbeit mussten, mit ihrer Mutter verbringen wolle.

Traurig saß Gudrun nun in ihrem weihnachtlichen

Wohnzimmer und sah aus dem Fenster. Obwohl es bereits zu dämmern begann, hatte sie sich kein Licht angemacht. Eigentlich liebte sie dieses schummrige von draußen hereindringende Licht, diese friedliche blaue Stunde. Der Blick in ihren Vorgarten war zauberhaft, denn überall auf Büschen und Beeten lagen noch Reste vom Schnee, der jetzt bläulich schimmerte. Doch im Moment nahm sie davon überhaupt nichts wahr. Es war gerade so, als hätte ihr die Nachricht, Weihnachten nun ganz allein verbringen zu müssen, jegliche Kraft genommen.

Sie dachte an die vielen schönen Weihnachtsfeste, als ihr Mann noch gelebt hatte und ihre Tochter klein gewesen war. Auch an die Feste der letzten Jahre zusammen mit den immer größer werdenden Enkelkindern erinnerte sie sich. Und nun würde ein Weihnachten kommen, das sie ganz allein verbringen sollte.

Dumpf brütete sie so vor sich hin, als sie hörte, wie jemand ganz leise ihren Namen rief: «Gudrun, Gudrun.»

Sie schreckte aus ihren trüben Gedanken auf. Wer rief denn da nach ihr? Und wieso rief da jemand ihren Vornamen? «Gudrun» hatte sie schon lange niemand mehr genannt, denn ihre beiden Freundinnen waren nicht mehr da. Die eine war verstorben, und die andere war vor einem halben Jahr aus Altersgründen zu ihren Kindern nach Hannover gezogen. Die Nachbarn, der Kaufmann und alle, die sie sonst noch kannten, sagten «Frau Moosmann» zu ihr.

«Gudrun, Gudrun!»

Da war es schon wieder. Ganz deutlich hatte sie es gehört. Neugierig geworden, öffnete Gudrun das Fenster, da das Rufen eindeutig von draußen kam. Da war niemand zu sehen. Komisch! Es hatte sie doch aber jemand bei ihrem Namen gerufen.

Sie schaute noch eine ganze Weile in den fast dunklen Garten, konnte aber niemanden entdecken. Als sie gerade das Fenster schließen wollte, sah sie zwei flauschige, schneeweiße Federn draußen auf dem Fenstersims liegen. Engel!, schoss es ihr in den Sinn. Sie war immer noch so in ihren Weihnachtserinnerungen gefangen, dass im ersten Moment nur Engel für sie infrage kamen. Da Gudrun aber doch mit beiden Beinen auf dieser Erde stand, kamen ihr schon bald Zweifel.

«Gudrun, Gudrun!», rief es nun erneut von draußen.

Schnell riss sie das Fenster wieder auf und sah gerade noch eine weiße Taube davonfliegen. Die Taube gurrte noch einmal laut und vernehmlich. Es klang beinahe wie: «Gudrun, Gudrun!»

Als sie das Fenster wieder schloss, musste sie herzhaft lachen. Sie hatte doch tatsächlich eine Taube für einen Weihnachtsengel gehalten! Gudrun lachte und lachte.

Die große Traurigkeit wich langsam von ihr und machte ruhiger Gelassenheit Platz. Sie würde einfach die Weihnachtszeit auf sich zukommen lassen. Ihre Weihnachtsplätzchen konnte sie trotzdem backen. Die Nachbarskinder und der Zeitungsbote würden sich sicher auch darüber freuen. Sie würde Spaziergänge durch den mit festlichen Lichtern geschmückten Ort machen, Weihnachtsmusik hören, vielleicht sogar ein Konzert besuchen und in die Kirche gehen. Vor allem aber würde sie sich auf die zwei Wochen im Januar freuen, in denen sie ihre Tochter ganz für sich allein hatte. Für diese Zeit konnte sie sich jetzt ganz viele schöne Dinge ausdenken und vorbereiten.

Noch einmal öffnete sie das Fenster und hob sachte die weißen Federn vom Sims. Diese bekamen nun einen Ehrenplatz auf dem Adventskranz. Vielleicht war der Vogel, der gegurrt hatte, ja doch ein Engel gewesen, der sie gerufen hatte.

Ein Engel in Gestalt einer Taube?

DER BAUM VOM LETZTEN JAHR

Anja Puhane

«Onkel Tobi, diesmal bringst du mir den schönsten Baum mit, ganz bestimmt.» Seine Nichte Lilly sieht ihn mit ihren großen blauen Augen erwartungsvoll an.

«Tobi bringt dir immer den schönsten Baum mit. Der vom letzten Jahr war doch ganz süß.»

«Ja, Prinzessin Lilly, natürlich bekommst du den allerschönsten Baum.» Tobias grinst seine Nichte breit an. «Du hörst ja, was deine Mami sagt.» Er zwinkert seiner Schwester Jette zu. Wie oft hat sie ihm schon aus der Klemme geholfen? Sei es mit Worten, sei es mit Taten.

Mit Scham erinnert Tobias sich an das vergangene Jahr. So etwas wird ihm nicht noch einmal passieren.

Um als Student seine Haushaltskasse aufzubessern, hatte er in der Vorweihnachtszeit als Baumverkäufer ausgeholfen. Auf die Bitten von Schwester und Nichte reservierte er heimlich einen schönen mittelgroßen Baum. Zum Glück, denn kurz vor dem Fest wurden die Bäume immer knapper. Geschickt räumte er die Tanne zunächst immer wieder in eine versteckte Ecke. Am 23. Dezember schließlich band er eine rote Schleife an die Spitze und erklärte mehreren Kunden, der Baum sei bereits verkauft.

An Heiligabend kurz vor Feierabend waren schließlich nur noch dieser eine prächtige Baum und mehrere schiefe, halb kahle Tännchen übrig. Tobias freute sich schon auf die glänzenden Augen seiner Nichte. Der Chef würde ihm den Baum zudem zum halben Preis überlassen, da er ja nun übrig geblieben war.

Da hielt ein ihm wohlbekannter Wagen vor dem Stand, und seine Nachbarin stieg aus. «Die Schöne», wie seine Schwester sie mit einem vielsagenden Lächeln betitelt hatte, als sie ihr einmal im Treppenhaus begegnet waren. Etwas schnippisch, wie große Schwestern manchmal sind, wenn sie befürchten, der kleine Bruder könne in die falschen Hände geraten. Dabei war diese Nachbarin für ihn nun wirklich unerreichbar. Dachte er. Jedenfalls hatten sie kaum jemals ein Wort miteinander gewechselt.

Und dann stand sie vor ihm, mit verzweifelter Miene und einem Anliegen. «Ich brauche einen Baum», sagte sie und blickte ihn mit den blauesten aller Augen an.

Tobias schluckte und deutete auf die verbliebenen zerzausten Bäume. Sie machte ein paar Schritte darauf zu, drehte einen von ihnen herum, schüttelte den Kopf. «Die gehen gar nicht!» Ihr Blick fiel auf den Baum mit der Schleife. «Was ist mit dem? Der ist doch hübsch. Genau richtig.»

«Der ist reserviert.»

Sie zog die Augenbrauen zusammen. «Reserviert? Ich zahle das Doppelte!»

Tobias schüttelte den Kopf. Standhaft bleiben, Junge, sagte er sich.

Sie kam näher. «Wir kennen uns doch? Du bist der Student aus der Wohnung im Dachgeschoss!»

Er nickte eifrig und lächelte sie an.

Sie lächelte zurück, zwinkerte ihm zu. «Für deine Lieblingsnachbarin könntest du doch eine Ausnahme machen.»

Der Satz stand zwischen ihnen. Tobias merkte, wie etwas in seinem Magen rumorte. Oder war es sein Herz? Schmetterlinge im Dezember? Er seufzte. «Es geht leider nicht.»

«Ich brauche wirklich ganz dringend einen ordentlichen Baum. Meine Eltern kommen an Weihnachten. Wir haben uns ewig nicht gesehen. Sie wollten damals nicht, dass ich unseren Heimatort verlasse, hatten andere Pläne für mich. Ich sollte ihren Laden übernehmen. Stewardess, das ist doch nichts fürs Leben, haben sie gesagt. Deshalb ist es total wichtig, dass sie sehen, dass es mir gut geht. Der Baum ist essenziell.» Tobias nahm ein Kieksen in ihrer Stimme wahr.

Er schloss die Augen, stellte sich seine Nichte vor. Natürlich konnte er die Situation der Nachbarin verstehen. Schließlich waren seine Eltern mit seiner Studienwahl auch nicht glücklich. Aber nein, er konnte Lilly nicht enttäuschen. Er schüttelte den Kopf.

Sie schluckte, senkte für einen Moment den Blick. «Ich bin übrigens die Isabell. Aber sag ruhig Bella, alle meine Freunde nennen mich so», sagte sie leise und streckte ihm die Hand hin.

Selbst für sein Empfinden etwas zu eifrig ergriff er sie. Sie fühlte sich warm und angenehm an.

«Und du bist?», fragte Bella zaghaft. «Peinlich, da sind

wir schon so lange Nachbarn und kennen noch nicht einmal unsere Namen. Aber ich bin ja auch viel unterwegs.»

Tobias nickte. Natürlich kenne ich deinen Namen, aber du meinen offenkundig nicht, erklang eine Stimme in seinem Kopf. Währenddessen verzogen sich seine Lippen zu einem Lächeln, und sein Mund sagte: «Tobias, aber sag ruhig Tobi.»

«Schöner Name.»

Schöne Frau, dachte er.

Sie räusperte sich. Blickte wieder auf die kümmerlichen Resttannen. Ging näher heran, drehte sie hin und her. Schüttelte den Kopf. «Die gehen wirklich nicht.»

Sie machte ein trauriges Gesicht, und Tobias meinte, Tränen in ihren Augen zu sehen. «Meine Eltern haben jahrelang nicht mit mir geredet. Dieses Weihnachtsfest sollte die große Versöhnung sein. Wenn sie so einen Baum sehen, denken sie, ich kann mir keinen vernünftigen leisten. Nein, dann besser gar keiner.» Ihre Stimme schien zu brechen.

Tobias dachte an seine eigenen Eltern und seufzte. «Okay, du kannst den Baum haben. Ich lasse mir etwas für die anderen Kunden einfallen.»

Sie fiel ihm um den Hals. «Danke, tausend Dank, du rettest mein Leben. Natürlich zahle ich dir das Doppelte.»

Tobias winkte ab. «Kommt gar nicht infrage, ich nutze doch die Notlage meiner Nachbarin nicht aus. Soll ich ihn dir nach Hause bringen?»

«Nein, das wäre zu viel Service, dann hätte ich ein schlechtes Gewissen. Ins Auto laden reicht.» Bella gab ihm einen Kuss auf die Wange.

Als ihr Auto um die Ecke bog, fuhr er mit den Fingern über die Stelle. Was für ein Tag!

«Ich hatte einen richtig tollen Baum für dich ausgesucht, aber mein Chef hat ihn heute Morgen an eine Familie mit ganz vielen Kindern verschenkt. Die hätten sonst gar keinen Baum gehabt. Das war ein Notfall.» Er war selbst überrascht, wie leicht ihm wenig später diese Lüge über die Lippen ging.

Lilly sah ihn mit großen Augen an. «Echt?»

Ihr Onkel kreuzte die Finger hinter dem Rücken. «Klar.» Immerhin stimmte der Teil mit dem Notfall. «Dafür habe ich dir einen sehr schönen Baumschmuck mitgebracht. Eine Gurke, das ist eine amerikanische Tradition.»

Auch hierbei hatte er ein schlechtes Gewissen. Eigentlich hätte Lilly noch einen silbernen Engel mit Flügeln aus weißen Federn bekommen sollen, aber den hatte er an den Hals der Champagnerflasche gebunden, die er Bella am zweiten Weihnachtstag vorbeibringen wollte. Später, wenn sie erwachsen war, würde seine Nichte bestimmt verstehen, dass es um das Lebensglück ihres Onkels ging.

Jette und Lilly machten das Beste aus der Situation und hängten so viel Schmuck an den Baum, dass die kahlen Stellen kaum noch zu sehen waren.

«Bis zum Dreikönigstag wird der wohl kaum halten», seufzte Tobias' Schwester.

Am zweiten Weihnachtstag klingelte Tobias bei seiner Nachbarin. Hinter dem Rücken versteckte er die Champagnerflasche, an deren Hals der Engel baumelte.

Nach einer Weile öffnete sich die Tür, im Türrahmen erschien aber nicht Bella, sondern ein ihm unbekannter

Mann, der ihn fragend ansah. Tobias schluckte. Der Typ war zwar älter als er, aber eindeutig zu jung, um Bellas Vater zu sein.

«Frohe Weihnachten», stammelte Tobias. «Ich wollte Bella frohe Weihnachten wünschen. Der Baum …»

«Oh, du bist der Baumverkäufer.» Sein Gegenüber lächelte. «Danke noch mal, meine Eltern waren ganz begeistert. Damit konnte Bella direkt bei ihren künftigen Schwiegereltern punkten.»

«Ja, genau, es war ein perfektes Fest.» Bella kam ebenfalls zur Tür, schmiegte sich an ihren Verlobten und sah Tobias fragend an. Schließlich beugte sie sich vor und lugte hinter seinen Rücken. «Oh, ist die für uns? Das ist ja nett, danke schön!»

Ehe er sichs versah, stand Tobias mit leeren Händen vor verschlossener Tür. Und auch sein Herz fühlte sich leer an.

So etwas wird ihm nie wieder passieren, er wird weder seinen schönsten Baum noch sein Herz jemals wieder jemandem geben, der es nicht verdient.

«Diesmal bekommt ihr beide den allerschönsten Baum, großes Ehrenwort!», sagt er voller Überzeugung, drückt Schwester und Nichte zum Abschied. Die beiden Engel in Silber und Gold hat er vorsichtshalber direkt nach dem Kauf Jette zur Aufbewahrung gegeben, und der Baum ist diesmal offiziell mit einer roten Schleife versehen und bereits beim Chef bezahlt. Sicher ist sicher.

DA UNTEN WARTET JEMAND

Anneli Klipphahn

Heute ist Heiligabend. Es ist kalt, dicke Flocken fallen vom Himmel. Die Christvesper endet mit dem Lied «Stille Nacht, heilige Nacht». In weihnachtlicher Stimmung verlassen alle Leute die Neustädter Kirche. Während mein Mann noch einige Gottesdienstbesucher verabschiedet, eile ich mit unseren Kindern hinüber ins Pfarrhaus. Gott sei Dank haben wir eine warme Wohnung und müssen nicht wie Maria und Josef nach einer Unterkunft suchen.

«Wann ist endlich Bescherung?», wollen die Kinder wissen.

«Wie immer, nach dem Abendessen», antworte ich.

Während wir gemeinsam den Tisch decken, kommt mein Mann nach Hause. Unruhig tritt er von einem Fuß auf den anderen und räuspert sich. «Also … ähm … da unten wartet jemand.»

«Da wartet jemand?» Fragend schaue ich ihn an. Unsere Oma ist schon gestern angekommen. Einen Weihnachtsmann haben wir nicht bestellt. Und die Kirchenbesucher? Die werden doch ihren Pfarrer wenigstens am Heiligen Abend mal in Ruhe lassen!

«Es ist ein Obdachloser», erklärt mein Mann. «An Heiligabend können wir den doch nicht in der Kälte stehen lassen. Ich habe ihn ins Gästezimmer gelassen.»

Das Gästezimmer liegt im Erdgeschoss des Pfarrhauses. Es ist gerade groß genug für eine Doppelbettcouch, einen Tisch und zwei Stühle.

Ich trage einen Teller Kartoffelsalat mit Würstchen hinunter und klopfe an die Tür.

«Sie brauchen nicht zu klopfen!», ruft jemand.

Überrascht mustere ich den Mann, der da am Tisch sitzt. Wir haben schon die verschiedensten Obdachlosen kennengelernt, dieser hier ähnelt keinem von ihnen. Seine Kleidung ist sauber und gepflegt, weder hat er einen struppigen Bart noch verfilztes Haar. Mit seiner Aktentasche wirkt er wie ein Büroangestellter, der direkt von der Arbeit gekommen ist.

Höflich bedankt er sich für das Essen und murmelt etwas von: «Sehr peinlich … zu Hause rausgeflogen, keine Bleibe, keine Freunde in der Nähe, kein Amt, das noch offen ist.»

Er ist gar nicht wirklich obdachlos, folgere ich in Gedanken. Vielmehr ist er ein bedauernswerter Kerl, der Krach mit seiner Frau hatte.

Rasch informiere ich unsere Nachbarn über den unerwarteten Gast, dann können wir endlich essen und uns anschließend in Ruhe um den Christbaum versammeln. Aber leider beschert der Heilige Abend uns weder Ruhe noch Besinnlichkeit.

Unsere Nachbarin läutet an der Tür. «Ich war mal unten bei dem Mann», erklärt sie. «Hier ist euer Teller. Ich habe ihm eine Portion Kartoffelbrei mit Bratwurst und Sauerkraut gebracht. Er hat Hunger wie ein Bär, der drei Tage gefastet hat.»

Eine Weile tauschen wir uns über den Fremden aus und ziehen uns dann wieder zurück in unsere behaglichen Wohnungen.

Doch die Gedanken an den traurigen Mann, der einsam in dem winzigen Zimmer unten im Pfarrhaus hockt, traktieren mich wie lästige Insekten, die mal hier und mal da zustechen.

Es ist Weihnachten! Da kann man einen Menschen doch nicht so allein sitzen lassen!

Wer weiß, ob das stimmt, was er erzählt hat.

Wenn wir ihn nicht in unsere Familie holen, sind wir auch nicht besser als die Leute in Bethlehem.

Wir können doch nicht einen völlig Fremden in unsere Weihnachtsstube einladen! Schließlich hört man ja genug von Betrügern und Verbrechern.

Wir sind eine große Familie – er ist allein.

Und was ist, wenn er krank ist?

So sieht er nicht aus. Und anstecken kann man sich auch in der vollen Kirche oder im Supermarkt.

Ich weiß, ich bin sehr misstrauisch – aber muss man das nicht sein?

Aber doch nicht heute! Heute ist Heiligabend! Da regieren Glaube und Hoffnung, Liebe und Frieden, Erbarmen und Mitgefühl.

Ein warmes Bett hat er immerhin bekommen. Und satt essen konnte er sich auch. Das muss genügen.

Nachdrücklich verscheuche ich die lästigen Gedanken

und wende mich unseren Kindern zu, die ungeduldig auf die Bescherung warten.

Am ersten Feiertag teilt mein Mann mir mit: «Unsere Nachbarn haben ihn zum Frühstück eingeladen. Da siehst du mal …»

Mir ist sofort klar, von wem er spricht und was mein Herr Pfarrer mit seinem «Da siehst du mal» sagen will. Ich brummele etwas von «Aufräumen» vor mich hin und eile in die Küche.

Nach dem Gottesdienst sagt mein Herr Pfarrer: «Also, wenn du mich fragst, sind wir jetzt dran! Wir sollten ihn zum Essen heraufholen.»

Meine Mutter stimmt ihm zu: «Ach, der Arme. Was soll der uns schon tun. Holt ihn nur herein, es ist Weihnachten!»

So kommt es, wie es kommen muss – zum Mittagessen sitzt der Fremde bei uns am Tisch, und meine Mutter behandelt ihn, als wäre er der Kurfürst von Sachsen. Nach dem Tischgebet reicht sie ihm die Platte mit dem Gänsebraten. «Was darf es denn sein? Brust oder Keule?»

Wie selbstverständlich nimmt er sich das beste Stück, häuft dann einen Berg Rotkraut und drei Klöße auf seinen Teller und beginnt zu essen. Dabei erzählt er von seiner gescheiterten Beziehung, benennt Orte und Menschen, die auch wir kennen, und führt uns anschaulich vor Augen, was für ein anständiger Kerl er doch ist, dem das Schicksal ausgerechnet am Heiligen Abend ein paar handfeste Knüppel zwischen die Beine geworfen hat. Wir brauchen also wirklich keine Angst vor ihm zu haben, können uns entspannt zurücklehnen und müssen uns nun keine Vorwürfe mehr machen ob der verweigerten Nächstenliebe.

Am Abend speist der Mann wieder mit uns – wo soll er denn auch hin am Feiertag, da alle Ämter geschlossen haben?

Da wir am zweiten Feiertag zu einem Verwandtenbesuch aufbrechen, bekommt er Vollverpflegung am Familientisch der Nachbarn.

Während des Frühstücks am folgenden Tag plaudert er mit uns über dies und das und bittet meinen Mann, ihm eine Busverbindung nach Sebnitz herauszusuchen. Dort will er sich auf den Ämtern nach einer Unterkunft erkundigen.

Am Abend läutet unser Telefon. Am anderen Ende meldet sich die Frau des Pfarrers, der vor meinem Mann hier in Neustadt war. «Was meinen Sie, wer gerade bei uns hier in Sebnitz am Tisch sitzt?», fragt sie.

Wir erfahren, dass der Fremde bei ihnen untergekrochen ist. Mit der Begründung, er habe auf den Ämtern niemanden angetroffen, die seien alle geschlossen, und so müsse er nun bis zum Beginn des neuen Jahres sehen, wo er bleibe.

Dass die Pfarrleute in Sebnitz den Mann aufgenommen haben, wundert mich nicht. Sie sind die besten Gastgeber, die ich je kennengelernt habe. Während sie hier wohnten, glich das Neustädter Pfarrhaus einem Bienenkorb, in dem russische Aussiedler, Reisende aus Kasachstan, Bekannte und Unbekannte von nah und fern aus- und einflogen. So manch einer klingelte mitten in der Nacht an ihrer Tür, bekam etwas zu essen und fand ein warmes Plätzchen zum Schlafen. Und auch heute haben sie noch für alle ein Bett und einen Stuhl frei, verstehen es aber auch, die Gäste zur Mitarbeit in Haus und Garten zu bewegen. Ihr Besucher hat nun die Aufgabe, das Grundstück und den Weg davor vom Schnee zu befreien, der in diesem Jahr unaufhörlich vom Himmel fällt.

Etliche Wochen später erfahren wir von einer Pfarrfrau aus einer anderen Kirchgemeinde, dass unser Obdachloser gar kein richtiger Obdachloser ist. «Er ist ein Betrüger», sagt sie. «Einer, der einen festen Wohnsitz hat. Allerdings hat er es sich zur Gewohnheit gemacht, sich unter verschiedenen falschen Namen ab und zu auf Kosten anderer durchzuschlauchen. Auch wir sind schon auf seine Komödie hereingefallen, und das hat uns viel Geld gekostet.»

Während sie weiterspricht, spüre ich, wie in mir die Wut hochkocht, Wut auf diesen Kerl, der uns und andere schamlos ausgenutzt und hinters Licht geführt hat. Wut auch auf uns selbst. Wie blind waren wir, dass wir schließlich doch auf sein Theater hereingefallen sind!

Doch dann stelle ich mir die Frage: Was geht in einem solchen Menschen vor? Ob es ihm wirklich Freude macht, sich so durchs Leben zu schwindeln? Wie finster muss es in seinem Innersten aussehen! Vielleicht war es sogar gut, dass er gerade an Weihnachten in einem Pfarrhaus Zuflucht fand.

Weihnachten ist das Fest des Lichtes und der Liebe Gottes. Einer Liebe, die alles und jeden verändern kann. Der Engel verkündete zuerst den Hirten die gute Nachricht von der Geburt des Sohnes Gottes. Den Hirten, die ausgegrenzt und verachtet in der finsteren Nacht hockten, rief er zu: «Fürchtet euch nicht! Siehe, ich verkündige euch große Freude, die allem Volk widerfahren wird; denn euch ist heute der Heiland geboren, welcher ist Christus, der Herr.»

Diese Botschaft, die damals ihren Weg zu den Herzen der Hirten fand, gilt noch heute. Und noch heute werden Menschen von ihr ergriffen, bewegt und verändert.

Das ist Weihnachten.

DAS WEIHNACHTSBÜCHLEIN

Hille Lux

Es schneite. Übermorgen war Weihnachten.

Die windschiefe Baracke im kleinen Waldstück duckte sich unter Buchen, Eichen und Tannen. Buschwerk hatte sich im Unterholz ausgebreitet und verdeckte die Bauten von Füchsen, Dachsen und Kaninchen. Schon seit Tagen schneite es. Eine dicke Schneeschicht zog ein weißes Tuch über Häuser, Bäume und Straßen, setzte auch der grünen Eisenpumpe vor der Baracke und den Zaunpfählen am Weg weiße Hauben auf. Sie dämpfte die Schreie der Eichelhäher, das Krächzen der Raben, das Piepen der Meisen und Rotkehlchen am Futterplatz. Die Luft roch nach noch mehr Schnee.

Nach dem Krieg und einer abenteuerlichen Flucht aus dem Osten hatten Mutter, Vater und ich in der Baracke Unterschlupf gefunden. Jetzt im Winter malte Väterchen Frost Eisblumen an die Fenster. Am Morgen hauchte ich das Eis von der Scheibe neben der zerkratzten grünen Haustür. Durch das freie Loch lugte ich in den dämmrigen Garten.

Neben der Pumpe hatte Vater eine umgedrehte Holzkiste aufgestellt und sie mit Vogelfutter bestreut. Schon früh pickten dort Meisen, Rotkehlchen und Spatzen eifrig die Körner. Ein Eichhörnchen stibitzte ein paar Kürbiskerne. So kümmerten wir uns im Winter auch um die Tiere. Zwar hatten wir wenig Geld, aber Vater arbeitete als Gärtner in Deputat auf dem nahen Gut. Weil er mit Naturalien bezahlt wurde, litten wir keinen Hunger.

«Anna.» Mutter drehte sich etwas vom Topf auf dem Herd weg, in dem sie gerade rührte. «Zieh dich an. Du erkältest dich, wenn du nur dein Nachthemd trägst.»

Dabei war es in der einzigen Stube in der Baracke warm. Die alte verrostete Kochhexe, an der Mutter Hille stand, diente auch zum Heizen. Zum Brennen holte Vater Holz aus dem Wald. Manchmal durfte ich ihm helfen, es aufzusammeln. Vor einigen Tagen hatte er auch eine kleine Tanne für Weihnachten abgesägt und an die Außenwand der Baracke gelehnt.

«Und anschließend», sagte Mutter, «räum bitte den Tisch frei, damit wir frühstücken können.»

«Ich warte schon darauf.» Vater, der auf einem mit einer alten Decke gepolsterten Hocker neben der Kochhexe saß, stopfte seine Pfeife. «Bald muss ich zum Gut hinüber.»

Ich zog mich an und räumte den großen ovalen Tisch ab, der in der Mitte der Stube stand. Am Abend zuvor hatte ich dort mit Tannenzweigen und Kerzen bekritzeltes Papier, Buntstifte und ein kleines schmales Buch, das Weihnachtsbüchlein, liegen gelassen. Außerdem lagen dort noch eine Schere und silberne Schnipsel. Mutter hatte Sterne ausgeschnitten und aufgehängt. Das Silberpapier dafür stammte aus alten Kartons, die sie bei Kaufmann Fröhlich aus dem Abfall gezogen hatte.

Nach dem Frühstück – es gab arme Ritter, das waren in verrührtes Ei getauchte und gebratene Brotscheiben, und Milchsuppe mit Rosinen, die ich wie kleine Käfer auf den Tellerrand setzte – stand Vater auf.

«Ich geh jetzt rüber zum Gut.» Er zog sich seine Schaftstiefel und die dicke Jacke an und strich mir mit der Hand übers Haar. «Heute Nachmittag sind wir dort eingeladen, damit du Herrn und Frau Drews dein Weihnachtsbüchlein vorlesen kannst.» Er schmunzelte und zwinkerte mir zu.

Ich hüpfte vom Frühstückstisch hoch und umarmte Vater in Hüfthöhe. «O ja! Ich freu mich schon so!»

Mutter lächelte, stand auch auf und räumte das Geschirr vom Tisch. Sie wusste, dass ich noch nicht lesen konnte, sondern es auswendig vorsprechen würde. In der Adventszeit hatte sie mir das Büchlein ganz oft vorgelesen. In die Schule würde ich erst im nächsten Jahr kommen.

«Später backen wir noch mehr Weihnachtskekse. Aber erst räumen wir beide etwas auf.» Mit Mutter zusammen räumte ich gerne auf, alleine nicht, und Kekse backen mochte ich immer. Der Duft vom Vortag hing noch im Raum. «Und dabei singen wir wieder Weihnachtslieder.» Mutter summte leise: «Morgen, Kinder, wird's was geben …»

Als später der Plätzchenteig auf dem Tisch lag, rollte Mutter ihn mit einer Teigrolle aus, die ihr eine Nachbarin geschenkt hatte. Ich durfte kleine Stecher aus Blech hineindrücken, auch von der Nachbarin geschenkt, Sterne, Tannenbäume, Engel, Glocken. Einen Weihnachtsmann hatte Vater auf Pappe gezeichnet und ausgeschnitten. Den legte Mutter auf den Teig und ritzte ihn mit einem spitzen Messer aus. Die Figuren bestrichen wir mit Eigelb und belegten sie mit Rosinen und gehackten Nüssen.

Am Nachmittag holte Vater mich ab. Mutter wand meine blonden Zöpfe zum Kranz hoch, und ich zog meinen flauschigen dunkelblauen Wintermantel und braune Stiefel an. Beides hatte mir eine andere Nachbarin geschenkt, ihre Tochter war aus ihnen herausgewachsen. Handschuhe besaß ich noch nicht, aber dicke Socken, die ich mir über die Hände stülpte. Mit der einen presste ich mir das Weihnachtsbüchlein an den Bauch, mit der anderen ergriff ich ganz fest Vaters große warme Hand. So stapften wir hinaus durch den Schnee zum Gutshaus.

Frau Drews öffnete uns. Sie war eine kleine, rundliche Frau von sechzig Jahren mit kurz geschnittenen grauen Haaren und Lachgrübchen in den Wangen. Hinter ihr erschien die hünenhafte Gestalt von Herrn Drews, der sich mit der Hand durch sein noch volles weißes Haar strich. «Kommen Sie doch herein, wir freuen uns!»

Das Ehepaar führte uns in die warme, weihnachtlich geschmückte Stube. In einem offenen Kamin prasselten Holzscheite. Es duftete nach Tannennadeln, Kuchen und Kaffee. An der Zimmerdecke hing ein großer, von Vater gebundener Adventskranz an breiten roten Bändern. Darauf brannten vier dicke rote Kerzen. Auf einem runden Tisch war für vier Personen zart geblümtes Geschirr gedeckt. Daneben standen Teller mit Christstollen, Zimtsternen, Schokoladenmakronen und Bratäpfeln.

«Setzen Sie sich und stärken Sie sich erst einmal, bevor Anna uns ihre Weihnachtsgeschichte vorliest.» Frau Drews nickte Vater und mir zu und deutete auf die Stühle am

Tisch. Vater legte seine dicke Jacke ab, ich zog den Mantel aus, dann setzten wir uns.

Aufgeregt kippelte ich auf der Stuhlkante und wäre beinahe mit dem Stuhl umgekippt, wenn Herr Drews mich nicht aufgefangen hätte. «Immer mit der Ruhe.» Er lachte. «Dir wird hier nicht der Kopf abgerissen. Bald ist doch Weihnachten.»

Ich schniefte etwas und wurde rot.

Frau Drews schenkte Kaffee und Saft ein und setzte sich mit ihrem Mann dazu. Dem Gespräch der Erwachsenen lauschte ich nur halb. Meine Wangen glühten, das Herz klopfte immer heftiger. Leise sagte ich mir den Text vom Weihnachtsbüchlein vor.

Dann hörte ich Frau Drews wie aus weiter Ferne sagen: «So, Anna, jetzt bist du dran. Wir sind sehr neugierig.»

Mit dem Büchlein an meine Brust gepresst sprang ich auf und trat mit wackeligen Beinen einige Schritte zurück. Mittlerweile waren meine Wangen so rot wie zwei reife Äpfel.

Aber dann vergaß ich alles andere, schlug das Büchlein auf und tauchte ein. Während ich die Bilder betrachtete, begann ich zu sprechen, erst etwas zittrig und leise, dann immer kräftiger und klarer:

«Weihnachtsbote heiß ich,
gar vieles weiß ich
von dem lieben Christkindlein.
Das erzähle ich euch fein.
Kommt alle her und seht,
was im Weihnachtsbüchlein steht:

Wir sind die weißen Flocken,
wir tanzen auf leisen Socken …»

Die Bilder glitten an mir vorbei, während ich die Seiten umblätterte. Liebevoll gemalte Schneeflocken mit Gesichtern, Tannenbäumchen, Engel mit Musikinstrumenten und Kerzen in den Händen oder Kekse backend. Ich hörte die zarten Klänge, roch im Kerzenschein den Duft der knusprigen Plätzchen. Über allem schwebte ein großer Engel und verkündete die frohe Botschaft. In einer Holzkrippe lag das Jesuskind, behütet von Maria und Josef, einem Ochsen und einem Esel. Hirten und die Heiligen Drei Könige Caspar, Melchior und Balthasar brachten ihre Gaben dar. Auch viele Rehe, Hasen, Tauben und Finken strebten zur Krippe …

Zum Schluss schlug ich außer Atem das Büchlein zu und schaute auf.

Herr und Frau Drews und Vater strahlten mich an und klatschten. «Das hast du ganz großartig auswendig, ähm, vorgelesen.» Frau Drews nickte bewundernd.

Jetzt glühte mein Gesicht noch heftiger, und ich schaute verlegen beiseite, während ich mich wieder setzte und das Büchlein im Schoß festhielt. Beruhigend legte Vater seine Hand auf meine und hielt sie fest.

Frau Drews langte hinter sich zur Anrichte und nahm von dort einen großen bunten Pappteller, den sie vor mich hinstellte. «Diese Belohnung hast du dir sehr verdient, Anna.»

Der Teller war gefüllt mit Christstollen, Keksen, weihnachtlich eingewickelter Schokolade, Nüssen, Äpfeln, Clementinen und einer Kerze.

«Danke, danke!» Wieder wurde ich rot.

Vater lächelte. «Danke, das ist ja eine Überraschung!»

Wir saßen noch eine halbe Stunde mit den Drews zusammen, ehe Vater und ich wieder durch den Schnee zurück zur Baracke stapften. Den süßen Teller hatte Frau Drews in ein Tuch eingeschlagen und in einen Korb gestellt, den Vater trug. Ich presste mir das Weihnachtsbüchlein an die Brust.

Mutter staunte und strahlte, als sie sah, was wir mit nach Hause brachten. Als ich abends im Bett lag, sagte ich mir vorm Einschlafen noch einmal die Geschichte vom Weihnachtsbüchlein auf und träumte von der kleinen Tanne, die draußen an der Wand der Baracke lehnte.

Übermorgen würde sie in der Stube im Kerzenglanz strahlen, darunter würde der gefüllte bunte Teller stehen, und draußen würde es weiterhin schneien. Weihnachten nahte …

(K)EINE ANDERE SCHWESTER

Dagmar Günther

«Ich wünsche mir vom Weihnachtsmann eine andere Schwester!» Wutentbrannt stürmt Ludwig aus dem Kinderzimmer in die Küche. Dort prallt er beinahe gegen seinen Papa, der gerade den Geschirrspüler einschaltet.

«Na hoppla! Eben beim Frühstück wart ihr doch noch ein Herz und eine Seele», wundert sich der Vater.

«Aber jetzt nicht mehr. Alma ist so eine Zicke», schimpft Ludwig. «Dabei wollten wir doch gemeinsam unsere Wunschzettel für den Weihnachtsmann schreiben.»

Der Vater runzelt die Stirn, und Alma baut sich hinter Ludwig auf. Sie stemmt die Hände in die Hüften. «Ich wollte ihm ja helfen», erklärt sie, «weil er doch noch nicht richtig schreiben kann, aber Ludwig hat gar keinen Plan, was er überhaupt haben will.»

«Gar nicht wahr!», schreit dieser und schubst seine Schwester.

«Oh doch», kontert sie. «Zuerst wolltest du ein Raumschiff, das dich zum Mond bringt, und dann ein echtes Einhorn, mit dem du fliegen kannst. Das gibt es doch alles gar nicht!»

«Kein Grund, es sich nicht zu wünschen! Aber jetzt will Alma einfach gar nichts mehr auf meinen Wunschzettel schreiben», beschwert Ludwig sich beim Vater.

«Ach, das hätte ich schon noch gemacht», grummelt Alma. «Aber schau mal, Papa. Bei mir stehen ein Paar Inliner, ein Bastelbuch, Schminkzeug und eine Puppe mit langen Haaren drauf. Und nun rate mal, wer den letzten Wunsch einfach durchgestrichen hat. Das war der da!» Wütend zeigt sie auf ihren Bruder.

«Doch nur, weil du schon so viele Puppen hast! Das sagt Mama auch immer», entgegnet Ludwig zornig. Er zerrt Almas Arm herunter, reißt ihr den Zettel aus der Hand und stürmt davon. Er landet geradewegs in Mamas Armen, die vom Lärm angelockt den Streit verfolgt hat und soeben die Küche betritt.

«Nun ja, Puppen sind in der Tat einige da. Aber jemandem einen Wunsch einfach durchzustreichen, das geht gar nicht», sagt sie und versucht zu schlichten: «Meint ihr, dass es dem Weihnachtsmann gefällt, wenn ihr euch so streitet?»

«Was würdest du denn an meiner Stelle tun? Ich hätte ihm ja geholfen, aber so läuft das nicht», beklagt sich Alma.

In der Hoffnung, er würde sich entschuldigen, wendet die Mutter sich an Ludwig: «Willst du deiner Schwester vielleicht etwas sagen?»

«Ja», sagt der und blitzt Alma herausfordernd an. «Du bist doof!»

Alma entgleisen die Gesichtszüge. Sie dreht sich um und flüchtet ins Kinderzimmer.

«Ich glaube nicht, dass ihr euer Problem so lösen werdet», meint der Vater traurig. «Du bringst deiner Schwester jetzt bitte sofort ihren Wunschzettel.»

Zerknirscht klopft Ludwig an die Kinderzimmertür. Alma öffnet und fordert: «Nun gib schon her. Aber denk ja nicht, dass ich dich noch irgendwie unterstütze. Ich muss jetzt schließlich selbst noch mal von vorn anfangen.»

«Ach, Alma, sei doch nicht so, ich bin doch dein Bruder», bettelt Ludwig.

«Das hättest du dir vorher überlegen müssen. Jetzt hast du eben Pech gehabt!»

Mit einem Rums fällt die Tür ins Schloss.

«Da wirst du nun wohl alleine zurechtkommen müssen», stellt die Mutter klar, nachdem Ludwig in die Küche zurückgekehrt ist.

Der ist sauer und zugleich ratlos. Wie soll er, der gerade erst in die Schule gekommen ist, seine Weihnachtswünsche bloß aufs Papier bringen? Er setzt sich an den Küchentisch und überlegt hin und her. Ja, wenn er wie seine Schwester schon in die vierte Klasse ginge, dann könnte er einfach alles aufschreiben. Aber so?

Ob er es vielleicht mit Malen versuchen sollte? Gesagt, getan. Doch ist auch das alles andere als einfach. Raumschiff, Einhorn, Buch und Kartenspiel kriegt er ja noch halbwegs hin, aber jetzt kommt das Schwierigste: Punkt, Punkt, Komma, Strich, fertig ist schon das Gesicht – noch Arme, Bauch und Beine dran.

«Hm, ob der Weihnachtsmann das wohl als Alma erkennt?», grummelt er. Vorsichtshalber malt er noch ein Kleid drüber und schreibt mit wackeligen Buchstaben «ALMA» drunter. Dann nimmt Ludwig einen dicken schwarzen Stift und streicht das gemalte Mädchen durch. Und noch mal: Punkt, Punkt, Komma, Strich … Die andere Schwester gefällt ihm schon viel besser.

«Na, kommst du voran?» Interessiert schaut sein Papa ihm über die Schulter. Er stutzt: «Ludwig, das ist jetzt nicht dein Ernst! Du willst das doch nicht wirklich so an den Weihnachtsmann schicken?»

«Doch!», ruft Ludwig bockig.

«Überleg es dir bis morgen noch mal. Vielleicht vertragt ihr euch besser wieder», versucht der Vater ihn umzustimmen.

Am nächsten Tag geben die Kinder ihre Wunschzettel bei den Eltern ab. Papa blickt Ludwig fragend an. Der schüttelt den Kopf. Seufzend steckt Mama alles in den Briefumschlag für den Weihnachtsmann und klebt ihn zu. Nun gibt es kein Zurück mehr.

Auf dem Schulhof gehen Alma und Ludwig sich aus dem Weg. «Na, so allein, ganz ohne deine große Schwester?» Ein paar Jungen aus Almas Parallelklasse bedrängen den Erstklässler. Einer schiebt ihn in eine Ecke.

«Hör auf, sonst kannst du was erleben!», verteidigt sich Ludwig lautstark. Und da liegt er auch schon am Boden.

«Ihr habt sie doch nicht mehr alle, lasst meinen Bruder in Ruhe!» Alma ist plötzlich da und ballt die Fäuste. «Wenn ihr euch unbedingt kloppen müsst, sucht euch gefälligst Gleichaltrige.»

Zwei Mädchen aus ihrer Klasse nehmen Ludwig in die Mitte. «Du hast großes Glück, dass deine Schwester dir überhaupt noch hilft», sagt die eine.

Die können doch unmöglich wissen, was auf meinem Wunschzettel steht?, denkt Ludwig verdattert.

Da flüstert die andere ärgerlich: «Wegen dir hat Alma die Puppe mit den langen Haaren am Ende dann doch nicht auf ihren Wunschzettel geschrieben. Und dabei wünscht sie sich die so sehr.» Ludwig wird ganz bleich.

Schon kommt Alma angerannt und nimmt ihren Bruder in den Arm. «Die haben dir doch nicht wehgetan, Ludwig?»

«Nein, nein, geht schon», murmelt er, dem jetzt nicht nur dieser Schreck in den Knochen steckt.

«Komm, lass uns wieder vertragen», schlägt Alma vor. «Wir müssen doch zusammenhalten gegen diese Bande.»

Ludwig nickt.

«Ja, das müssen wir», stimmen auch die anderen beiden Mädchen zu. Eine(r) für alle und alle für eine(n)!

Ludwig ist erst mal froh. Doch von Tag zu Tag plagt ihn sein Gewissen mehr. Was hat er nur angerichtet! In der Schule kann er sich kaum noch konzentrieren, denn seine Gedanken kreisen ständig um die verdammten Wunschzettel. Es hilft nichts, er muss Papa zurate ziehen. Der habe einen besonderen Draht zum Weihnachtsmann, hat Mama ihm verraten.

Als der Vater ihn vom Hort abholt, nutzt Ludwig seine Chance. «Papa, es gibt da ein Problem: Ich möchte Alma doch lieber behalten. Und Mama sagt, du könntest vielleicht mit dem Weihnachtsmann reden …»

«Hm, stell dir das nicht so einfach vor. Aber bei einer so wichtigen Angelegenheit könnte ich es eventuell versuchen», überlegt der Vater.

«Ach, und der Weihnachtsmann soll Alma bitte unbedingt doch die Puppe mit den langen Haaren bringen», fügt Ludwig schnell hinzu.

Der Vater verspricht, sein Bestes zu tun und einen Extra-Brief zu schreiben. Aber ob der noch rechtzeitig ankommen und alles klappen würde, wisse er nicht. Mit Bangen sieht Ludwig dem Weihnachtsfest entgegen.

Am Heiligen Abend steht traditionsgemäß eine wunderschöne Tanne im Wohnzimmer. Und wie jedes Jahr schmücken die Kinder diese gemeinsam mit den Eltern. Papa befestigt die Kerzen, und Mama bringt die Kisten mit dem bunten Weihnachtsschmuck herein. Eifrig wählen die Geschwister Kugeln, Sterne, Weihnachtsmänner und Engel aus und reichen sie dem Vater, damit er sie anhängen kann.

«Ach herrje, wir haben ja gar keine Milch für den Weihnachtskakao», ertönt plötzlich Mamas verzweifelte Stimme aus der Küche.

«Da werde ich wohl noch mal losmüssen, um welche zu besorgen», erklärt der Vater sich sofort bereit.

«Aber beeil dich, Papa, sonst verpasst du wieder den Weihnachtsmann, so wie im letzten Jahr», erinnert Alma ihn voller Sorge. «Ich bin schon so aufgeregt!» Sie drückt Ludwig einen Kuss auf die Wange.

Der hingegen kann sich gar nicht so richtig freuen. Hoffentlich ist Papas Brief rechtzeitig angekommen und alles wird gut.

Während sie auf ihren Vater und den Weihnachtsmann warten, bauen die Geschwister mit Bauklötzen eine ganze Stadt auf. «Oh, die sieht aber schön aus», lobt Mama die beiden.

«Meinst du, dass sie dem Weihnachtsmann auch gefallen könnte?», fragt Alma.

«Aber klar», ist die Mutter überzeugt.

Stolz präsentiert Ludwig seine Zentralbank. «Hier wird alles Geld an die Armen verteilt», erläutert er, «und an den Weihnachtsmann!»

«Der braucht das doch gar nicht. In seinem Alter bekommt er ganz bestimmt eine Rente, so wie Oma und Opa», belehrt Alma ihn.

«Was ist denn Rente?», fragt Ludwig.

Mama erklärt: «Alle arbeitenden Menschen zahlen von ihrem monatlichen Gehalt etwas in die Rentenkasse ein. Die Arbeitgeber tragen denselben Teil bei. So sorgen sie dafür, dass auch die Älteren Geld, nämlich ihre Rente, erhalten können.»

Ludwig denkt eine ganze Weile angestrengt nach. Und verkündet schließlich: «Wenn ich groß bin und arbeiten gehe, zahle ich auch in die Rentenkasse ein, aber mein Geld ist nur für den Weihnachtsmann!»

«Nun, das wird vermutlich nicht so einfach gehen, aber die Idee wird ihm sicher gefallen», schmunzelt Mama.

«Kann es sein, dass du dich beim Weihnachtsmann ein kleines bisschen einschleimen willst?», zieht Alma ihren Bruder auf.

Ach, wenn du wüsstest …, denkt dieser bang.

Da läutet die Haustürglocke.

«Ho-ho-ho, ist hier jemand zu Hause?», dröhnt eine tiefe Stimme.

Alma öffnet mit Ludwig im Schlepptau die Tür. Leibhaftig steht er da: der Weihnachtsmann mit seinem roten

Mantel, der roten Mütze und seinem wallenden weißen Bart. Er schleppt einen ziemlich großen Geschenkesack herein. Ludwig bekommt einen gewaltigen Schreck: Was, wenn er am Ende doch eine andere Schwester mitgebracht hat? Nicht auszudenken!

Sie lotsen den Gabenbringer ins Wohnzimmer. Er bestaunt die Klötzchen-Stadt und den schön geschmückten Baum.

«Dabei haben Alma und ich ganz viel geholfen», berichtet Ludwig. Dann sagen sie beide ihre Weihnachtsgedichte auf.

«Sehr schön», freut sich der alte Mann, «dann will ich mal schauen, was ich für euch dabeihabe.» Und er zaubert ein Präsent nach dem anderen aus dem Weihnachtssack hervor. Da bleiben keine Wünsche offen, bis auf einen …

«Tja, Ludwig, mit der letzten Zeichnung auf deinem Wunschzettel bin ich nicht so ganz klargekommen», gesteht der Weihnachtsmann nachdenklich.

«Also, äh, hast du denn keine Extra-Post erhalten?», stammelt Ludwig verlegen und hüpft von einem Bein aufs andere.

«Extra-Post?» Alma versteht nur Bahnhof.

«Nun, ich weiß auch nicht, was er damit meint», brummelt der Alte in seinen Bart.

Tipp, tapp, tipp, tapp. Vom Flur her nähern sich Schritte.

«Kommt da noch jemand?», fragt der Rauschebart irritiert, und Ludwig rutscht das Herz in die Hose.

«Oh nein, das sind nur Mo und Mimi, unsere Katzenkinder», ist Alma ganz sicher, und ihr Bruder nickt heftig.

«Schwierig, schwierig», wendet der Weihnachtsmann

sich erneut an Ludwig. «Könnte es womöglich sein, dass du eine Puppe für deine Schwester gemalt hast?» Er greift wieder in den Sack. «Die zweite ist dir übrigens viel besser gelungen als die durchgestrichene erste», sagt er und angelt von ganz unten ein blondgelocktes, langhaariges Puppenmädchen hervor und reicht es ihm.

Ludwig fällt eine schwere Last von der Seele. «Hier, für dich», sagt er und drückt seiner Schwester die Puppe in die Hand.

Alma ist überglücklich: «Genau so eine hab ich mir gewünscht! Nur bei dem ganzen Hin und Her hab ich sie dann lieber doch nicht auf meinen Wunschzettel geschrieben. Ich hätte nie im Leben gedacht, dass du das für mich tust. Danke, Ludwig!»

«Na … na ja, ich … ich bi… bin schließlich dein Bruder …», stottert dieser mit hochrotem Kopf.

«Wie schön, wenn Geschwister sich verstehen und zusammenhalten», freut sich der Weihnachtsmann. «Nun muss ich aber weiter zu den anderen Kindern im Haus», verabschiedet er sich und zwinkert Ludwig beim Hinausgehen zu.

Als der Vater ein paar Minuten später vom Einkaufen zurückkehrt, stürmen die Geschwister ihm entgegen.

«Ich habe den besten Bruder der Welt!», verkündet Alma.

«Und ich die liebste Schwester!», ruft Ludwig. Und dann erzählen sie Papa ihre ganz wunderbare Weihnachtspuppen-Geschichte.

EINE PERLENKETTE VON OMA HEDWIG

Margret Silvester

Pack's gleich aus», sagt Oma Hedwig, während ich ihr noch aus dem Mantel helfe. «Du wirst staunen.»

Und wie ich staune! Plastikblumen in knalligem Pink und Lila kommen unter dem Zeitungspapier zum Vorschein. Ich kann Plastikblumen nicht ausstehen, sage aber: «Oh, lieben Dank. Wo hast du denn die schönen Blumen her?»

«Aus dem Heim.»

«Wie – aus dem Heim?»

«Die standen in der Sitzecke.» Omas Wangen glühen, so sehr ist sie von ihrer gelungenen Überraschung angetan. «Und die brauchen kein Wasser.»

Eigentlich steckt Oma Hedwig, die streng genommen meine Schwiegeroma ist, uns bei Gelegenheiten wie Weihnachten immer Scheine zu. Meinem Mann, mir und auch unserer vierzehnjährigen Tochter.

Im Wohnzimmer findet Oma Platz im großen Sessel gegenüber dem Tannenbaum, die Zweige bestückt mit echten Kerzen und bunten Figuren. Darunter harren die Geschenke ihres großen Moments.

«Ist er nicht wunderhübsch, unser Baum, Oma?»

«Ich habe schon schönere gesehen.» So ist Oma. Direkt.

Ich schenke Kaffee ein, während Oma sich mit unserer Tochter unterhält und ihr einen Schein in die Hand drückt.

«Oh, danke, Omi. Aber das musst du doch nicht.»

«Na, dir kann ich doch keine Plastikblumen schenken. Muttis mögen so was, Töchter nicht.»

Auch meinem Mann steckt Oma einen gefalteten Schein in die Tasche seines Hemdes, das er ihr zu Ehren trägt. Ihr Lieblingshemd. Sagt sie. Von der löcherigen Hose ihrer Urenkelin ist sie weniger angetan.

«Kannst dir von dem Geld eine neue Hose kaufen. Deine ist ja völlig kaputt.»

«Ach, Omi! Das gehört so.»

Oma ist über Hosen mit Löchern preislich nicht informiert. Über den zum Kaffee gereichten Stollen verliert sie zwei Worte: «Der staubt.»

«Der ist von Marlies aus Dresden.»

«Ah, Marlies. Das erklärt alles.»

«Oma, wir haben auch etwas für dich.»

«So? Was denn?»

Uns ist tatsächlich ein Geschenk für sie eingefallen. Im Seniorenheim darf keine offene Flamme brennen. Das kann man durchaus verstehen, ein Unglück passiert schließlich schnell. So haben wir Kerzen gefunden, die batteriebetrieben und ferngesteuert sind, aber täuschend echt aussehen. Die kleine Flamme flackert sogar. Ich hole das festlich verpackte Geschenk unter dem Baum hervor. Oma wiegt es in der Hand, stellt fest, dass es schwerer als Butter ist und konstatiert: «Schokolade kann es nicht sein.»

«Nein, Oma, Schokolade ist es nicht. Rate noch mal.»

Sie wiegt das Päckchen abwechselnd in beiden Händen. «Keine Ahnung, was drin sein könnte.»

Meine Tochter stupst Oma an. «Mach es auf.»

Ritsch, ratsch! Oma hält sich nicht lange mit Schleife und Papier auf. Ihre arbeitsgewohnten Hände machen kurzen Prozess. Mit den beiden Kerzen in den Händen sieht sie einem Altarengel nicht unähnlich. «Was ist das denn?», fragt sie.

Mein Mann eilt ihr zu Hilfe und zeigt, wie die Kerzen funktionieren. Er stellt sie auf den Kaffeetisch, wo sie munter flackern.

«Und was soll ich damit?»

«Oma, im Heim darfst du doch keine Kerzen anzünden. Diese hier machen kein Feuer.»

«Künstliche Kerzen mag ich nicht.»

«Du wirst sehen, sie machen dein Zimmer gemütlich.»

Schmallippig sitzt Oma Hedwig im Sessel und schweigt.

Meine Stimmung sinkt.

Meine Tochter schaut mich vorwurfsvoll an. «Mama, du magst doch auch keine künstlichen Kerzen. Wir haben immer echte hier zu Hause.»

Das ist wohl wahr, denke ich. Wie konnte ich nur elektrische kaufen?

Unsere Tochter hat für ihre Uroma ein Foto von sich eingerahmt, in Holz mit Blattgold. Hübsch verpackt überreicht sie es der Oma. «Von mir, Omi, ich hoffe, es gefällt dir.»

«Ach, meine Süße, du sollst doch für mich kein Geld ausgeben. Was ist es denn?»

«Mach es auf, Omi.»

Ritsch, ratsch! Wieder fliegen Papierfetzen auf den Boden. Oma schaut das gerahmte Foto an. «Wer soll das sein?»

«Aber Omi – das bin ich!»

«Ich erkenne dich gar nicht.»

Dabei ist es ein wirklich hübsches Foto. Soll Oma im Heim stolz drauf zeigen und sagen: «Das ist meine Urenkelin!»

«Na, dann freue ich mich mal darüber», sagt sie und legt das Geschenk auf den Kaffeetisch.

Später schwelgen wir in Erinnerungen. Ein Gläschen Eierlikör kommt bei Oma Hedwig gut an und entlockt ihr gleich eine Anekdote aus der Kindheit meines Mannes. Vielfach erzählt. Nützt nichts, da müssen wir durch. Vor allem mein Mann.

An meine Tochter gewandt, sagt sie: «Da war dein Papa noch klein. Er hat am Küchentisch mit Autos aus Brotrinden gespielt und immer ‹brumm-brumm› gemacht. Aber mit Essen darf man nicht spielen. Da gab es was auf den Popo.»

Verwunden hat mein Mann diese Klapse nie.

Im Hintergrund ertönt das Lied vom «leise rieselnden Schnee». Oma singt mit. Wir wollen auch, aber unser «Gejaule» tut Omas Ohren weh. Vielleicht könnte unsere Tochter ihr was auf dem Klavier vorspielen?

«Das Klavier habe ich schon lange nicht mehr, Omi.»

«Ach, das ist jammerschade. Wo ist es denn?»

Das geerbte Klavier, uralt und mehrfach im Resonanzboden gerissen, haben wir schon vor Jahren entsorgt.

«Immer muss alles gleich weggeworfen werden. Ich hoffe nur, ihr entsorgt mich nicht auch demnächst.» Oma ist ungehalten.

Wir versprechen ihr sofort, dies natürlich nicht zu tun. Ihren Spruch, dass wir nur wegen der Scheine noch damit warten, lassen wir unkommentiert. Ich habe dieses Jahr ohnehin keinen Schein bekommen.

Gegen achtzehn Uhr lassen mein Mann und ich Tochter und Oma allein mit Weihnachtsmusik und Kerzenschein.

Mein Mann hat in stundenlanger Arbeit den «besten Kartoffelsalat der Welt» nach Omas altem Rezept hergerichtet. Dazu gibt es Würstchen. Wir tragen alles zum Esstisch.

Zurück im weihnachtlichen Zimmer zeigt uns unsere Tochter eine Perlenkette. «Guckt mal, was Omi mir noch geschenkt hat!»

Oma Hedwig windet sich ein wenig. Ich merke ihr an, dass ihr die Aufmerksamkeit, die die Kette auf sich zieht, peinlich ist. Ich kenne diese Perlenkette jedenfalls nicht.

«Wo ist die denn her?»

«Ich kann meiner Enkelin schenken, was ich will.» Trotzig sagt sie das.

Mein Mann kennt die Kette auch nicht und fragt: «Was ist das für eine Perlenkette? Ist die echt?»

«Natürlich ist sie das. Bei uns im Heim hat niemand falschen Schmuck.»

«Oma, wo ist die Perlenkette her?»

«Die lag da so rum.»

«Wo lag die rum?»

«Da stand die Tür offen.»

«Welche Tür?»

«Bei der alten Frau nebenan.»

«Bist du da einfach reingegangen?»

«Die war ja nicht in ihrem Zimmer.»

«Oma, hast du einfach eine Perlenkette, die dir nicht gehört, mitgenommen?»

«Die soll ruhig merken, dass man seine Sachen nicht einfach so rumliegen lässt. Können ja geklaut werden.»

Wir haben uns eine Kleptomanin ins Haus geholt! Erst die Blumen und jetzt auch noch eine Perlenkette.

«Oma, die musst du zurückgeben.»

«Weiß doch niemand, dass ich sie habe.»

Es hat wenig Sinn, ihr zu erklären, dass andere durch sie in Misskredit gebracht werden, wenn im Heim etwas verschwindet.

«Reich mir die Kette mal rüber», sagt mein Mann zu unserer Tochter, «ich lege sie an einen sicheren Platz.»

Dann geleiten wir Oma zum Esstisch. Sie ist so klein geworden.

Festlich ist der Tisch gedeckt. Gefaltete Servietten liegen neben den Tellern, bestückt mit einem grünen Zweiglein. Wir wünschen guten Appetit.

Oma stochert mit der Gabel im Salat.

«Salat und Mayo habe ich nach deinem Rezept gemacht, Oma.»

«Da musst du wohl noch üben, mein Lieber. Außerdem hatte ich heute Mittag schon Kartoffelsalat.»

«Und die Würstchen?»

«Würstchen kriegen wir im Heim jeden Samstag.»

Wir finden ja, dass man diesen Salat durchaus zweimal

hintereinander essen kann. Wir probieren ihn schon bei der Zubereitung, nebst einem Gläschen Schnaps. Das ist fröhlich gelebte Tradition bei uns. Mein Mann tut mir leid. Er schaut bedripst drein.

«Mir schmeckt der Salat sehr gut», sage ich, und unsere Tochter pflichtet mir bei: «Sehr lecker, Papa.»

Aber Oma muss irgendwas essen, denn später im Heim bekommt sie nichts mehr. So sind dort die Regeln.

Unsere Tochter hat die Idee. «Omi, magst du Nutella-Brot?»

Und Oma strahlt. Gut so. Sonst hätte sie hungrig nach Hause fahren müssen. Nutella gibt's im Heim eher selten.

Der Heiligabend wird zur Heiligen Nacht, und Oma fühlt sich sichtlich wohler in unserer Mitte. Es ist einfach zu selten, dass sie hier bei uns ist. Familie braucht Gewöhnung. Könnte man in einem großen Haus zusammenleben, wäre vieles einfacher; Marotten, die wir entwickeln, zumal im Alter, wären einfach dazugehörig.

Später sitzt Oma Hedwig klein und fast verloren auf dem Beifahrersitz in unserem Auto. Mein Mann fährt seine Oma heim. In seiner Jackentasche die Perlenkette, die er heimlich zurücklegen wird.

DIE KATZE IM BAUM

Sandra Niermeyer

Vorm Fenster fielen dicke Flocken. Das war schon seit Jahren nicht mehr passiert. Normalerweise kam der Schnee erst nach Weihnachten.

Ich lehnte mich gegen die Küchenanrichte und sah den Flocken beim Fallen zu. Oder vielmehr beim Schweben. Manche änderten schwebend ihre Richtung. Brachen erst ein wenig zur Seite aus, bevor sie sich dann doch entschlossen, zur Erde zu rieseln.

Plötzlich sah ich in dem kahlen Baum vorm Küchenfenster eine Katze. Sie saß starr wie eine Statue, als wäre sie gar nicht echt. Vollkommen unbeweglich. Darum war sie mir nicht sofort aufgefallen. Ich schaute sie ein paar Sekunden, ohne zu zwinkern, an, sie bewegte kein einziges Schnurrhaar. Der Schnee fiel sanft auf ihr Fell, bedeckte ihren grauen Rücken mit einer dünnen weißen Schicht.

Womöglich kam sie aus dem Baum nicht wieder heraus. Es dämmerte schon, und es war eisig kalt. Wenn sie über Nacht im Baum blieb, wäre sie am Morgen erfroren. Ich ging in den Flur, stieg in meine Stiefel, warf mir einen Mantel über und zog mir eine Strickmütze tief ins Gesicht.

Dann ging ich langsam zu dem Baum. Ich hinterließ Spuren im frischen Schnee.

«Miez, miez», lockte ich. «Komm doch herunter. Es ist Heiligabend, du kannst nicht über Nacht im Baum bleiben, es ist zu kalt.»

Die Katze ignorierte mich. Sie sah sogar pointiert weg. Dazu musste sie ihren Kopf bewegen. Immerhin zeigte mir diese Bewegung, dass sie noch nicht festgefroren war.

Ich überlegte. So gut kannte ich mich mit Katzen nicht aus. Aber wenn ich von ihrer Körperhaltung Rückschlüsse auf ihre Persönlichkeit ziehen durfte, dann war sie ein stolzes Tier, dem es jetzt peinlich war, in eine so prekäre Lage geraten zu sein. Sie würde nicht hinunterkommen, während ich darauf wartete.

Also stapfte ich zurück in die Wohnung, streifte meine Stiefel im Flur ab, die sofort Wasserpfützen hinterließen, und kramte im Vorratsschrank. Ganz hinten fand ich eine Thunfischdose. So etwas mochten Katzen doch, oder? Ich schnitt die Dose mit einem Dosenöffner auf und ging wieder nach draußen.

«Miez, miez», sagte ich, «oder heißt du vielleicht Minka? Ich nenne dich einfach Minka, wenn du nichts dagegen hast. Ich habe hier etwas Leckeres für dich. Fisch. Magst du den?»

Ich stellte die Dose in den Schnee. Dann ging ich ins Haus zurück und beobachtete die Katze durchs Küchenfenster. Zuerst würdigte sie die Dose keines Blickes, dann jedoch wurde sie unruhig auf ihrem Ast und schaute immer wieder kurz auf die Dose.

Aber die Katze kam nicht herunter.

Sollte ich die Feuerwehr rufen? Die hatte bei dem plötzlichen Schneegestöber bestimmt andere Sorgen. Außerdem würde so ein Feuerwehrwagen nicht in meinen Garten passen. Die Wege waren zu eng, die Häuser standen zu dicht nebeneinander.

Es wurde immer dunkler. Ich fröstelte. Wenn ich schon in der Küche fror, wie kalt musste Minka dann erst in ihrem Baum sein?

Da kam mir noch eine Idee. Ich lief zur Garage. Auf meinem Autodach war immer noch die Dachbox, die eigentlich meinem Sohn gehörte und die er immer in den Skiurlaub mitnahm. Ich holte zwei warme Decken aus dem Kofferraum, die dort für plötzliche Autopannen bei kalter Witterung lagen, und polsterte die Dachbox damit aus.

Dann fuhr ich langsam rückwärts aus der Garage und schräg in den Garten hinein, mitten durch ein Blumenbeet, bis ich direkt unter dem Baum stand.

Ich stieg aus.

«Minka», sagte ich, «du kannst springen. Die Dachbox ist weich gepolstert, und so ist es auch gar nicht mehr so tief. Du wirst sehen.»

Ich sah ihre Augen im Standlicht meiner Scheinwerfer aufblitzen.

Frierend wartete ich neben dem Auto, bis ich einsah, dass sie nicht springen würde, wenn ich in der Nähe blieb.

Also ging ich zur Garage zurück und beobachtete sie.

Es vergingen ein paar Minuten. Dann sprang sie plötzlich, ganz unvermittelt, nichts hatte vorher erkennen lassen, dass sie es tun würde. Sie landete genau in der Dachbox und hüpfte von dort ohne große Umstände auf den verschneiten Boden. Sie schoss an der Thunfischdose vorbei, ohne sie eines Blickes zu würdigen, dann an mir. Sie beachtete mich genauso wenig wie den Thunfisch.

Ich seufzte. Ein sehr stolzes Tier. Den Thunfisch zu verspeisen oder mir wenigstens ein ganz kleines bisschen Dank zu zeigen, verbot ihr wohl ihre Eitelkeit. Oder ihr Schamgefühl. Vielleicht war es ihr wirklich unangenehm, in so eine Lage geraten zu sein.

Ich fuhr das Auto zurück in die Garage, warf den Thunfisch in die Mülltonne, dann ging ich ins Haus.

Ich hatte Plätzchen gebacken, für mich allein. Die Familie würde erst am zweiten Weihnachtsfeiertag zu Besuch kommen, und dann auch nur für ein paar Stunden, bis sie in den Weihnachtsurlaub starteten.

Mit dicken Wollsocken an den Füßen kuschelte ich mich aufs Sofa und aß ein paar Kekse. Sollte ich etwas lesen, Fernsehen schauen oder vielleicht Radio hören? Aber Rundfunkgeräusche ließen mich an solchen Abenden die Einsamkeit noch mehr spüren als Stille. Also beschloss ich, etwas zu lesen.

Ich stand auf und studierte mit schräg gelegtem Kopf die Buchrücken im Regal. Vielleicht etwas mit Tieren. Das würde doch jetzt passen. Insgeheim war ich nicht wenig stolz auf mich, einer Katze das Leben gerettet zu haben. Sie hatte zwar alles getan, um nicht den Eindruck zu erwecken, gerettet worden zu sein, aber ich hatte ihr eben doch geholfen, und das an Heiligabend. Das war doch ein gutes Gefühl.

Ich lächelte ein wenig vor mich hin, während ich die Titel las. Plötzlich hörte ich ein leises Maunzen. Das war bestimmt meine Einbildung, die mir Streiche spielte. Aber da war es schon wieder. Ein leises, aber beharrliches Maunzen. Es kam von der Terrassentür, die auf der anderen Seite des Hauses lag, zum Vorgarten hin, nicht dort, wo der Baum stand. Neugierig ging ich zur Tür.

Da stand sie, Minka, immer noch fielen sanfte Flocken auf ihr Fell. Sie sah sehr würdevoll aus, wie sie dort so geduldig im Schnee wartete. Ich öffnete die Tür.

«Hallo Minka», sagte ich leise. «Hast du deine Beschämung überwunden?»

Sie richtete den Schwanz auf. Das interpretierte ich einfach mal als «Ja». Sie drückte sich an mir vorbei ins Wohnzimmer, natürlich nicht, ohne dabei meine Beine zu berühren. Das liebte ich an Katzen. Wenn sie eine Streicheleinheit wollten, dann holten sie sie sich einfach.

«Den Thunfisch habe ich leider weggeworfen», sagte ich bedauernd. «Aber ein paar Weihnachtsplätzchen hätte ich noch.»

Ich setzte mich mit untergeschlagenen Beinen aufs Sofa.

Minka sprang neben mich und stupste den Teller mit den Keksen an.

«Soll ich dir etwas vorlesen?», fragte ich. «Etwas mit Katzen?»

Ich glaube, sie nickte.

OFFLINE UNTERM WEIHNACHTSBAUM

Martina Tischlinger

«An der nächsten Ausfahrt rechts abbiegen.»

Nach der grauen Stadt können wir endlich auch die Autobahn verlassen. Nur noch dreißig Kilometer über Land, und wir haben unser Ziel erreicht.

Gut, dass wir ein Navi haben, Landkarten kann schon lange keiner von uns mehr lesen.

Ich stelle mir das sooo romantisch vor: Weihnachten in einer urigen Hütte zwischen verschneiten Tannen, und Bambi äugt mit großen Kulleraugen hinter einem Busch hervor. Wir sitzen am Kamin und lesen Weihnachtsgeschichten, die Kinder gehen rodeln und bauen einen Schneemann mit Rübennase. Ein Weihnachten wie aus dem Bilderbuch – oder wie ich es aus dem Fernsehen kenne.

Um uns – oder mir? – diesen Traum zu erfüllen, haben wir eine Unterkunft in einer bewirtschafteten Hütte im Bayerischen Wald gebucht. Die Kinder finden es übrigens auch cool.

Das wird Klicks und Likes geben!

Philipp, unser Sechzehnjähriger, und unsere pubertierende Josefine sind auf der Rückbank in ihre Handys vertieft. Früher gab es während der Fahrt immer Geschrei und Gezanke, doch seit sie TikTok für sich entdeckt haben, rühren sich die Kids nur, wenn ihnen der Magen knurrt. Von Anna, dem Nesthäkchen, ist leises Bellen zu hören – sie spielt mit ihrem Kuschelhund.

Nachdem uns das Navi mit freundlicher Stimme auf einen Feldweg und mehr und mehr in die Abgeschiedenheit gelotst hat, hören wir von der Dame gar nichts mehr. Die Verbindung ist abgebrochen.

Wir genießen das Abenteuer, orientierungslos durch die verschneite Wildnis zu holpern. Die Kinder staunen über die weiße Pracht, spintisieren, jeden Moment könne ein Bär auftauchen. Oder Frau Holle, wie Anna hofft. Doch es dauert nicht lange, bis Philipp und Josi zu mosern anfangen. Auch sie haben kein Netz.

Als wir schließlich ankommen, begrüßt die Hüttenwirtin Resi uns in Dirndl und derben Lederstiefeln. An der Wand lehnen Skier und ein Holzschlitten, auf den die Kinder sich gleich begeistert stürzen. Wir tragen rosige Wangen und schmelzende Schneebatzen ins Haus, im Kamin knistert es, ein Geräusch, das ich lange vermisst habe.

In der Küche duftet es nach Apfelstrudel mit Zimt, und in der Stube reckt ein Weihnachtsbaum seine bunt geschmückten Zweige von sich. Holz, Tannennadeln, Apfelstrudel. Ich kann mein Weihnachtsglück gar nicht fassen.

«Vor der Bescherung gibt es Gulasch mit Semmelknödel. Danach kommt das Christkind», sagt die Resi.

«In echt?», juble ich mit großen Augen, was mir fast ein bisschen peinlich ist.

«Das WLAN geht nicht!», mault Josi. Ganz offensichtlich hat sie bereits erste Entzugserscheinungen. Philipp wischt und tippt ebenfalls verzweifelt auf dem Handydisplay herum.

Die Resi hält sich den Bauch vor Lachen. «Des brauchts da bei uns ned.»

Ihre hehren Worte bezweifle ich. Sie kennt meine Teenies nicht. Manchmal glaube ich, sie posten sogar im Schlaf.

«Digitales Detox schadet euch gar nichts», sage ich und schiele verstohlen auf mein eigenes Smartphone.

Während ich mein festliches Kleid für später, fürs Christkind, auspacke, ertappe ich meinen Mann dabei, wie er sein Handy aus dem Fenster schwenkt. «Kein Balken», stellt er fest.

Ich persönlich vermisse meines praktisch überhaupt nicht, ehrlich nicht. Obwohl es ja schon ein bisschen befremdlich ist, von der restlichen Welt abgeschnitten zu sein. Was wohl meine WhatsApp-Gruppen über meine Schweigsamkeit denken werden? Doch auch auf dem Balkon: kein Balken.

Unsere unterbeschäftigten Finger lenken wir mit einer saftigen Schneeballschlacht ab. Ich kann mich gar nicht mehr erinnern, wann ich das letzte Mal einen Schneeball gerollt – und in den Jackenkragen bekommen habe. Iiiih!

Pünktlich zum Gulasch in der Küche haben wir uns in Schale geworfen. Das mit den Krawattenknoten müssen die Jungs noch üben. Wir Frauen tragen Klimperschmuck.

«Gibt es hier echt kein Internet?», fragt Josi leidend, als Resi die Knödel auf die Teller kullern lässt. «Wie kann man denn da leben? Das ist das furchtbarste Weihnachten ever!»

Anna ahmt das Meckern der Ziegen im Stall nach. Wie wahr!

Das sämige Gulasch dampft auf den Tellern. Ich muss mich beherrschen, nicht nach einem zweiten Nachschlag zu verlangen. Auch Philipp leckt sich die Finger.

Dann bimmelt ein Glöckchen in der Stube. Ehrfurchtsvoll betreten wir den strahlenden Raum. Die Kerzen am Weihnachtsbaum sind aus Wachs, und ich glaube, den Zipfel des Christkind-Gewandes um die Ecke wehen zu sehen.

Die Wirtin stimmt «Stille Nacht, heilige Nacht» an. Der Sohn des Wirts, der Juppi, zupft auf der Zither. Mein Sohn ist hin und weg von dem Ding. Josefine hin und weg vom Juppi.

Wärme strömt durch meinen Körper, mein Herz hüpft ein kleines Tänzchen. Der Zauber dieser Nacht ist besser als im Fernsehen.

Bloß schade, dass ich diesen Moment nicht auf Social Media teilen kann. Ungewollt zuckt meine Hand zum Smartphone, das ich gewohnheitsgemäß noch immer bei mir trage. Es einfach auf dem Zimmer liegen zu lassen, habe ich nicht übers Herz gebracht.

Der Weihnachtstag kommt mit dicken Flocken daher. Juppi zeigt uns den Weg zur Kapelle. Die Bäume sind schwer beladen. Unter unseren Boots knirscht der Schnee. *Von drauß' vom Walde komm ich her; ich muss euch sagen, es weihnachtet sehr.* Nie habe ich das Gedicht besser verstanden.

Das kleine Gotteshaus ist mit Tannengrün geschmückt. Wir zünden ein Lichtlein an. Juppi und die Kids sprechen ein Gebet.

Instagram, Facebook und TikTok haben wir mittlerweile ganz vergessen, sogar Josi. Denn wir haben noch so viel vor, selten waren wir uns so einig.

Unsere XXL-Schneefrau mit Resis blonder Perücke nennen wir «Snowlinchen» – ich war ja für Hildegard.

Wir drehen windschiefe Pirouetten auf dem gefrorenen Weiher, zischen den Hang hinab und sehen in der Dämmerung ein Reh. Nachts können Engel nicht besser schlafen.

Dann heißt es «Servus» sagen. Die Wirtsleute und der Juppi winken uns hinterher. Snowlinchen ist noch lange im Rückspiegel zu sehen. Wir wollen bald wiederkommen. Zum Rodeln. Zum Schlittern übers Eis. Zu Knödeln und Apfelstrudel. Wir schnattern und fantasieren, bis wir den Winterwald verlassen.

«Pling!», macht es in unseren Hosentaschen. «Pling, pling, pling.»

Endlich wieder!

Aber fast bedauere ich es. Denn man weiß erst, dass man im Paradies war, wenn man wieder draußen ist.

«An der nächsten Ausfahrt rechts abbiegen.»

DIE PERFEKTE BESCHERUNG

Luzi van Gisteren

Die Weihnachtszeit als Inbegriff harmonischer Familienfreuden kann auch in einem Albtraum unerbittlicher Perfektion enden. Meine Schwägerin Victoria ist Wedding-Plannerin und rühmt sich ihrer Liebe zum Detail, die ich eher als Obsession für Belanglosigkeiten bezeichnen würde.

Um zu verhindern, dass das Fest wie in den Vorjahren in genervten Gemütern gipfelte, hatte ich spontan angeboten, den Heiligabend diesmal bei uns auszurichten.

Als meine Mutter erfuhr, dass der Weihnachtsabend in unserem Haus stattfinden würde, lud sie kurzerhand auch Oma Inge und Onkel Karl ein – schließlich, so ihr Argument, sollten bei diesem seltenen Ereignis alle Familienmitglieder in den Genuss kommen.

«Haben wir denn überhaupt so viel Platz?», gab mein Mann zu bedenken, als wir beim Frühstück erneut auf den 24. Dezember zu sprechen kamen. Mit meinem Bruder und seiner Frau, meinen Eltern, Oma Inge, Onkel Karl, meinem Mann, mir und natürlich unseren beiden Töchtern kamen wir auf stolze zehn Personen – eine stattliche Zahl, wenn man bedachte, dass unser Esstisch regulär nur für sechs ausgelegt war.

«Nun ja, wir könnten die Gartengarnitur an unseren Esstisch anstellen», schlug ich vor.

Victoria fiel aus allen Wolken, als sie mich am ersten Advent anrief.

«Was? Du erwägst doch nicht ernsthaft, deine Familie an Weihnachten auf Plastikstühlen sitzen zu lassen?», echauffierte sie sich, nachdem ich ihr einen kurzen Projektzwischenstand unterbreitet hatte. Ich erinnerte meine Schwägerin zaghaft daran, dass die Organisation der diesjährigen Weihnacht mir oblag, was sie fürs Erste akzeptierte.

Die Bestuhlung am Heiligabend schien ihr dennoch keine Ruhe zu lassen, denn am darauffolgenden Tag stand plötzlich mein Bruder Bastian vor der Tür.

«Vicky und ich haben noch mal über Heiligabend geredet», fiel er mit der Tür ins Haus, sobald wir in der Küche waren. «Wir finden es besser, wenn wir Weihnachten auch dieses Jahr wieder bei uns feiern.»

Vor Schreck fiel mir fast die Espressokapsel aus der Hand. «Sie hat dich also geschickt, das war ja klar!», resümierte ich kopfschüttelnd seinen Überraschungsbesuch.

Bastian winkte mit einer lapidaren Geste ab. «Ach, komm, Chrissi! The same procedure as every year, wir haben doch schon Routine!» Sein Lachen klang so falsch wie ein Donnergrollen im Frühlingstau.

Vorsicht, mein Lieber, ganz dünnes Eis!, schoss es mir durch den Kopf. Gleichzeitig breitete sich wieder dieser bittere Geschmack auf meiner Zunge aus, den ich schon so oft geschmeckt hatte, während Victorias Weihnachtswerk all die Jahre überschäumend gelobt worden war.

Die Messlatte war hoch, vielleicht war sie unerreichbar, doch eines war sicher: Auch wenn ich die Lichterketten nicht derart dekorieren würde, als wären sie von übermotivierten Weihnachtselfen angebracht worden, so hatte ich das Zeug, eine gute Gastgeberin zu sein.

«Victoria hat mir erzählt, dass wir ein kleines Sitzproblem haben?», streute mein Bruder weiter Salz in die Wunde.

Wütend knallte ich ihm die heiße Kaffeetasse auf den Tisch. «Also *wir* haben überhaupt kein Problem! Aber vielleicht hat ja *deine Frau* ein Problem!», rief ich.

Ich wollte noch mehr schreien, doch mir versagte die Stimme, und dann rutschte mir der verheerende Satz heraus, den ich noch bereuen würde: «Wir brauchen keine Garnitur, wir haben nämlich einen Plan B!»

Bastian nickte kurz, dann ging er, und es war Ruhe. Fehlte nur noch ein Plan B!

Die Stille drückte schwer, und meine Gedanken drehten sich im Kreis. Da erinnerte ich mich daran, wie eine Freundin im Sommer von der Geburtstagsfeier ihres Mannes erzählt hatte. Sie hatten diese mithilfe einer Eventagentur ausgerichtet, die dafür extra einen Pavillon im Garten aufgestellt hatte. Ob man so einen Pavillon wohl auch im Winter bekommen konnte?

Wenn irgendjemand in der Lage war, mein Chaos zu retten – dann eine Eventagentur! Ich musste nur aufpassen, dass sich hinter dieser nicht womöglich Victoria verbarg, jetzt, wo sie zu Weihnachten Leerlauf hatte.

Die Auswahl an Eventagenturen in unserer Stadt fiel nicht schwer. Genau genommen blieb nur eine einzige, die noch Aufträge annahm. «Einen Pavillon? Einen Pavillon haben wir für diese Jahreszeit nicht, aber mit einem aufblasbaren Iglu können wir dienen», erklärte der Eventmanager, als er meinem Rückrufwunsch nachkam.

«Einem beheizbaren Iglu?», fragte ich unsicher.

«Selbstverständlich beheizt, gnädige Frau!», versicherte mir der Mann, der durch seinen ausgeprägten Wiener Akzent bestach. «Wir kümmern uns um alles, das ist überhaupt kein Problem, gnädige Frau.»

Als ich wenig später den Kostenvoranschlag für das «Event» per E-Mail in meinem Posteingang fand, wurde mir heiß und kalt. Dennoch war es nun zu spät, einen Rückzieher zu machen! Mit angehaltenem Atem erteilte ich den Auftrag.

In einem Moment der Inspiration kam mir zudem die Idee einer Cocktailbar, die man im Gartenhäuschen aufbauen würde – vorausgesetzt, man räumte es vorher auf. «Du hast doch zu unseren Studentenzeiten immer so großartige Drinks gemixt», versuchte ich meinen Mann für das Projekt zu gewinnen.

«Der Wein dieses Caterers reicht doch. So viel trinkt deine Familie eh nicht!», winkte er ab.

Seit er den Kostenvoranschlag gesehen hatte, nannte er meine Festtagsplanung nur «eine riesige Schnapsidee». Doch das Menü – Edelfische und vegetarische Köstlichkeiten – hatte ihn überzeugt: Avocado-Tartar mit Trüffel, Artischockenherzen mit Zitronen-Mandel-Creme, Pilz-Risotto, Seezunge mit karamellisierten Karotten und Rotbarsch auf Wildkräuter-Salat klangen ja auch sehr verlockend.

«Aber neben dem Iglu noch eine Cocktailbar, das wäre der Hit!», beharrte ich. Mittlerweile freute ich mich schon richtig auf Heiligabend.

«Du bist ja noch schlimmer als Victoria. Nun mach doch endlich mal wieder einen Punkt, das ist mir jetzt ehrlich alles zu viel!», herrschte mich mein Mann an und versteckte sich fortan nur noch hinter seinem Feuilleton.

Heiligabend rückte näher. Während die Türchen meines Adventskalenders sich nach und nach öffneten, wuchs meine To-do-Liste immer weiter an: Christbaum schmücken, Verbenen-Tee für Oma Inge, Zigarre für Onkel Karl, Snacks, Mettensüppchen, Playlist fürs Dinner ... Langsam, aber sicher ging mir die Puste aus. In der Nacht vor Heiligabend tat ich kein Auge zu, so aufgeregt war ich.

Das Iglu fügte sich tatsächlich wie ein wahres Lustschlösschen in unseren Garten. Und doch lag etwas Unheilvolles in der Luft, als ob selbst das Iglu ahnte, dass der große Tag nicht so perfekt verlaufen würde, wie ich ihn geplant hatte.

Ich hatte für 17:00 Uhr eingeladen, doch Onkel Karl kreuzte bereits um kurz vor halb drei auf.

«Wunderbar, du kannst mir helfen, das Gartenhaus auszuräumen. Da soll heute Abend eine kleine Cocktailbar draus werden», versuchte ich, das Unangenehme mit dem Nützlichen zu verbinden.

«Ich bin doch nicht zum Arbeiten hier!», protestierte der ewige Junggeselle und ließ sich breitbeinig aufs Sofa plumpsen. Dass er einen Kaffeefleck auf meiner Weihnachtsdecke hinterließ, ignorierte ich geflissentlich.

Bald waren alle da: meine Eltern, Oma Inge, mein Bruder und Victoria.

«Hast du die Servietten selbst gefaltet, Christinchen?», jauchzte meine Mutter verzückt. Ein wohliges Kribbeln breitete sich in mir aus. Doch es verflog schnell, als Onkel Karl die Menükarten mit «Nur Fisch und Gemüse?» kommentierte.

«Wie wäre es denn zuerst mal mit einem Aperitif?», schlug ich mit einem gewinnenden Lächeln vor und schenkte den Champagner aus. Die Gespräche nahmen ihren Lauf, und für eine Weile konnte ich mich der Illusion hingeben, dass alles perfekt verlief. Doch um 18:00 Uhr, als der Caterer hätte eintreffen sollen, begann die Fassade zu bröckeln. Immer wieder glitt mein Blick unauffällig zur Uhr.

Um 18:20 Uhr hielt ich es nicht mehr aus. Ich griff zum Telefon und wählte die Nummer des Caterers, doch dieser war nicht erreichbar. Obwohl sich die nachfolgenden Minuten wie Stunden der Folter anfühlten, versuchte ich, ruhig zu bleiben.

Um 18:55 Uhr erklang endlich die erlösende Türklingel.

«Hereinspaziert!», tönte ich fröhlich, als wäre nichts geschehen. Hocherhobenen Hauptes geleitete ich die drei Männer in unser Iglu. Wie die Heiligen Drei Könige brachten sie ihre guten Gaben in Form von Wärmeboxen, Silbertabletts und köstlichen Delikatessen dar.

«Sie sind etwas zu spät, aber es ist alles warm, gell?», vergewisserte ich mich, als sich meine Familie außer Hörweite befand.

«Die Entenbrust und die Schweinshaxen ja – aber die Semmelknödel sollten sie vielleicht noch mal kurz ins heiße Wasser geben», meinte der Hochgewachsene und rieb sich zufrieden die Hände.

«Ente? Schweinshaxe? Wir haben Fisch bestellt, Fisch und Gemüse!», rief ich empört.

«Seezunge, Rotbarsch, Pilz-Risotto und Artischockenherzen!», bestätigte mein Mann und hielt dem Lieferanten die Menükarte unter die Nase. Der hochgewachsene Mann schielte auf den Lieferschein und runzelte die Stirn. «Das kann nicht sein, schauen Sie mal, hier steht doch eindeutig: *Weihnachtsmenü Klassik, Eichenweg 6.*»

«Aber das hier ist der Eichenhof, nicht der Eichenweg!», protestierte ich verzweifelt. Ein Hauch von Panik stieg in mir auf.

«Stimmt. In den Eichenhof kommt ja auch das Weihnachtsmenü Deluxe – mit Fisch!», resümierte der Hochgewachsene und runzelte die Stirn.

«Na eben!», schrie ich.

Der Caterer sah mich verwirrt an, dann starrte er wieder auf seine Unterlagen.

«Verdammich …», murmelte er. «Ihr Menü sollte natürlich hier sein, aber … Wie soll ich Ihnen das erklären … Das haben wir vor einer Stunde in den Eichenweg ausgeliefert. Leider!»

Dann zückte er sein Smartphone und verließ wortlos das Iglu, um zu telefonieren. Wenig später kehrte er mit erhellter Miene zurück: «Es ist alles in bester Ordnung, Madame. Die Verwechslung wurde im Eichenweg auch schon bemerkt. Die gute Nachricht: Familie Niedermayer aus dem Eichenweg wäre bereit, sich mit dem Fisch direkt auf den Weg zu Ihnen in den Eichenhof zu machen. Kurz vor acht könnten die Herrschaften hier sein. Wäre Ihnen das recht, Madame?»

Ich nickte ergeben.

«Die Bedingung wäre allerdings, dass Familie Niedermayer das Klassik-Menü gleich hier verspeist», fügte er hinzu.

Ich erstarrte zu Blitzeis und blickte ihn fassungslos an. «Das meinen Sie doch nicht im Ernst?»

Er nickte eifrig. «Doch, doch. Die Enkelkinder der Niedermayers sind wohl schon sehr hungrig, wenn ich das richtig mitbekommen habe. Das passt doch für Sie?»

Ich schloss die Augen. Ich atmete ein. Ich atmete aus.

«Auf keinen Fall!», beschloss ich.

«Aber warum denn nicht?», rief plötzlich Oma Inge aus dem Off.

Auch Onkel Karl mischte sich ein: «Ja, teilen wir doch einfach! Schweinshaxe, Ente, Fisch – da ist doch für jeden etwas dabei, oder nicht?»

Alle nickten, alle – außer mir.

«Es geht nicht! Wir haben nicht mal genügend Stühle!» protestierte ich mit letzter Kraft.

«Ach, komm schon, Christine!», fiel mir da meine liebe Schwägerin Victoria in den Rücken. «Ihr habt doch noch die gute Gartengarnitur auf der Terrasse. Wir rutschen einfach zusammen. Ist doch schließlich Weihnachten!»

WEIHNACHTLICHE WEISSE LÜGEN

Magda von Garrel

Beim gemeinsamen Warten auf das Erscheinen des Weihnachtsmannes fiel der kleinen Marie plötzlich etwas auf. «Mama», fragte sie, «wo ist denn Opa?»

Die im Raum befindlichen Erwachsenen, bei denen es sich um Maries Eltern und ihre Großmutter mütterlicherseits handelte, sahen sich verblüfft an. Maries Oma hatte sich am schnellsten wieder gefasst und antwortete: «Soweit ich weiß, ist Opa vorhin nach draußen gegangen, um dem Weihnachtsmann beim Abladen der Geschenke zu helfen. Einige Geschenke können nämlich ganz schön schwer sein, und da der Weihnachtsmann schon sehr alt ist, kann er nicht mehr alles alleine vom Schlitten holen.»

«Aber Opa ist doch auch alt!», wandte Marie ein und blickte dabei ihre Mutter fragend an.

«Ja, sicher», gab diese sofort zu, «aber längst nicht so alt wie der Weihnachtsmann.»

«Richtig», bestätigte nun auch Maries Vater, «der Weihnachtsmann kommt schon seit Jahrhunderten zu den Kindern. Und weil es damals noch keine Autos und nur ganz wenige Straßen gab, fliegt er bis heute mit seinem Schlitten und seinen Rentieren durch die Luft.»

Maries Mutter stupste ihren Mann anerkennend an. Das hatte er wirklich gut hinbekommen! Damit stand auch fest, dass sich alle darin einig waren, Maries Glauben an den Weihnachtsmann so lange wie möglich zu erhalten. Jetzt blieb nur noch zu hoffen, dass der Großvater an der Tür lauschte und nicht zu früh in das Gespräch hineinplatzte.

Mit der Antwort ihres Vaters schien auch Marie zufrieden zu sein. Jedenfalls kam sie nun auf ein anderes Thema zu sprechen, bei dem es um die vielen noch nicht beschenkten Kinder ging. «Müssen die noch lange warten?», fragte sie zum Schluss ganz besorgt, weil ihr die Qual des Wartens nur allzu gut bekannt war.

«Aber nein!», versicherte ihre Mutter sofort und nahm ihre Tochter auf den Schoß. «Der Weihnachtsmann kann sich sogar ein wenig Zeit lassen, weil, wie du vielleicht schon gehört hast, die Nacht um die Erde herumwandert. Der Weihnachtsmann muss also nur der Nacht folgen, um überall rechtzeitig anzukommen.»

Obwohl sich Marie nicht so richtig vorstellen konnte, wie man einer Nacht folgen sollte, wenn es überall dunkel war, war ihr schon ein neuer Gedanke in den Sinn gekommen: «Und was ist, wenn der Weihnachtsmann mal krank wird? Kriegt dann kein Kind ein Geschenk?»

«Da musst du dir überhaupt keine Sorgen machen», schaltete sich nun wieder ihr Vater ein, «auch wenn es zu Weihnachten oft sehr kalt ist. Aber genau deshalb zieht sich der Weihnachtsmann immer besonders warm an. Er trägt einen langen Mantel, warme Handschuhe und dicke Stiefel. Außerdem hat er noch eine Mütze auf dem Kopf, und ich glaube, dass ihn auch sein langer Bart vor der Kälte schützt.»

Jetzt oder nie, dachte Maries Opa, der tatsächlich wie erhofft an der Tür gelauscht und sofort die richtigen Schlüsse gezogen hatte. Mit lautem Klopfen kündigte er sein Kommen an.

«Der Weihnachtsmann ist da!», rief Marie begeistert, während sie vom Schoß ihrer Mutter sprang.

Gebannt starrte sie auf die Tür, die sich gleich darauf öffnete und den Blick auf einen prächtig gekleideten Weihnachtsmann freigab. Am liebsten hätte sich Marie sofort in seine Arme gestürzt, aber die aus dem Sack hervorlugende Rute hielt sie im letzten Moment davon ab. Und es kam sogar noch schlimmer: Mit sehr tiefer Stimme, um die sich ihr Opa redlich bemühte, wurde sie gefragt, ob sie denn immer ein braves Mädchen gewesen sei. Doch anstelle von Marie war es ihre Oma, die umgehend antwortete: «Dafür lege ich meine Hand ins Feuer!»

«Tja, wenn das so ist», meinte der Weihnachtsmann, «brauche ich die Rute ja gar nicht.» Mit diesen Worten öffnete er den Sack, legte die Rute beiseite und forderte seine Enkelin auf, alle darin enthaltenen Geschenke herauszuholen. Und zwar so schnell wie möglich, weil seine Zeit leider begrenzt sei.

Das ließ sich Marie nicht zweimal sagen, und sie begann sofort mit dem Auspacken. Sobald der Sack leer war, tätschelte der Weihnachtsmann ihren Kopf und wollte schon gehen, als Marie plötzlich wieder an ihren Opa dachte und den Weihnachtsmann fragte, ob er vielleicht wüsste, wo der geblieben sei.

Nach einem ersten verlegenen «Ähhh» hatte der Weihnachtsmann überraschend schnell eine passende Antwort parat: «Zuerst hat mir dein Opa beim Ausladen der Geschenke geholfen, aber dann wollte er unbedingt noch mehr für mich tun. Das konnte ich auch gut gebrauchen, weil die Rentiere schon hungrig waren. Also habe ich deinen Opa gebeten, sie zu füttern. Das kann noch ein Weilchen dauern, weil die Rentiere leider ziemlich gefräßig sind.»

«Ach so», sagte Marie verständnisvoll. Sie war so stolz auf ihren Opa, dass sie das eilige Verschwinden des Weihnachtsmannes kaum mitbekam und sich nun ganz konzentriert dem Auswickeln der Geschenke widmete.

Einige Zeit später tauchte auch ihr Opa wieder auf, dem sie voller Freude ihre vielen neuen Spielsachen präsentierte. Währenddessen erfuhr sie, dass der Weihnachtsmann ihrem Opa sogar erlaubt hatte, die Rentiere zu streicheln, was ihr Glück vollkommen machte.

Nachdem Marie fest eingeschlafen war, verbrachten die Erwachsenen den Rest des Abends bei einem Gläschen Wein.

«Gerade noch mal gut gegangen», fasste Maries Mutter ihre Eindrücke zusammen und sprach damit allen Anwesenden aus dem Herzen.

«Ich weiß allerdings nicht», gab der Großvater zu bedenken, «ob ich das im nächsten Jahr noch einmal durchhalte. Außerdem ist mir gerade der Gedanke gekommen, dass wir auf diese Weise das Leben des Kindes mit einer Lüge beginnen.»

«Papperlapapp», fiel ihm seine Frau entrüstet ins Wort, «es geht doch um den weihnachtlichen Zauber. Für die kleinen Kinder wäre Weihnachten nur halb so schön, wenn sie von vornherein wüssten, dass dieses Fest eigentlich eine total kommerzielle Veranstaltung ist.»

«Das sehe ich auch so», meldete sich nun Maries Vater zu Wort. «Außerdem», fuhr er fort, «habe ich mal den Begriff ‹weiße Lügen› gehört. Dabei handelt es sich um gut gemeinte Lügen, wie man sie auch am Bett eines Schwerkranken hören könnte.»

Daraufhin trat eine nachdenkliche Stille ein, die erst von Maries Mutter unterbrochen wurde: «Im Grunde genommen sehe ich das ganz ähnlich, aber was ist mit Komplimenten, bei denen es mehr um eigene Vorteile als um das Wohlbefinden eines anderen Menschen geht? Sind das auch weiße Lügen?»

«Du kannst Fragen stellen!», rief ihr Mann spontan aus, bevor er etwas ausführlicher auf die Frage einging: «Wahrscheinlich eher nicht, aber dafür weiß ich, dass es um diese Welt nicht nur zu Weihnachten viel besser bestellt wäre, wenn es mehr weiße als schwarze Lügen gäbe.»

EIN ENGEL OHNE FLÜGEL

Peter Schneiderhan

Elvira öffnete den Karton mit den Weihnachtsdekorationen, den sie am Vormittag vom Dachboden geholt hatte. Sie schmückte die Fenster mit bunten Glassternen und stellte die beiden goldenen Leuchter auf die Anrichte.

Dann ergriff sie ihr in Seidenpapier eingeschlagenes Lieblingsstück und hob es aus der Kiste. Sie entfernte die Hülle und platzierte ihren Engel, den Engel ohne Flügel, zwischen den Kerzenständern.

Elvira schenkte sich eine Tasse Tee ein, setzte sich in den Sessel und betrachtete den Engel. Und wie jedes Jahr stellte sie sich vor, wie ihm neue Schwingen wuchsen, damit er seine Bestimmung als Vermittler zwischen der himmlischen und der irdischen Welt endlich wieder erfüllen konnte.

Elviras Großvater war Holzschnitzer gewesen und hatte den Engel vor über einem halben Jahrhundert aus Lindenholz geschaffen. Er trug die zarten Gesichtszüge seiner Enkelin. Die Flügel hatte er so gefertigt, dass sie mittels zweier Zapfen in den Engelskörper eingefügt werden konnten.

Auch Elviras jüngerer Bruder Christoph hätte einen

Engel bekommen sollen. Doch der Großvater war überraschend gestorben. Zurück blieb der Rohling auf der Werkbank. Der elfjährige Christoph war darüber so wütend geworden, dass er heimlich die Flügel von Elviras Engel entfernte.

Damals hatte Elvira am Fenster gestanden und gesehen, wie ihr Bruder im Garten ein Feuer entfachte. Christoph warf seiner Schwester einen diabolischen Blick zu und ließ zwei geschwungene flache Holzstücke in die Flammen gleiten. Da wandte Elvira sich um und entdeckte den flügellosen Engel.

«Was hast du getan?», flüsterte sie, als Christoph das Zimmer wieder betrat. Doch er zuckte nur mit den Schultern und verkroch sich.

Elvira hatte den versehrten Engel in die unterste Schublade einer Kommode gelegt, wo er viele Jahre lang schlummerte.

Später blieb Elvira im elterlichen Haus wohnen, während Christoph überwiegend in Südamerika tätig war. So verloren die Geschwister einander mehr und mehr aus den Augen.

Jetzt klingelte es, und Elvira öffnete die Haustür. Aber da war niemand. Der Postbote hatte ein Paket ohne einen Hinweis auf den Absender auf der Schwelle abgestellt. Elvira trug es in die Küche und durchtrennte das Klebeband. Zuoberst lag ein Briefumschlag mit der knappen Anweisung *Erst lesen, dann das Geschenk auspacken!*, der sie auch folgte.

Liebe Elvira,

so viele Jahre ohne einander, und doch bleibt die Erinnerung an das frühere Gemeinsame. Ich hoffe sehr, dass du deinen Engel längst aus seinem finsteren Schubladendasein befreit hast und er wie damals zwischen den goldenen Leuchtern thront.
Es wird Zeit, dass ich mich für mein Verhalten entschuldige. Vielleicht kannst du deinem kleinen Bruder verzeihen? Ich wollte sie dir schon so lange zurückgeben …
Es waren nicht die Schwingen deines Engels, die die Flammen verzehrt haben, sondern meine missglückten Laubsägearbeiten.
Jetzt darfst du das eigentliche Päckchen öffnen, und wenn du magst, auch ans Fenster klopfen und mich hereinbitten. Ich sitze nämlich frierend auf der alten schmiedeeisernen Gartenbank und würde mich über eine heiße Tasse Tee freuen, gerne mit einer kleinen Kostprobe deiner leckeren Plätzchen.

Herzlichst
dein Christoph

Elvira ging zum Fenster, und wenige Augenblicke später lagen sich Schwester und Bruder in den Armen. Gemeinsam wickelten sie die Flügel aus dem bunten Papier und steckten sie dem Engel wieder an.

DIE TÜR

Christa Weinmann

Jan war wie gelähmt. Pure Verzweiflung erfasste ihn, und die Angst lag wie ein kalter, schwerer Stein in seinem Magen. Wie hatte das nur passieren können? Er hatte doch nur einen einzigen Blick ins Wohnzimmer werfen wollen. Nur mal schauen, ob unter dem Weihnachtsbaum auch ein kleines Geschenk für ihn lag. Und nun stand er da – die Klinke in der Hand – völlig ratlos.

Er erinnerte sich, wie Tante Karola neulich über ihren Kollegen gesagt hatte: «Die Gewissensbisse fressen ihn auf!» Und jetzt erging es ihm genauso, er spürte schon, wie es an ihm nagte.

Die Tür hatte bereits seit dem Einzug geklemmt. Und so hatte Jan mit der ganzen Kraft eines Fünfjährigen am Griff gezogen. Bis er plötzlich auf der anderen Seite ein lautes Klirren hörte. Die Klinken hatten sich gelöst, aber die Tür blieb zu. Was sollte er nur tun?

Papa holte gerade Mama aus dem Krankenhaus. Sie hatte sich den Fuß gebrochen und war eine ganze Woche weg gewesen. Gerade noch rechtzeitig zu Weihnachten durfte sie heim. Papa hatte in der Frühe noch schnell einen Christbaum gekauft und ihn mit allem geschmückt, was er finden konnte. Das war einfach, denn der Baum war mickrig und einige Äste fehlten ganz.

Sicher waren seine Eltern enttäuscht von ihm. Aber wer konnte ihm helfen? Oma? Die wohnte zu weit weg. Tante Karola wollte er nicht anrufen, wegen der Gewissensbisse. Sonst kannte er hier noch niemanden, denn sie waren erst vor einigen Wochen eingezogen. Den Nachbarn hatte er mal gesehen, aber ob der eine Hilfe war? Der war ja schon so alt – mindestens sechzig!

Trotzdem klingelte Jan an dessen Tür. Nach einer gefühlten Ewigkeit öffnete ein Mann mit Brille und grau melierten Haaren.

«Äh, Tür … – *schnief* – gezogen, äh … und äh, kaputt – *schnief* – Mama nicht da, hab ich nicht gewollt. Könn' bitte … ähm, helfen?»

Verwundert blickte der Mann auf Jan hinab. Dann drehte er sich um und ging zurück in seine Wohnung. Heute ging aber auch alles schief!

Nach einigen Augenblicken jedoch kam der Nachbar zurück, einen Werkzeugkoffer in der Hand, und meinte: «Na, dann schaun wir mal!»

Als sie im Flur ankamen, nahm er einen großen Schraubenzieher und wollte so die Tür öffnen. «Die klemmt ja!»

«Hm-hmm!» Mehr brachte Jan nicht heraus.

«Keine Sorge, das haben wir gleich! Dein Papa ist wohl kein großer Handwerker?»

«Der arbeitet mit Computern.»

Mitleidig schaute der Mann auf ihn hinab. «Ich bin Franz, und du?»

«Jan.»

Dann ging alles ganz schnell. Franz brachte die Klinke an, verstellte die Bänder und setzte die Tür wieder ein.

«Also dann – man sieht sich, Jan!» Und schon war er wieder hinter der Nachbartür verschwunden.

Das war auch höchste Zeit, denn gerade fuhren Jans Eltern auf den Parkplatz vor dem Haus.

Es wurde das schönste Weihnachten aller Zeiten. Mama wunderte sich, dass die Tür nicht mehr klemmte, und Papa meinte: «Das kam eh von der Raumfeuchtigkeit.»

Als sie das Wohnzimmer betraten und den Weihnachtsbaum sahen, lag in Mamas Gesicht kurz das blanke Entsetzen, doch wenige Sekunden später wurden ihre Züge weich, und sie sagte zärtlich zu ihrem Mann: «Du hast ja sogar mit Weihnachtsbäumen Erbarmen!»

Weil Mama nicht einkaufen war, gab es Fertigpizza – die schmeckte wie beim guten Italiener. Jan bekam ein lustiges Brettspiel geschenkt, und alles war perfekt.

Später schlich sich Jan mit einer Tüte Plätzchen zur Nachbarswohnung und klingelte. «Frohe Weihnachten und danke noch mal, Franz!»

Der Nachbar freute sich sichtlich, nahm ein kleines Geschenk von der Kommode und sagte: «Dir auch frohe Weihnachten, Jan!»

Seine Eltern wunderten sich, dass er schon ins Bett wollte, doch als er endlich alleine war, öffnete er das Päckchen. Es war – wow – ein Schweizer Taschenmesser! Mit Schraubenzieher, Feile, Schere, Säge und einer ganz scharfen Klinge – Jan hatte es gleich am Kissenbezug ausprobiert. Glücklich wie nie schlief er ein.

WEIHNACHTSÜBERRASCHUNGEN

Rainer Lewandowski

Schon seit Jahren wurde ihm zu Weihnachten erzählt, dass zum Fest ein gewisser Weihnachtsmann die Geschenke bringe. Ob man darauf Einfluss hätte, hatte er gefragt, und seine Eltern hatten ihm einen Wunschzettel vorgeschlagen, den man an diesen Weihnachtsmann schicken könnte. Was er sich denn wünschen würde, hatten sie ihn gefragt.

«Eine funkgesteuerte Kinder-Drohne mit Kamera! Fly-Xpress 7 oder besser 9», hatte er geantwortet. «Eine Drohne, die ich überall hinfliegen lassen kann!»

«Dann schreib ihm das», hatten sie ihm empfohlen.

Er schrieb. Dann hörte er nichts mehr von dieser Angelegenheit, hatte aber doch starke Zweifel am Nutzen seines Briefes, weil die Existenz eines sogenannten Weihnachtsmannes doch immer zweifelhafter für ihn geworden war. Auch seine Freunde hatten ihrerseits Bedenken.

Manchmal schnappte er beim Abendessen Gesprächsbrocken seiner Eltern auf, die sich darüber unterhielten, was sie für Oma und Opa besorgen müssten, und wo man das, so knapp vor dem Fest, jetzt noch bekommen könnte. All das nährte seine Zweifel. Weshalb versuchten die es nicht mit einem Brief an den Weihnachtsmann? Und außerdem: Was hieß «bekommen könnte»? Hieß das: Kaufen? Schrieben Oma und Opa nicht dem roten Mann mit dem Geschenkesack?

Eines Tages stellte sich bei ihm ein besonderer Gedankenschluss ein: Wenn, das heißt: falls die Menschen ihre oder die Geschenke für andere tatsächlich kauften, dann müssten die ja irgendwo, und zwar schon vor Weihnachten, vorhanden sein, vielleicht versteckt, bis sie zum Weihnachtstag hervorgeholt würden. Zugegeben: An den Weihnachtsmann glaubte er schon nicht mehr so richtig, aber man wusste natürlich nie …

Als einige Tage vor dem Fest die Eltern für längere Zeit zum Einkaufen für die Festtage unterwegs waren, er also eine Weile allein zu Hause war, kam ihm der Gedanke, diesen Geschenkemythos einmal praktisch zu überprüfen. Falls seine Drohne FlyXpress 9 nicht erst am Heiligen Abend vom Weihnachtsmann samt Rentierschlitten und vermutlich Millionen anderer Geschenke gebracht würde, was er mehr und mehr für unwahrscheinlich hielt, könnte sie doch schon ein paar Tage vorher im Hause sein, und zwar tatsächlich irgendwo gut versteckt, damit er das Geschenk nicht so offensichtlich finden konnte.

Gegen Verbergen hilft Suchen. Das tat er. Er fragte sich, wo denn die besten Verstecke sein könnten, Stellen, an die er im Alltag nicht hinkäme.

Er schaute zuerst im Schrank auf dem Flur nach. Der war groß. Da war Platz, aber da fand er nichts. Zumindest nicht seine Drohne. Handschuhe. Schals. Die könnten für seine Mutter, aber auch für seine Oma oder Opa sein. Also doch, erkannte er, Geschenke für Weihnachten sind schon vorher im Hause!

Als er weitersuchen wollte, kamen seine Eltern zurück. Er musste seine Mission unterbrechen.

Die Handschuhe und die Schals waren allerdings ein unwiderlegbarer letzter Beweis für die Nichtexistenz des Weihnachtsmannes.

Am letzten Schultag vor den Weihnachtsferien keimte während der letzten Unterrichtsstunde ein fast unzähmbares Verlangen in ihm auf: die Drohne. Seine Drohne! Eine Reichweite von bis zu hundert Metern, mit LED-Scheinwerfern, sodass sie auch bei Dunkelheit fliegen konnte …

Er hatte die Drohne schon oft im Schaufenster des Fachgeschäftes stehen sehen. Die Sehnsucht nach seinem so sehr gewünschten Spielzeug stieg kraftvoll in ihm auf. Die Wunscherfüllungshoffnung schwoll zur Begierde an, ließ ihn nicht mehr los. Die Drohne – seine Drohne. Seine Freunde würden staunen!

Zu Hause angekommen, wartete er darauf, bis seine Eltern zum Lebensmittel-Festeinkauf unterwegs waren. Jetzt hieß es wieder: suchen. Im Keller. Auf dem Dachboden. In der Küche in den Schränken zwischen Pfannen und Töpfen, in der Speisekammer, im Schuhschrank. Nichts. Nirgendwo ein Karton mit der Drohne drin.

Dann kam ihm der Gedanke: das Tabuzimmer. Das elterliche Schlafzimmer. Vorsichtig begann er, die Kommoden zu durchsuchen, den Wäschepuff, wobei ihn das geärgert hätte – sein Sehnsuchtswunsch unter der schmutzigen Wäsche, unverschämt – aber auch da fand er nichts. Zwei

Packungen neue Unterhosen, einen verpackten Büstenhalter, ein Schmuckkarton Parfüm.

Das alles brachte seinen Weihnachtsmannglauben massiv ins Wanken. Solche Kleinigkeiten hätte der doch leicht zum Fest transportieren können. Aber seine Drohne mit all dem Fernsteuerzubehör? Das war schon ein etwas größerer Karton.

Der Kleiderschrank!, durchzuckte es ihn. Und tatsächlich: Unter Schals und Pullovern der Eltern wurde er fündig! Seine Drohne. Da war der Karton! Er wollte ihn sofort aufmachen, aber er war zugeklebt. Den konnte er nicht öffnen, ohne sich zu verraten.

Trotzdem: Ein Freudenschwall stieg in ihm auf! Der Wunsch war erfüllt, und, wie es ein für alle Mal schien, ohne den Brief an den Weihnachtsmann, es sei denn, der hatte vorzeitig geliefert. Da war sie: seine Drohne im Karton mit der detailgenauen farbigen Abbildung. Ein Wahnsinnsgefühl des Glücks breitete sich in ihm aus. Wohlgefallen. Zufriedenheit.

Doch dann beschlich ihn die Angst, ertappt zu werden. Würde seine unerlaubte Suche ihn verraten? Er verstaute alles sorgfältig wieder so, wie er in Erinnerung hatte, es unter Pullovern und Handtaschen vorgefunden zu haben. Da lag er, der Karton samt Inhalt. Wieder gut versteckt. Der Weihnachtsmann war endgültig Vergangenheit. Er schloss die Schranktür und ging schleunigst in sein Zimmer.

Von nun an war er die ganze Zeit unruhig, sehr unruhig. Er versuchte zu lesen, aber seine Konzentration zerfaserte. Er wusste, ein Traum würde in Erfüllung gehen. Nur noch bis Weihnachten – und ab geht's!

Als die Eltern zurückkamen, keimte in ihm eine ununterdrückbare Nervosität auf, die Ungewissheit, ob er alles wieder so versteckt hatte, wie er es vorgefunden hatte. Er legte sich, falls er aufflog, erste Ausreden oder Antworten zurecht, die möglichst harmlos schienen, aber jede Verantwortung für verschobene Wäschestücke von ihm wiesen. Diese Unsicherheit brachte eine ständige Unruhe vor unerwarteter Entdeckung mit sich. Das legte sich spürbar aufs Gemüt, aber er wollte, er durfte sich nichts anmerken lassen, denn schließlich war der Weihnachtsmann, dessen Illusion er nun bewusst aufrechterhielt, ja offiziell noch nicht da gewesen.

Schwieriger wurde es, das richtige Verhalten auf rhetorische Fragen seiner skeptisch tuenden Mutter zu finden, ob denn der Weihnachtsmann seinen Brief an ihn auch wirklich erhalten hätte. Er wusste, der Weihnachtsmann, seine Eltern oder wer auch immer hatten ihn erhalten, aber er durfte sich nichts anmerken lassen.

Auf seltsame Weise verschwand die unbedarfte Freude aus seinem Dasein. Er musste bis zur Bescherung durchhalten. Die Nacht war kein nennenswertes Problem, da fragte keiner, da machte niemand doppeldeutige Anspielungen, auf die er immer Nichtwissen vortäuschen musste, keine Reaktion zeigen durfte. Eine anstrengende Lebensweise. Er begann, die Drohne zu verwünschen, obwohl er sich doch so nach ihr gesehnt hatte.

Das Weihnachtsessen vor der Bescherung fand gemeinsam am Tisch statt. Tagsüber konnte er sich gefahrlos aus der Gemeinschaftszone heraushalten, er hätte noch zu tun, schließlich sei am Abend Bescherung mit Geschenkeaustausch, wie sie ja wussten. Alle dachten, der Junge hatte noch zu basteln oder zu malen für neuen Schmuck am leuchtenden Tannenbaum.

Seine Bastelarbeiten aber hatte er längst hinter sich. Stattdessen wartete er, dass sein Vater oder seine Mutter endlich das Drohnen-Geschenk aus dem Schrank holen würde und dabei hoffentlich nicht bemerkte, dass er es schon zuvor einmal gefunden hatte.

Würstchen und Kartoffelsalat schmeckten an diesem Weihnachten anders als die Jahre zuvor. Viel fader. Er hätte nicht gewusst, dass schlechtes Gewissen nach irgendetwas schmeckte. Zumindest aber veränderte es gewohnte Geschmacksnuancen. Vor allem der warme Kartoffelsalat mit Speck, seine Lieblingsspeise zum Fest, hatte einen ihm fremden, beinahe unangenehmen Beigeschmack.

Nach dem gemeinsamen Abräumen des Geschirrs und der übrig gebliebenen Würstchen im Brühsud sollte er in seinem Zimmer auf die Bescherung warten. Inzwischen, das hatte der Weihnachtsmann – wem gegenüber? – angeblich angemeldet, käme er, um flugs im Rentierschlittenfluge die Geschenke zu bringen. Dann würde sich herausstellen, ob der Weihnachtsmann seinen Brief erhalten hatte und sogar den Wunsch daraus erfüllen würde.

Welch elterliche Provokation! Was sollte dieses Märchen noch? Er wusste doch, dass sein Wunsch in Erfüllung gehen würde, aber wem gegenüber sollte er das äußern oder gar eingestehen, dass er das Geschenkeerfüllungswunder schon längst entlarvt hatte? Seine innere Anspannung und Unruhe wuchsen, auf einmal verstärkt durch die Frage, ob er die freudige Überraschung unverdächtig genug würde äußern, sprich: zum Ausdruck bringen können und ob er überhaupt seine unbändige Freude genügend zur Schau stellen könnte. Aus dem naiven Weihnachtsfreude-Empfinden musste plötzlich irgendwie eine schauspielerische Leistung werden.

Ein schönes, wohliges Weihnachten war das bisher nicht. Plötzlich ärgerte er sich, dass er seine Neugier nicht hatte zügeln können. Das Weihnachtfest und die schöne Bescherung waren jetzt wie eine Strafe, obwohl niemand von der Straftat wusste. Auch gar nicht wissen durfte.

Er lobte die schönen Kerzen, die am geschmückten Tännchen flackerten. Mutter und Vater waren erstaunt. Bislang hatte der Junge sich nicht über Weihnachtsgefühlsempfindungen geäußert. Mutter warf Vater einen bedeutsamen Blick zu.

Ihn durchschoss ein heißer Strahl! Hatte sie etwas gemerkt? War das ein wissender Blick zum ebenfalls eingeweihten Vater? Wenn das so wäre, was würde ihn dann bei der Gabenverteilung erwarten?

Er hätte Weihnachten am liebsten ausfallen lassen. Aber das ging nicht, dann bekäme er seine ersehnte Drohne nie!

Er wartete in seinem Zimmer, wusste, jetzt würden sie den Karton mit der fernsteuerbaren Drohne aus dem Kleiderschrank des Elternschlafzimmers holen. Bald würde das helle Glöckchen läuten, das bedeutete: Er konnte jetzt kommen.

Es klingläutbimmelte. Sehr schrill dieses Mal. Schriller als die Jahre zuvor. Er durfte kommen, das Wohnzimmer betreten, den Karton mit der Drohne entdecken, Freude zeigen! Er musste Freude zeigen, unbedingt. Ungestüme

Freude! Sich nichts anmerken lassen, nichts anmerken lassen!

Konzentriert betrat er wieder das Wohnzimmer. Auf den ersten Blick erfasste er: Keine Drohne in Sicht. Was war das? Wo war der Karton? Hatten sie ihn vergessen? War die Drohne gar nicht für ihn gewesen? War die für jemand anderen? Für den Cousin, der morgen mit seinen Eltern zum Weihnachtsessen kommen würde? Danach fragen konnte er nicht, dann hätte er sich verraten, sein unerlaubtes vorzeitiges Suchen eingestehen müssen.

«Na, dann pack mal aus, Junge», sagte Mutter freudestrahlend. Er blickte stumm um sich. Die Enttäuschung war riesengroß.

«Das hast du dir doch alles gewünscht», sagte Vater. «Nun pack schon aus.»

Er packte, auf dem Boden hockend, lustlos die Nebengeschenke aus, verunsichert, traurig, dass der größte Wunsch nicht in Erfüllung gegangen war. Weihnachtsmann hin oder her. Das war ihm egal. Das Schlimmste war, dass er an den Büchern, Spielen und Kleingaben große Freude heucheln musste, aber kein wirkliches Interesse hatte. Er spürte, dass er sich Weihnachten selbst gründlich verdorben hatte. Die Freude, die auf die erfüllende Vorfreude folgte, das Glück des Besitzes von Neuem, sie fehlten.

Er durfte, wollte seine unsägliche Enttäuschung niemandem zeigen. Nach außen musste er sich freudig überrascht geben, aber er war den Tränen nahe. Eine fatale Situation, in der er ausgerechnet am Weihnachtsabend steckte. Er schluckte, nachdem er das letzte Geschenk, einen großen Laborkasten, besonders sorgfältig und langsam ausgepackt hatte, denn er wusste, jetzt hatte die ehrlich erfreute Danksagung zu geschehen.

«Na, da war der Weihnachtsmann doch mal wieder fleißig, bevor er zu den anderen musste!», provozierte Mutter.

Und Vater ergänzte: «Als er uns verließ, hat er noch kurz hinter dem großen Sessel Halt gemacht.»

«Ach, der war doch gar nicht da», gab er verärgert zurück. «Den gibt es doch gar nicht …»

«Dann schau doch mal hinter den Sessel …», empfahl Mutter und lächelte spitzbübisch.

Hoffnung keimte in ihm auf. Er kroch hin und blickte hinter den Sessel. Tatsächlich: Da stand der Karton mit der Drohne!

«Der steht aber auf dem Kopf!», beschwerte er sich erleichtert.

«So, wie ich ihn aus dem Schrank geholt habe», sagte Vater. «Da ist ein richtiger Weihnachtsmann wohl schon vorher mal dran gewesen …», schob er nach, und er und Mutter lachten.

WEIHNACHTSWUNSCH

Astrid Wirtz

Es ist ein herrlicher Tag Anfang Dezember, und Rike steuert ihren Lieblingsplatz im Park an: eine Bank mit Blick auf eine weite Wiesenfläche, die an einem Waldgebiet endet. Hinter der Bank stehen Rhododendren, Sträucher und eine Buche, die im Sommer Schatten spendet. Nach wenigen Metern erreicht Rike ihre Bank, setzt sich, streckt die Beine lang aus und ihr Gesicht der Wintersonne entgegen. Sie schließt die Augen und genießt die Wärme.

Auf einmal verdunkelt sich alles, und Rike linst mit einem Auge nach der Ursache. Vor ihr steht ein Mann. Rike richtet sich auf und blinzelt zu ihm hoch. Sie hat ihn nicht kommen hören, was sie einigermaßen erschreckt, denn normalerweise hört sie jeden, der sich ihrer Bank nähert, schließlich ist der Weg mit feinen kleinen Kieselsteinen bedeckt und knirscht unter jeder Art von Schuhsohle.

«Entschuldigung, ist auf der Bank noch ein Platz frei?», fragt der Mann Rike.

Rike, noch immer perplex vom geräuschlosen Ankommen des Fragenden, antwortet verzögert: «Ja natürlich, nehmen Sie Platz!»

Der Mann setzt sich bedächtig und sehr leise hin. Rike betrachtet ihn verstohlen von der Seite. Er hat leicht gelocktes, weißgraues, volles Haar, einen mittellangen Bart und trägt einen langen Mantel. Dazu schwere schwarze Stiefel. Er schlägt ein Bein über das andere und lehnt sich mit einem leisen Seufzer an die Rückenlehne, reckt, wie Rike zuvor, mit geschlossenen Augen den Kopf in Richtung Sonne.

Erst jetzt bemerkt Rike, dass neben der Bank ein großer Sack steht. Der sieht aber schwer aus, denkt sie, kein Wunder, dass ihr Sitznachbar eine Pause braucht. Nun entspannt sie sich wieder, schließt die Augen.

«Wirklich ein herrlicher Tag heute! Mit geschlossen Augen könnte man meinen, es wäre ein kühler Frühlingstag. Dabei ist es Winter, und Weihnachten steht vor der Tür!», sagt der Mann.

«Oh ja, das wäre schön, wenn schon Frühling wäre. Mit Weihnachten habe ich nicht viel am Hut. Das war nur in meiner Kindheit etwas Besonderes. Die meisten sind an Weihnachten gestresst, die Straßen sind voll mit Menschen beim Geschenkeshopping. Außerdem ist an den Feiertagen alles geschlossen. Ich bin immer froh, wenn diese Tage schnell vorbei sind.»

«Schade!», sagt der Bärtige. Eine Weile bleibt er noch schweigend sitzen, dann nimmt Rike, die immer noch die Augen geschlossen hält, wahr, wie er aufsteht, ein «Auf Wiedersehen» murmelt und geht.

Einige Minuten später ist die Sonne hinter den Baumwipfeln verschwunden, und es wird direkt kühler. Rike öffnet die Augen, räkelt sich, steht auf und bemerkt den großen Sack neben der Bank. Jetzt hat der Mann doch glatt sein Gepäck hier stehen lassen!

Was soll sie nun tun? Rike schaut sich um. Es ist keiner zu sehen. Soll sie den Sack einfach hierlassen? Vielleicht kommt der Mann ja wieder. Das muss ihm doch auffallen! Prüfend hebt sie den Sack an. Schwer ist er nicht, sie könnte ihn mit nach Hause nehmen und morgen noch mal in den Park gehen, in der Hoffnung, dass der Mann, auf der Suche nach seinem Gepäck, wiederkommt. Oder sie gibt ihn im Fundbüro ab? Da es immer dunkler wird, hebt Rike das Fundstück kurzerhand hoch, legt es sich über die Schulter und geht damit nach Hause. Sie kommt sich vor wie der Weihnachtsmann.

Am nächsten Morgen hat sie schon früh Posten auf ihrer Bank bezogen und wartet auf den Mann. Angespannt steht sie immer wieder auf und reckt den Hals in alle Richtungen. Der Mann kommt nicht, denkt sie nach einigen Stunden, vielleicht braucht er die Sachen in dem Sack nicht mehr.

Jetzt erst fällt Rike auf, dass sie noch gar nicht hineingesehen hat. Das holt sie auf der Stelle nach. Sie öffnet den Sack umständlich und vorsichtig und sieht zuerst nur dunkelroten Stoff. Zögernd greift Rike hinein und hält kurz darauf einen langen Mantel hoch. Der sieht ja aus wie ein Weihnachtsmannmantel! Rike packt noch einen weißen Vollbart, eine samtweiche rote Mütze mit schneeweißem Bommel und ein Paar Stiefel aus. Da hat der Weihnachtsmann wohl seine Ausrüstung bei Rike vergessen. Was soll sie denn nur mit den Sachen anfangen? Am besten packt sie alles wieder in den Sack und gibt es im Fundbüro ab, dann ist sie dieses Weihnachtsproblem los.

Sie stopft alles zurück in den Jutesack, zuletzt den Mantel. Dabei fällt ein kleines Büchlein auf den Boden. Nanu, was ist denn das? Rike hebt das Buch hoch und schlägt es auf. Es ist ein Kalender. Erstaunt blättert sie bis zum jetzigen Tag und stellt fest, dass für den Abend ein Termin notiert ist:

Kinder- und Jugendheim Nestwärme, Finkenstraße 12, 18:00 Uhr (als Weihnachtsmann die Wünsche der Kinder entgegennehmen)

Rike schaut auf die Uhr. Das ist ja schon in anderthalb Stunden! Was macht sie jetzt nur? Die warten doch auf den Weihnachtsmann.

Sie kramt noch mal im Sack herum, sucht nach einer Adresse, einem Anhaltspunkt über den Wohnort des Besitzers, irgendwas. Doch vergeblich.

Rike atmet tief durch, schnappt sich ihr Handy und schaut nach, wie sie zu diesem Kinderheim kommt. Es ist zum Glück nicht weit, mit dem Bus müsste sie nur drei Stationen fahren und noch zehn Minuten gehen. Sie schultert den Sack und macht sich entschlossen auf den Weg zur Rettung des Weihnachtsmanntermins.

Erst im Bus überlegt sie, ob ihr das Kostüm überhaupt passen wird. Die Größe müsste gehen, aber die Schuhe? Sollte sie sich schon im Vorfeld umziehen? Ja, beschließt sie.

Hinter einer dicken Buche in der Nähe des Eingangstores – das Kinder- und Jugendheim liegt auf einem großen umzäunten Gelände – zieht Rike sich um. Der Mantel ist sehr weit und lang, hat aber zum Glück einen Gürtel. Die Stiefel sind ihr zwei Nummern zu groß, also stopft sie kurzerhand trockenes Laub hinein, damit sie sie nicht verliert. Dann macht sie einen Knoten in das Gummiband des Bartes und steckt ihr üppiges langes Haar hoch in die Mütze. Sie betrachtet sich mithilfe ihrer Handykamera und setzt noch ihre Lesebrille auf die Nase. Alles andere, was sie nicht braucht, kommt in den Sack. Fertig!

Sie ist gerade mal ein paar Meter auf dem Gelände, als ihr eine Frau winkend entgegenkommt. «Wir dachten schon, Sie kommen nicht mehr! Sie sind ja sonst früher dran, und wir konnten uns immer noch absprechen, aber jetzt müssen Sie direkt in den Saal, die Kinder sind schon sehr ungeduldig.» Als die Frau Rike erreicht hat, betrachtet sie ihr Gesicht genauer. «Aber sie sind ja gar nicht der Herr Bachtolie? Sie sind ja eine Weihnachtsfrau!»

«Ich musste kurzfristig für Herrn Bach…» Sie kommt nicht weiter, weil die Frau sie schon bis zur Tür des Saales geführt hat und diese aufstößt. Ein Jubeln empfängt sie, und strahlende Kinderaugen blicken ihr entgegen. Einige wollen gleich auf sie zustürmen, andere verstecken sich hinter ihren Freunden.

Rike ist überwältigt, aber die Frau gibt ihr kaum Gelegenheit, sich zu fangen, und zieht sie zu einem kleinen Sofa, das mit einer roten Decke und vielen bunten Kissen bedeckt ist. Sie wird förmlich in das Sofa hineingedrückt, und sofort bildet sich eine lange Reihe von Kindern davor.

Glücklicherweise hat Rike sich im Bus eine Strategie überlegt, wie sie die ungewohnte Aufgabe überstehen kann.

Das erste Kind setzt sich auf ihren Schoß und guckt Rike mit großen Augen an. Rike guckt zurück, räuspert sich und fragt mit tiefer Stimme: «Wie heißt du? Was wünschst du dir?»

«Ich heiße Tom und möchte einen Trettraktor!»

Es folgen weitere Kinder mit ganz unterschiedlichen Wünschen, und Rike wächst in ihre Aufgabe hinein, findet immer mehr Gefallen daran, die Kinderfragen zu beantworten und unmögliche Wünsche in mögliche umzuwandeln. Das letzte Mädchen flüstert ihren Wunsch in Rikes Ohr: «Ich möchte eines Tages auch Weihnachtsmann sein!» Dann umarmt sie Rike ganz fest und hüpft fröhlich von ihrem Schoß.

Rike erstarrt. Diesen Wunsch kennt sie doch, genau den hatte sie als kleines Mädchen auch! Wieso ist ihr dieser Wunsch verloren gegangen? Gerührt und mit Tränen des Glücks in den Augen erinnert sie sich nun wieder, was Weihnachten für sie bedeutet: Freude schenken und Zusammensein.

Die Termine im Kalender nimmt Rike alle wahr. Sie besucht Altenheime, Schulen und Kindergärten, verschiedene Privatleute und Sportvereine, und überall hinterlässt sie Weihnachtsfreude und ihre Kontaktdaten. Und vielleicht kann sie, Jahre später, den Weihnachtssack an das kleine Mädchen weitergeben.

DIE WEIHNACHTSWICHTEL

Antonia Winterhalder

Die Wichtel Heinrich und Konrad, bekannt als Hinz und Kunz, machten sich wie jedes Jahr in der Vorweihnachtszeit bereit für ihre Reise in die Stadt. Man muss sie sich klein vorstellen – klein wie Halmakegel. Sie schlüpften in ihre winzigen Siebenmeilenstiefel und hängten sich ihr Tarnmäntelchen um. So will es der Brauch. Es war die Zeit der leisen Wunder, der Märchen, des Schenkens und Beschenktwerdens.

In der Stadt zogen Verkäufer Tannenbäume durch die Netzmaschine. Die Buden für den Weihnachtsmarkt öffneten. In den Kaufhäusern dudelte Weihnachtsmusik.

Auf dem Schulhof lärmten die Kinder, wie immer in der großen Pause. Sie spielten Fangen, balgten, brüllten, riefen und lachten, und in den Ecken standen kleine Grüppchen beisammen und tuschelten.

Als die Schulglocke ertönte, strömten alle zur Schulhaustür. Die Wichtel schlossen sich den Letzten an und schlüpften mit hinein.

Ihnen bot sich eine große Auswahl an Kindern: Der kleine Louis konnte gut Hilfe beim Diktat gebrauchen.

Anna hatte Angst vorm Bockspringen. Aisha wollte endlich Radfahren lernen, doch ihre Eltern konnten es ihr nicht zeigen.

Aber Wichtel sind keine Menschen. Die dürfen so vielen Kindern helfen, wie sie wollen. Hinz und Kunz hingegen mussten sich für ein Kind entscheiden und waren sich einig: Etwas Schöneres gab es nicht!

Die kleinen Männlein zog es in den Musikraum. Dort sangen die Kinder der zweiten Klasse ein Weihnachtslied. Frau Siebert, die Lehrerin, begleitete sie am Klavier. Als die letzten Töne verklungen waren, trafen die Wichtel ihre Wahl: Sie hefteten sich an ein dünnes, blondes Mädchen namens Elisa.

Elisa war vermutlich das schüchternste Kind der Schule. Zu schüchtern, um sich freiwillig zu melden, obwohl sie brav gelernt hatte. Manchmal rief sie ein Lehrer oder eine Lehrerin auf. Dann fiel dem Mädchen vor Aufregung die Antwort nicht gleich ein oder es verhaspelte sich mit rotem Gesicht.

Frau Siebert fragte die Klasse, wer das Gedicht vom Tannenbaum auswendig vortragen könne. Freilich laut genug und nicht heruntergeleiert!

Bei diesen Worten sprang Hinz auf Elisas Herz und Kunz strich mit den Fingern über ihren Kehlkopf. Elisa spürte nichts davon. Oder doch: Ein kleiner Ruck ging durch sie hindurch. Das Gedicht hatte ihr gefallen.

Alle Köpfe fuhren herum, als sie sich plötzlich meldete. Frau Siebert war baff vor freudigem Erstaunen, in das sich doch Zweifel mischten: ein dünnes, fast unhörbares Stimmchen, ein Steckenbleiben und Verwirrtsein – alles gut möglich. Auch, dass Elisa, von allen angestarrt, hernach vor Scham im Boden versank oder gar in Tränen ausbrach.

Doch zu weiteren Überlegungen ließ Elisa ihrer Lehrerin keine Zeit: Nach kurzem Räuspern begann sie mit fester und klarer Stimme das Gedicht vorzutragen. Sie sah weder die anderen Kinder noch die Lehrerin. Was sie sah und spürte, während sie Wort um Wort erklingen ließ, waren die Tanne im Wald, der Schnee, klare Winterluft, Stern und Lichterschein. Und weil sie es sah und spürte, sahen und spürten es die anderen durch ihre Worte hindurch auch. Um sie herum blieb es so still wie selten. Frau Siebert huschte ein Lächeln über das Gesicht.

Als Elisa geendet hatte, sagte die Lehrerin: «So schön!» Aus dem Augenblick heraus ging sie zur Tanne, geschmückt mit den bunten Foliensternen der Kinder, und zupfte den schönsten, den goldenen Stern herunter. Den überreichte sie Elisa mit den Worten: «Damit du immer daran denkst, wie schön du Gedichte aufsagen kannst.»

Das beherzigte Elisa. Und es war erst der Anfang!

Hinz sagte: «Die schöne Stimme hatte sie schon immer, nur nicht laut genug.»

Kunz sagte: «Gelernt hat sie das Gedicht allein.»

Die beiden lachten, klatschten sich ab, hüpften, tanzten und jubelten. Ein Samen Mut und ein Samen Zuversicht waren gesät und konnten weiterwachsen.

Heute denkt Elisa wieder an den goldenen Stern, während sie mit ihren drei Töchtern in der geräumigen Wohnstube den Tannenbaum schmückt. Mit bunten Kugeln, Glasfiguren und Lametta. Der altmodische Faltstern würde nicht dazu passen. Aber aufbewahrt hat sie ihn, hinten im Fotoalbum aus der Schulzeit. Ihre erste Trophäe, deren Geschichte nicht viele kennen.

WEIHNACHTEN MAL ANDERS

Gregor Schürer

Lass uns Weihnachten dieses Jahr mal anders feiern.»

«Wie anders?»

«Weiß nicht, anders halt.»

«Ohne Schmuck und Deko find ich doof.»

«Hab ich ja auch gar nicht gesagt.»

«Und ohne Geschenke find ich auch blöd, das kann ich mir nicht vorstellen..»

«Auch das hab ich nicht gesagt.»

«Ja, wie meinst du denn anders?»

«Keine Ahnung. Vielleicht etwas … stiller.»

«Wie stiller, ohne Musik?»

«Nein, das Singen von Weihnachtsliedern gehört schon irgendwie dazu, das mein ich nicht.»

«Soll ich etwa nicht mehr reden an den Feiertagen, quatsch ich dir zu viel?»

«Manchmal sprichst du wirklich ein bisschen viel. Aber das meinte ich damit nicht.»

«Ich hab keine Ahnung, was du von mir willst.»

«Ich hab mir das noch einmal überlegt.»

«Was hast du dir noch einmal überlegt?»

«Das mit Weihnachten.»

«Hä?»

«Na, dass wir das Fest mal anders begehen.»

«Und?»

«Ich fänd es gut, wenn wir alles etwas ... kleiner machen würden.»

«Meinst du beim Essen? Nur halbe Portionen? Bin ich dir zu dick?»

«Nein, doch nicht beim Essen. Obwohl, eigentlich wird mir da an Weihnachten auch zu viel des Guten gemacht.»

«Also, wenn du nicht das Essen meinst, was soll denn dann kleiner sein? Der Baum?»

«Ja, warum nicht? Es würden ja auch ein paar Tannenzweige in einer Bodenvase genügen.»

«Weihnachten ohne Baum ist kein Weihnachten, vergiss es.»

«Weshalb hast du denn so einen Minibaum mitgebracht?»

«Na, du hast doch gesagt, alles anders dieses Jahr, alles kleiner. Als ich auf dem Markt stand und der Verkäufer mir die Bäume in den üblichen Größen gezeigt hat, hab ich gefragt, ob er nicht auch kleinere hat. Und dann diesen hier mitgenommen. Der ist doch schön.»

«Ja, schon. Aber für den hab ich gar keinen Schmuck.»

«Wir haben keinen Weihnachtsbaumschmuck? Der steht doch kistenweise im Keller. Sogar tonnenweise.»

«Ja, schon, aber die Kugeln sind zu groß für so einen kleinen Baum.»

«Dann häng einfach weniger davon auf. Und nimm nur die kleine Lichterkette, die du sonst ins Fenster hängst.»

«Können wir nicht ein paar kleinere Kugeln kaufen?»

«Nein, können wir nicht.»

«Schön sieht er aus.»

«Findest du? Sind es nicht zu wenig Kugeln?»

«Nein, die wenigen großen roten Kugeln geben dem kleinen Bäumchen etwas ... Besonderes. Gefällt mir richtig gut. Müssen wir eigentlich noch den Speiseplan für Weihnachten besprechen?»

«Warum?»

«Wegen der Einkaufsliste und so.»

«Nein, nein, alles gut.»

«Auch sonst alles gut?»

«Wie meinst du das?»

«Na, wegen anders, stiller, kleiner.»

«Ja, alles okay, mach dir nicht zu viele Gedanken. Und ein wenig stiller bist du ja tatsächlich geworden in letzter Zeit.»

«Willst du mich foppen?»

«Nein. Oder eigentlich doch. Vielleicht ein bisschen.»

«Nachmittagsmesse, Abendmesse oder Mitternachtsmesse?»

«Wie wäre es mit gar keiner Messe?»

«Für mich gehört es dazu, dass man Weihnachten in die Kirche geht.»

«Du gehst sonst das ganze Jahr nicht.»

«Aber ich zahle schließlich Kirchensteuer.»

«Super Begründung. Überleg mal, dass du vielleicht Leuten den Platz wegnimmst, die sonst das ganze Jahr brav zum Gottesdienst gehen. Und die deinetwegen jetzt stehen müssen.»

«Also?»

«Dann Nachmittagsmesse, so können wir anschließend essen und danach Bescherung machen.»

«Welche Bescherung?»

«Jetzt veräppelst du mich.»

«Sei dir da mal nicht zu sicher.»

«Selbst wenn, mir würde es nichts ausmachen, keine Geschenke zu kriegen.»

«Miriam hat abgesagt.»

«Was hat Miriam abgesagt?»

«Sie hat angerufen und gesagt, sie will Heiligabend nicht zu uns kommen. Sie will lieber mit ihrem Freund zusammen feiern, sie haben sich wohl mit einem anderen Pärchen verabredet und feiern zu viert.»

«So, so.»

«Na ja, die jungen Leute wollen unter sich sein. Das kann ich verstehen.»

«Ich nicht, Weihnachten feiert man mit und bei seinen Eltern. Zumindest so lange, bis man selbst Kinder hat.»

«Aber so können wir mal zu zweit das Fest der Liebe begehen.»

«Ich lieb dich das ganze Jahr, da kann Weihnachten ruhig Besuch kommen.»

«Ach, so siehst du das.»

«Ja, so sehe ich das.»

«Das war eine schöne Messe.»

«Findest du?»

«Ja, weil sie so schlicht war.»

«Nette Umschreibung, der Organist ist krank geworden, und wir mussten die Lieder ohne Begleitung singen.»

«Schon, aber dadurch wirkte alles so echt, so pur. Auf das Notwendige beschränkt.»

«Und kalt war es auch in der Kirche. Auf die Heizung hat man wohl verzichtet. Ich hab mich gefühlt wie die Hirten auf dem Felde, so zugig war es.»

«Ich mach uns jetzt was Schönes zu essen, und du wärmst dich derweil am Ofen auf, ist das ein gnadenreicher Vorschlag?»

«Wie, Kartoffelsalat mit Würstchen? Das soll ein Weihnachtsessen sein?»

«Es mag vielleicht kein Festessen sein. Aber lecker und bei vielen Familien Tradition an Heiligabend.»

«Ich hatte mich auf Gänsebraten gefreut. Oder eine knusprige Ente oder schönen Truthahn.»

«Ich wollte es schlichter halten. Und jetzt guten Appetit. Wenn du nicht satt wirst, kannst du dich am Nachtisch schadlos halten.»

«Crème brûlée, Pannacotta, Zabaione oder Tiramisu?»

«Königsrolle.»

«Eis aus der Packung?»

«Erinnere dich, als Kind war das doch das Größte, eine dicke Scheibe von der Königsrolle an Weihnachten. Und heute darfst du dir so viel abschneiden, wie du magst!»

«Keine Musik?»

«Nein, lass das Gedudel aus. Machen wir lieber gleich Bescherung.»

«Einverstanden, das ist für dich, frohe Weihnachten, mein Schatz.»

«So ein großes Paket. Wir wollten uns doch nur kleine Geschenke machen, anders als sonst.»

«Dafür ist es nur eins. Pack aus!»

«Eine Lederjacke! Wow, die ist wirklich geil. Genau so eine habe ich mir immer gewünscht. Danke!»

«Probier sie mal an. Hey, cool sieht sie aus.»

«Findest du nicht, dass sie am Bauch etwas eng ist?»

«Ach was! Obwohl, jetzt, wo du es sagst. Hast du womöglich ein wenig zugenommen?»

«Ich habe schon jahrelang dasselbe Gewicht.»

«Das weißt du, obwohl wir gar keine Waage haben?»

«Ja, das weiß ich. Vielleicht fällt sie einfach etwas kleiner aus. Das ist für dich, meine Schöne, frohes Fest.»

«So ein kleines Päckchen, ich ahne schon, was drin ist. Ja, ich habe richtig gelegen, edler Schmuck, Ohrstecker!»

«Gefallen sie dir? Ich habe welche aus Silber ausgesucht, die passen so schön zu deinen blonden Haaren. Jetzt kann ich es dir ja beichten. Ich wollte dir eigentlich eine richtig dicke Goldkette kaufen. Aber nach deinem ganzen komischen Getue mit anders und so hab ich mich nicht getraut.»

«Schau mal, ich hab sie reingemacht. Wie sieht es aus, stehen sie mir?»

«Ja, natürlich, und wie.»

«Am zweiten Weihnachtstag kommt Miriam.»

«Jetzt doch?»

«Grummel nicht, freu dich lieber.»

«Ich freu mich ja. Darf ich einen Vorschlag machen?»

«Ja, was denn?»

«Aber nicht böse sein.»

«Nein, natürlich nicht. Was denn?»

«Wir haben doch noch einen Rinderbraten eingefroren. Lass uns den machen, mit Klößen und Blaukraut dazu. Und eine Bayrische Creme als Nachtisch.»

«Einverstanden. Darf ich auch einen Vorschlag machen?»

«Selbstverständlich.»

«Aber du darfst mir auch nicht böse sein.»

«Geht klar.»

«Stell das Bäumchen auf einen Schlitten, dann sieht es nicht so mickrig aus. Den brauchen wir mangels Schnees ja sowieso nicht.»

«Wird gemacht.»

MIT TIER UND TANNE

Franziska Henze

Der Weg in das Herz eines Mannes führt durch seinen Magen oder über seine Mutter. Diesen Rat gab mir meine Großmutter jedes Jahr zu Weihnachten, während sie virtuos mit Töpfen und Pfannen hantierte und ich ihr staunend dabei zusah. Daran muss ich denken, als ich den Brühwürfel ins kochende Wasser werfe und hektisch den Holzlöffel im Topf kreisen lasse. Die Mütter meiner früheren Freunde liebten mich vom ersten Moment an. Ich war die Tochter, die sie nie hatten. Noch heute drücken ihre Geburtstagskarten großes Bedauern darüber aus, dass ich nicht ihre Schwiegertochter geworden bin.

«Meine Mutter wird dich lieben», hatte auch Stefan damals geschwärmt und mich in das Café gezogen, in dem Babette vor einem Stück Torte auf uns wartete. Zehn Minuten hielt ich ihrem prüfenden Blick stand, dann flüchtete ich auf die Toilette, von wo aus ich bei der Volkshochschule anrief und meinen ersten Kochkurs buchte.

Und obwohl Babette bis heute keinen Hehl daraus macht, dass ihr Sohn etwas Besseres verdient hat als mich, sind Stefan und ich seit sechs Jahren glücklich verheiratet.

Meine Großmutter hat in vielen Dingen recht behalten, aber mein Rezept für eine gute Ehe ist ausreichend Abstand zur Schwiegermutter.

Die braune Brühe kriecht die heiße Topfwand empor, und ich werfe einen eiligen Blick auf das Knödelrezept. Ich weiß nicht, wie das passieren konnte. Gänsebraten, Rotkohl, Knödel und dunkle Sauce statt Kartoffelsalat und Würstchen. Und das nur, weil der beste Freund von unserem Sohn Alexander ihm so davon vorgeschwärmt hat und er jetzt auch mal ein richtiges Weihnachtsessen möchte. Dabei habe ich den Kartoffelsalat – den guten aus der Kühltheke – immer extra mit hart gekochten Eiern aufgewertet und in hübsche Porzellanschälchen gefüllt.

Der Dampf aus dem Saucentopf erfüllt den ganzen Raum. Es riecht wie damals im Schullandheim. Es ist erst Viertel nach neun, und mir ist so heiß, als hätte ich den Großglockner erklommen.

«Morgen, mein Schatz.» Stefan steht im Türrahmen. Boxershorts, zu kurzes T-Shirt und verstrubbelte Haare. Gerade will ich ihm sagen, wie sehr ich ihn liebe, da fragt er: «Du fängst mit der Sauce an?», und wirft einen kritischen Blick auf den Herd.

Ich nehme einen Schluck kalten Kaffee und spüle meine Liebesbekundung herunter. «Die Gänseteile müssen um zehn abgeholt werden. Der Baum um elf», sage ich und nicke in Richtung der gelben Notizzettel am Kühlschrank. Während ich mit der Rechten weiterrühre, schiebe ich mir mit der Linken einen Kräuterbonbon in den Mund.

«Kein Problem, ich mach das», sagt Stefan, «ich geh nur eben duschen.» Seine schlurfenden Schritte entfernen sich, während er weiterspricht. «Übrigens, Mutter hat angerufen. Biancas Kinder haben die Grippe, und sie kann nicht hinfahren. Ich habe sie zu uns eingeladen. Sie kommt um sechs.»

Mein Mund bleibt offen stehen, der Bonbon rutscht raus und versinkt in der braunen Brühe, die ich sekundenlang in monotoner Bewegung weiterrühre.

«Du hast was?», brülle ich. Die Badezimmertür fällt ins Schloss. Ich laufe ihm nach. «Du wirst sie, verdammt noch mal, anrufen», spreche ich gegen das Rauschen der Dusche an.

«Oma kommt?» Alexander steht hinter mir. Seine Augen leuchten, und er hüpft auf und ab wie ein Flummi.

«Oma kommt, Oma kommt!», singt er. Glück überzieht sein Gesicht wie Zuckerguss. Ich habe keine Wahl mehr. Gänsebraten und Babette und weit und breit kein Erdloch, das mich verschluckt. Zurück in der Küche öffne ich eine Flasche Rotwein, lasse einen kleinen Schuss in die Sauce laufen, die nach Eukalyptus duftet, und ein wenig mehr in meinen Rachen.

Zwei Stunden später ist die Flasche leer und meine Laune besser. Stefan ist zurück mit Tier und Tanne. Während Mann und Kind im Wohnzimmer den Baum aufstellen, ziehe ich den Vogel aus der Tüte. Bei seinem Anblick lasse ich ihn vor Schreck auf den Boden fallen und fange an zu schreien. Mein Sohn stürzt in die Küche, gefolgt von meinem Mann.

«Wo brennt's?», ruft Stefan und zielt mit dem Feuerlöscher abwechselnd auf mich und den Backofen. Er hat großes Vertrauen in meine Kochkunst.

«Kein Feuer», ich schüttele den Kopf, «aber das da.» Mit ausgestrecktem Finger zeige ich auf die Kreatur, die jetzt blass und pickelig auf unserem Küchenfußboden liegt und ihre sechs Beine emporreckt.

«Ach so.» Stefan legt den Feuerlöscher auf den Tisch. «Ich habe den Schlachter gebeten, ein paar Keulen anzunähen, weil Mutter doch kommt.» Beinahe zärtlich hebt er das Viech auf und spült es mit kaltem Wasser ab. «Mutter liebt Gänsekeulen.»

Ich nicke mechanisch.

Auch Heiligabend hat nur vierundzwanzig Stunden. Die Klöße gelingen besser, als ich gedacht habe, sie sehen aus wie kleine Schneebälle, und nachdem ich im Eisfach eine Familienpackung Erbsen gefunden habe, verstecke ich den Rotkohl ganz hinten im Kühlschrank.

Mit einem Glas Prosecco gehe ich ins Wohnzimmer, um den festlich geschmückten Weihnachtsbaum zu bewundern. Aber nichts da: Der Baum liegt auf der Seite, und Stefan kniet wie ein Jäger neben dem soeben erlegten Wild, mit seinem großen Schweizer Taschenmesser in der Hand. Alexander sitzt vor dem Sofa und kramt in der Dose mit dem Baumschmuck. Ehe ich etwas sagen kann, setzt Stefan zum tödlichen Schnitt an und hält Sekunden später triumphierend die Baumspitze hoch.

«Der Baum war zu groß, und ich konnte die Säge nicht finden. Wir setzen einfach den goldenen Engel oben drauf, den Mutter uns geschenkt hat, dann sieht man das gar nicht.» Mit sich zufrieden nimmt er mir das Proseccoglas aus der Hand und trinkt es leer.

«Meinst du den hier?», fragt Alexander und hält einen

erschöpft aussehenden Engel mit abgebrochenen Flügeln hoch.

Ich schaffe es, die Augen erst zu verdrehen, als ich schon im Flur bin.

Mein rotes Kleid spannt über den Hüften, und ich habe weder eine Strumpfhose an noch mir die Beine rasiert, als es an der Wohnungstür klingelt.

«Oma!» Alexander rennt an mir vorbei und umarmt Babette.

«Bist du gewachsen!» Sie drückt ihn an ihren Busen und sieht mich fragend an. «Wo ist Stefan?»

Ich überlege, ob ich mir jetzt schon ein Buch und einen Snack bereitlegen sollte, wenn ich mich nachher vor ihr verstecke, vielleicht auch ein feines Getränk dazu.

«Hier», tönt es aus dem Wohnzimmer, und ich staune nicht schlecht, als ich mein neues rotes Negligé zur Schleife gebunden an der Tannenbaumspitze entdecke. Feierlich leuchtet es im Schein der Kerzen.

Das Essen verläuft merkwürdig friedlich. Alexander murrt nur kurz wegen der Erbsen, und Babette lobt sogar die besondere Note der dunklen Sauce.

«Danke, das ist nett von dir», sage ich und freue mich.

«Sicher eine Fertigmischung», setzt sie nach. «So wie du aussiehst, kochst du bestimmt nie frisch. Ganz schön aus dem Leim gegangen bist du.»

Stefan lacht auf und tätschelt mir die Schenkel. Ich erwäge einen kurzen Griff zum Tranchiermesser.

Es klingelt erneut an der Tür, und Alexander springt auf. «Der Weihnachtsmann!»

Eine halbe Stunde zu früh! Warum macht die Weihnachtsmann-Agentur Termine aus, wenn sie sich nicht daran hält?

Der Bart hängt schief, und sein roter Umhang hat schon bessere Zeiten gesehen. Fadenscheinig und zu kurz, ich kann die schwarzen Lackslipper des Mannes sehen. Was mir am meisten zu denken gibt, ist, dass etwas fehlt: Alexanders Geschenk! Zwar nicht das langersehnte Haustier, dafür ein neues Fahrrad mit Gangschaltung. Hat der Weihnachtsmann es im Treppenhaus stehen gelassen? Mehrmals habe ich mit ihm telefoniert und erklärt, dass er es im Besenraum neben der Haustür findet. Ob er erst mit Alexander die Liste aus dem goldenen Buch durchgehen will? Nein, der Weihnachtsmann zieht einen riesigen braunen Karton aus seinem Sack und reicht ihn Alexander. Mir wird heiß. Habe ich vergessen, etwas in Geschenkpapier zu wickeln? Aber was soll das sein?

«Hier, für disch», nuschelt der Weihnachtsmann und starrt zu Babette hinüber, die ihm unverhohlen zuzwinkert.

Alexander reißt das Paket auf und hält ein rotes Monstrum in die Luft.

«Eine E-Gitarre! Wie cool!»

«Und das hier ist für eusch», lallt der Weihnachtsmann und drückt mir eine Flasche in die Hand. *Scotch Single Malt Whisky* steht auf dem Etikett, sie ist nur halbvoll.

Fassungslos blicke ich zu Stefan, doch der ist genauso überrascht wie ich.

Es klingelt schon wieder, Alexander lässt die neue Gitarre auf dem Sofa liegen und rennt zur Tür.

Dort steht ein weiterer Weihnachtsmann. Schweißperlen glitzern auf seiner Stirn, als er, einen riesigen Jutesack auf dem Rücken, mit der einen Hand das Fahrrad in die Wohnung schiebt und mit der anderen den antiken Polstersessel, den ich für Stefan bei Möllers Antik gefunden habe, hinter sich herzieht.

Alexander blickt fragend von einem Weihnachtsmann zum anderen, als würde er einem Pingpong-Match folgen. Vermutlich sollte ich jetzt etwas sagen, aber ich weiß nicht, was. Die anderen schweigen auch.

«Tja, also», beginnt der zweite Weihnachtsmann unsicher, zieht endlich das goldene Buch aus der Tasche und sieht mich an.

«Hallo, Kollege», sagt der erste, der mittlerweile neben Babette auf dem Sofa Platz genommen hat und ungeniert einen großen Schluck aus ihrem Glas nimmt, nachdem er seinen Rauschebart auf den Tisch gelegt hat.

«Alexander, im letzten Jahr warst du sehr brav», liest der zweite Weihnachtsmann stockend ab. Keiner hört zu. Babette tuschelt mit dem ersten Weihnachtsmann – der hat mittlerweile seine Hand auf ihr Knie gelegt – und Alexander begutachtet mit Stefan sein neues Fahrrad.

«Schon gut, ich bringe Sie raus», sage ich resigniert zum zweiten Weihnachtsmann. Im Flur nehme ich schnell zwanzig Euro aus meinem Portemonnaie und drücke sie ihm in die Hand. «Es ist nicht Ihre Schuld.»

Nur schwer widerstehe ich dem Drang, einfach ins Bett zu gehen, und kehre ins Wohnzimmer zurück. Stefan steht strahlend vor dem neuen Sessel.

«Der ist perfekt!», sagt er und gibt mir einen Kuss auf die Wange.

Empörtes Quieken ertönt, als er sich mit Schwung hineinfallen lässt. Dann flüchten zwei schnelle Schatten aus dem Sessel und huschen unter die Tanne.

«Mäuse!», kreischt Babette, klettert aufs Sofa und rudert wild mit den Armen. Der Tannenbaum schwankt bedenklich.

Ich strecke mechanisch den Arm aus, um den Baum zu stützen.

«Ich muss raus hier!», brüllt Babette.

Weihnachtsmann Nummer eins, ganz Kavalier der alten Schule, hebt sie hoch und trägt sie hinaus. «Ich besuche euch erst wieder, wenn der Kammerjäger da war», schreit meine Schwiegermutter aus dem Treppenhaus.

Stefan steht auf, greift die Whisky-Flasche, die der Weihnachtsmann uns geschenkt hat, und gießt uns beiden ein. Ich schnuppere am Glas. Eine Mischung aus Lagerfeuer und Vanille zieht mir in die Nase und augenblicklich bin ich entspannt.

«Zum Geburtstag», sage ich, noch immer den Baum haltend, «bekommt Alexander eine Ratte. Er hat sich doch so sehr ein Haustier gewünscht.»

KINDHEITSERINNERUNGEN AN DIE STILLE WEIHNACHTSZEIT

Dieter Siebald

Mittlerweile war ich zehn Jahre alt, und wie jedes Jahr freute ich mich auf die Weihnachtszeit mit ihren vielen schönen Erlebnissen.

Endlich durfte ich – Vater war der Meinung, ich sei nun alt genug – den Weihnachtsbaum fürs Fest allein im Wald aussuchen und fällen!

Es waren die unheimlichen Tage, in denen Sankt Nikolaus mit seinem Knecht Ruprecht unterwegs war und man sich in der Dämmerstundenzeit gruselige Geschichten erzählte.

Ich zog mit meinem Schlitten, einer Säge und Axt ausgerüstet, dick eingepackt in den Wald.

Als Kind hat man ja so seine Vorstellungen von einem Weihnachtsbaum: Es sollte ein großer, wunderschöner Baum sein, die Äste stabil, sie sollten ja auch etwas tragen können.

Am Rande der Fichtenschonung stellte ich den Schlitten ab. Ich war enttäuscht, denn durch den vielen Schnee, der die Bäume bedeckte, sahen alle gleich aus.

Stundenlang kroch ich durch die Schonung, um meinen Baum zu finden. Ein Baum im Wald sah irgendwie ganz anders aus, als wenn er in der Stube stand.

Endlich, als es schon dunkel wurde, fand ich den richtigen Baum, fällte ihn und war froh, ihn zu Hause in die Waschküche schleppen zu können.

Doch es war merkwürdig … Mein schlanker, pfeilgerader Baum war, nachdem der Schnee abgetaut war, ein krummes, kümmerliches Gewächs.

Ich musste meine ganze Kunstfertigkeit aufbringen, ihn durch Zurechtbiegen der Äste in einen brauchbaren Baum zu verwandeln, bevor meine Eltern ihn sahen.

Man sagte, die Weihnachtszeit sei die stille Zeit, aber wo war sie?

Es roch zwar im ganzen Haus nach Weihnachten, Zimt, Lebkuchen und Bratapfel, aber die, die in der Küche werkelten, waren mit Sprengstoff geladen, und wenn man versuchte, etwas von den Leckereien zu ergattern, lagen Ohrfeigen in der Luft.

War ich nicht schnell genug aus der Küche verschwunden, musste ich Teig rühren und wurde dabei überprüft, ob ich den Text für das Krippenspiel schon gelernt hatte! Ich war der Josef und Oma die Maria, und wehe, es klappte nicht, dann durfte ich auch noch die Teigschüsseln auswaschen.

Von Stille war hier also keine Rede!

Doch es ging unermüdlich weiter. Nach dem Abendessen wurde der Weihnachtsbaumschmuck gebastelt. Wie jedes Jahr war ein Heft echtes Blattgold in der Drogerie um die Ecke gekauft worden. Walnüsse wurden in Leimwasser getaucht, um sie mit dem Blattgold zu verschönern: Man musste dann das hauchdünne Blatt um die Nüsse blasen.

Die Schwierigkeit dabei war, dass vorher keiner Luft von sich geben durfte – man saß am Tisch, und alle liefen vor Luftmangel blau an! Plötzlich musste einer niesen, und die Goldblättchen flogen durchs ganze Zimmer, sie lagen überall, nur nicht auf den Nüssen.

Doch es wurde nicht aufgegeben, Lebkuchen wurden in Gold- und Silberpapier eingewickelt. Und wehe, man versuchte einen zu essen, dann hagelte es Kopfnüsse!

Wie es so üblich war in jener Zeit, wurde einmal die Woche in einem Badezuber, einer Zinkwanne, die in der Küche vor dem Ofen stand, gebadet. Auch an Heiligabend wurde der Zuber in die Küche geschleppt und mit heißem Wasser gefüllt.

Ich saß, vom heißen Wasser umspült, krebsrot im Zuber. Verträumt dachte ich an die Geschenke unter dem Tannenbaum. Und hoffte inständig, der Prozedur des Gewaschenwerdens zu entgehen, immerhin war ich ja schon zehn Jahre alt!

Doch wie ein Blitz aus heiterem Himmel schossen eine große Wurzelbürste und ein Stück Kernseife in mein Blickfeld, und schon wurde ich damit bearbeitet. Es half kein Geschrei und Gezeter, je mehr ich mich wehrte, umso schlimmer wurde es – an Heiligabend musste man schließlich sauber sein!

Wie neu und in einen Hauch von Kernseife gehüllt stand ich dann vor dem Weihnachtszimmer und wartete auf das Klingeln des Glöckchens, welches zur Bescherung rief.

Ich betrat das dunkle Zimmer. In der Ecke stand mein

Baum, kerzengerade, wunderschön, die Wachskerzen brannten, und ihr Licht spiegelte sich in den vergoldeten Nüssen und den in Gold- und Silberpapier verpackten Lebkuchen.

Es wurden Weihnachtslieder gesungen. Ein Lied, welches die ganze Welt erobert hatte, ließ mich besonders aufhorchen: «Stille Nacht, heilige Nacht».

Später dann, als die Kerzen am Baum längst heruntergebrannt waren und der Vollmond mit seinem silbernen Licht den Raum erhellte, da kam die stille Zeit im Jahr, die wirkliche Stille und der Frieden, welche ich bis heute nie vergessen habe.

DIE KLEINE KNEIPE IN UNSERER STRASSE …

Bärbel Osterholz-Norff

«… da, wo das Leben noch lebenswert ist», trällert Bettina fröhlich, während die Schneeflocken vor ihrer Nase hin und her tanzen.

Sie freut sich auf ihre Arbeit *Bi Henny*, in der Kneipe, die sie einfach nicht loslässt. Schon während des Studiums kellnerte sie dort und heute immer im Urlaub. Es ist so schön zu erleben, wie Menschen, egal welcher Herkunft oder welchen Alters, am Tresen zusammensitzen und quatschen. Ratschläge werden ausgetauscht, Hilfestellung gegeben oder eine Arbeit in Naturalien gezahlt, wie selbst eingelegtes Gemüse, frische Eier oder ein gebackener Kuchen.

Hier findet jeder ein offenes Ohr, so wie Piet gerade, der, während Bettina schwungvoll die Eingangstür öffnet, ihr grinsend mit einem Bier zuprostet, um dann weiter mit seinem Kumpel Olli zu schnacken. Über alte Autos – na klar! Ein schier unerschöpfliches Thema, in das sich auch gerne andere, ältere Gäste einmischen. Keiner mag diese modernen, mit Computern vollgestopften Fahrzeuge, deren Software unter anderem gerne mal eben ins Lenkrad greift, um mit Karacho im Graben zu landen. Und dieses Gepiepe, weil dem Auto nicht gefällt, was *du* machst. Das kann nur mit ungläubigem Kopfschütteln und einem kräftigen Schluck Bier runtergespült werden.

Aus der winzigen Küche duftet es herrlich. Dort schwingt Silke, Hennys Schwester, das Zepter. Heute brutzeln die weltbesten Frikadellen in der Pfanne, und der Kartoffelsalat nach altem Familienrezept wartet schon auf den großen Hunger. «Das ist mein Beitrag als seelisches Pflaster», erklärt Silke gerne lachend. Es gibt keinen, der sie dafür nicht lieb hat!

Ein buntes Völkchen hängt hier täglich rum. Langjährige Stammgäste, neu Zugezogene und der ein oder andere, der auf seinem Weg hereinschneit.

«Jeder ist willkommen, kein Streit mit lauten Worten, und das letzte Getränk geht auf mich» – das ist Hennys Devise. Da halten sich alle dran. Henny mit ihren langen Haaren, stets zu einem Dutt zusammengewuschelt, um die fünfzig Jahre alt, ein Meter fünfundfünfzig geballte Willensstärke mit einem riesengroßen Herz. Sie war einfach schon immer da und genießt großen Respekt.

Ein kalter Windhauch weht herein. Irmgard steht in der Tür. Sie ist Witwe, alleinstehend mit kleiner Pension und wohnt seit drei Monaten im ersten Stock des großen Mietshauses neben der Kneipe.

«Hey, schön dich zu sehen. Willste ’nen heißen Pfefferminztee und ’nen Keks? Silke hat gebacken.» Henny kommt um die Theke herum und drückt die zierliche ältere Dame herzlich an sich. Diese fühlt sich sofort geborgen und nimmt das Angebot gerne an.

Wie viel Hilfe ist Irmgard in den vergangenen Wochen zuteilgeworden! Menschen, die kaum genug für sich haben, laden zum Abendbrot ein. Ihre Einkäufe werden bis in die Küche gebracht. Mal eben schnell die defekte Leiste im Flur reparieren? Kein Problem! Alles kostenlos, weil man sich hier um seine Mitmenschen sorgt und kümmert.

Irmgard schaut sich in der behaglichen Umgebung um, in der die Meerfarbe Blau vorherrscht. Bettina wuselt zwischen den Tischen umher, die Silke so liebevoll eingedeckt hat. Immer bleibt Zeit für ein Schwätzchen oder eine kleine Ermunterung, wenn nötig. Johannes, der auf der Straße lebt, beißt genussvoll in eine Frikadelle. Er hat die Haare geschnitten und saubere Kleidung an. Wenn alles klappt, gibt's demnächst einen festen Job, und er darf eine kleine, möblierte Wohnung am Ende der Straße beziehen. Weihnachten warm und sicher. Er muss sich wohl kneifen, so ein Glück hat er. Irmgard hat das irgendwie hingekriegt. Er wird ihr ewig dankbar dafür sein. Mit Tränen in den Augen prostet er ihr mit seiner Cola zu. Irmgard lächelt, neigt den Kopf und hebt grüßend ihre Teetasse.

Ein paar Tage später verlässt eine elegante ältere Dame in der Innenstadt ihre Villa und lässt sich von einem Fahrer zum Notar bringen. Alles ist bereits geregelt. Einige Umschläge mit einem hübschen Sümmchen werden Heiligabend übergeben.

Irmgard – sie ist es, Ihr habt es vielleicht schon geahnt – wollte erleben, wo normale Menschen zu Hause sind. So völlig anders als ihre beiden Söhne mit ihren abgehobenen Familien. Ja, und nun hat sie ihr Herz verloren. In kurzer

Zeit gab es so viele Menschen, die da waren und ihr geholfen haben, den Alltag zu meistern. Sie will bleiben, fühlt sich jeden Tag so ehrlich beschenkt, dies alles erleben zu dürfen.

Ihre Weihnachtsüberraschung für alle ist perfekt vorbereitet. Aber ach, wie das so ist, eine unglückliche Bewegung, ein Sturz – «Beinbruch», wie der Arzt im Krankenhaus feststellt.

Da am Vormittag des Heiligen Abends wenig Betrieb ist, kann Irmgard durchsetzen, per Krankentransport bis vor die Kneipe gefahren zu werden. Alle sausen sie heraus.

«Was ist passiert? Was können wir tun?»

Irmgard strahlt trotz der Schmerzen. «Nein, alles gut. Wir feiern dann einfach Silvester zusammen.»

Winkende Hände, Luftküsschen.

Während der Krankenwagen langsam zurückfährt, begegnet ihnen … der Weihnachtsmann. Zwinkert er Irmgard etwa verschmitzt zu, weil er einige kostbare Umschläge abzugeben hat? Natürlich auch einen für sie. Es soll ja keiner wissen, von wem das unerwartete Geldgeschenk kommt. Sie weiß ihren Umschlag in sicherer Verwahrung und freut sich unbändig, bald wieder in ihrer gemütlichen kleinen Wohnung neben der Kneipe zu sein.

Ob sie irgendwann beichten wird, eine sehr reiche Frau zu sein? Nun – eher nicht. Aber ihr Geld wird helfen, bei den vielen Dingen, die das Leben leichter und bunter machen. Ein warmer Mantel und dicke Stiefel für Anneliese, die Autoreparatur für Ali, der Korb mit Leckereien, die bei Helga so selten auf den Tisch kommen. Irmgard wird bald etwas von einem überraschenden Lottogewinn erzählen, und alle werden sich mit ihr freuen, während sie die Gaben gerne annehmen.

Und sie selbst darf noch einige schöne Jahre in ihrem geliebten Viertel verbringen. Mit Weihnachtsfeiern *Bi Henny,* bei denen viel gelacht und getanzt wird und auch so manches Tränchen fließt. Denn alle hier beherzigen Hennys Lebensphilosophie: «Es ist egal, wo du herkommst oder was du hast, in der kleinen Kneipe in dieser Straße wird immer ein Platz für *dich* sein, ganz besonders am Heiligen Abend. Wir rücken alle zusammen. Sei als Fremder willkommen, denn du wirst als Freund bleiben.»

Wenn wir alle versuchen, ein wenig von Henny und Silke in unseren Herzen zu tragen – dann, ja dann wird die Welt lebens- und liebenswerter. Versprochen.

Frohe Weihnachten, wo immer Ihr seid.

ACH SO? EIN HERZ FÜR KLEINBAUERN

Hans-Peter Lembeck

Ich bin in Haselünne, einer kleinen Stadt im Emsland aufgewachsen, in einer Gegend, die in den Siebzigerjahren noch sehr von christlichem Brauchtum geprägt war. Die Vorweihnachtszeit oder, genauer gesagt, der Advent, kündigte sich eigentlich mit dem Martinsfest am 11. November an: Dick eingepackt mit Winterjacke, Pudelmütze, Schal und Handschuhen zogen wir Kinder mit selbst gebastelten Laternen von Haus zu Haus, sobald es zu dämmern begann. Je früher, desto besser, wie sich jedes Jahr zeigte. Wir klingelten bei unseren Nachbarn, nicht selten auch bei weiter entfernten «Nachbarn». Wir sangen ein Lied und erhielten dafür von den Erwachsenen, die sich auch nach unseren Namen, unserem Alter und unseren Eltern erkundigten, Süßigkeiten, Mandarinen, Äpfel und auch Orangen.

Kindern, die diesen Brauch nicht kannten, wurde spätestens beim Blick in die immer voller werdenden Taschen klar, dass sich diese Auftritte lohnten.

«Kennt ihr denn auch das Lied vom heiligen Martin?», wurden wir nicht selten gefragt, wenn uns das Laterne-Lied «Ich gehe mit meiner Laterne» zum Singen effektiver erschien, da es doch kürzer war. Ja, doch, das kannten wir auch und gaben es dann als Zugabe zum Besten.

Der heilige Martin, ein Soldat, der im 4. Jahrhundert lebte, hatte Mitleid mit armen Menschen, mit Menschen, die kein Obdach hatten und betteln mussten, um überleben zu können. Vom Mitleid, das sich mitteilt, erzählt die dritte Strophe des Martinslieds:

Sankt Martin, Sankt Martin,
Sankt Martin zieht die Zügel an,
sein Ross steht still beim armen Mann.
Sankt Martin mit dem Schwerte teilt
den warmen Mantel unverweilt.

Ein paar Wochen vergingen, die Tage wurden immer kürzer und kürzer, und es kam der erste Advent. «Macht hoch die Tür, die Tor macht weit», sangen wir zu Beginn der Adventszeit. Und dass sich da etwas Mächtiges ankündigte, wurde auch bei einem Blick zum Abendhimmel klar: Häufig kam es, je nach Wetterlage, zu einem beeindruckenden Abendrot. Der Himmel leuchtete am Horizont in einem warmen, rötlichen Ton, wie ich ihn vom Blick in das Feuer des Backofens meines Vaters kannte. Denn wenn der Himmel sich im Dezember rot färbt, backen die Engel Plätzchen für das Weihnachtsfest. Daran erinnerte mich meine Mutter immer wieder, und dass das stimmen musste, das wurde mir beim Blick in das Feuer unseres Backofens klar.

Meine Eltern hatten nämlich eine Bäckerei. Unser Backofen wurde noch mit Kohlen geheizt, die im Keller lagerten. Schwere, gusseiserne Klappen hielten die Hitze einigermaßen aus dem Backraum fern. Nicht selten, besonders, wenn mein Vater Spekulatius buk, konnte ich einen Blick in die Tiefen des Ofens erhaschen. Der Teig schmeckte ja schon sehr gut, aber noch viel besser waren die gebackenen, würzigen Spekulatiusplätzchen, die fertig aus dem Ofen kamen. Ich konnte die vielen Kunden gut verstehen, die es nicht abwarten konnten, bis die erste Tüte im Laden gekauft werden konnte.

So kamen mit der Adventszeit Abendrot und Engel, die Plätzchen für Weihnachten buken. Trotzdem ließ mein Vater es sich offensichtlich nicht nehmen, selbst aktiv zu werden und auch zu backen. Das beeindruckte mich zutiefst, und mir war klar: Es gab so viele Menschen, die gerne Weihnachtsplätzchen aßen. Da waren die Engel im Himmel auf Unterstützung angewiesen, die mein Vater ihnen bereitwillig zukommen ließ – eine ehrenvolle Aufgabe, wie ich fand.

Die Straßen, Häuser und Wohnungen unserer Stadt wurden immer schöner und heimeliger. Lichterketten, bunte, glitzernde Dekorationen in den Fenstern und auf den Esstischen, ein Adventskalender mit kleinen Türchen, hinter denen sich lustige, bunte Bilder verbargen, ein Adventskranz, auf dem es mit jedem Sonntag der Adventszeit immer heller wurde. Dies alles war schon sehr aufregend für uns Kinder. An unseren Schlafzimmertüren hingen kleine, leere Säckchen, in denen wir am nächsten Morgen eine Süßigkeit fanden, die wohl das Christkind hineingelegt haben musste.

Einen weiteren Höhepunkt hielt der Nikolaustag, vielmehr der Nikolausabend, bereit: In Begleitung von vielen

Engeln zog der Nikolaus auf einem beleuchteten, rollenden Schiff durch die dunklen Straßen der Stadt, hinter ihm eine große Schar von Menschen. Alle Kinder trugen eine leuchtende Laterne vor sich her und warteten gespannt auf das Ende. Denn Nikolaus und seine Engel hatten für jedes Kind eine Tüte mit Süßigkeiten, Nüssen und Obst parat. Nikolaus war ein guter Mann, keine Frage. Aber Knecht Ruprecht war auch dabei. Vor dem hatte man Angst. Mit seiner Rute drohte er, unartige Kinder zu züchtigen. Doch dazu kam es nie. Ein bisschen skeptisch und misstrauisch blieben wir Kinder jedoch trotzdem. Aber wer an diesem Tag die Nagelprobe bestanden hatte, für den war Weihnachten ein Klacks. Augen zu und durch, das war ihm gegenüber unsere Devise angesichts eines Festes, an dem Knecht Ruprecht ernst zu nehmende Folgen für unartige Kinder androhte. Das war auch mir klar. Na ja, meine Augen hielt ich aber bei einem entscheidenden Weihnachtsereignis geöffnet, von dem ich nun erzählen werde.

Der Heilige Abend war in unserem Bäckereibetrieb ein arbeitsreicher Tag. Spekulatius waren wichtig, das ist wahr. Der Mensch lebt nicht vom Brot allein, auch das ist wahr. Dass das Brot aber auch und gerade zu Weihnachten nicht unwichtig war, wurde uns an dem auch in unserem Laden umsatzreichsten Tag des Jahres immer wieder eindrucksvoll vor Augen geführt.

Bereits am Mittag, wenn alle Kunden ihre bestellten Brote abgeholt hatten und die Ladentür endgültig das letzte Mal ins Schloss fiel, kannten die Ungeduld, Aufregung und natürlich auch die Neugier von uns Kindern keine Grenzen mehr.

In vielen Teilen Deutschlands bringt der Weihnachtsmann am Heiligen Abend die Geschenke, eine Erfindung der amerikanischen Werbeindustrie. Nicht so bei uns im Emsland. Wann immer ich an der Wohnzimmertür vorbeiging, raschelte es verheißungsvoll. Mir war natürlich bewusst, dass bald die Klingel unserer Mutter ertönen würde, die uns verkündete, dass das Christkind nun da gewesen war, die vorbeigebrachten Geschenke bereitlagen und die Bescherung über die Bühne gehen konnte. Doch in diesem Jahr kam alles anders.

Das Rascheln machte mich so neugierig, dass ich mich zu einer folgenreichen Handlung genötigt sah. Ich wagte einen Blick durch das Schlüsselloch der Wohnzimmertür. Auf dem Gabentisch konnte ich bereits Geschenke erkennen, darunter auch einen Spielzeug-Bauernhof. Aber nicht nur den konnte ich sehen. Auch ein leichter Schein vom bereits erleuchteten Weihnachtsbaum war deutlich zu erkennen. Was meine Mutter also offenbar noch gar nicht wusste, war mir aber klar: Das Christkind war schon da gewesen. Wir mussten also gar nicht mehr länger warten. Was sollte da die ganze Ungeduld noch?

Selbstverständlich musste ich sofort meine Mutter davon in Kenntnis setzen, die gerade noch mit dem Abwasch beschäftigt war: «Mama, das Christkind war schon da. Die Bescherung kann losgehen. Und weißt du, was ich bekomme? Einen Bauernhof.» Oh, meine Mutter wurde ernst, schaute zunächst beschämt auf den Fußboden und sah dann mich an. Was hatte sie denn? War es ihre Befürchtung, dass sie selbst leer ausgehen würde? Die Erfahrungen der letzten Jahre widersprachen dem deutlich. Warum sollte es also in diesem Jahr anders sein? Gerade wollte ich sie deshalb fragen, ob ich noch einmal nachschauen sollte, um zu prüfen, ob das Christkind in diesem Jahr auch an sie gedacht hätte. Eine Sorge, die meiner Meinung nach völlig unberechtigt gewesen wäre. Dem hätten auch der heilige Nikolaus und sein Gefährte Knecht Ruprecht bedenkenlos zugestimmt. Das konnte es also nicht sein. Die Erklärung folgte dann aber: Das Christkind bringt zwar die Geschenke, allerdings schon am Vorabend vom Heiligen Abend. Die Geschenke liegen an den Fenstern bereit. Die Eltern müssen dann nur noch den Baum schmücken und die Geschenke auf den Gabentisch legen. Ach so, nun war ich aufgeklärt und wusste Bescheid.

Nichtsdestotrotz und Papperlapapp: Es konnte nun eigentlich losgehen. Denn der Bauernhof wartete ja offensichtlich trotzdem auf seinen neuen Besitzer. Das sah meine Mutter dann auch ein und hatte endlich ein Erbarmen. Nachdem die Kerzen auf den Leuchtern entzündet worden waren und die Schallplatte mit den traditionellen Weihnachtsliedern aufgelegt war, öffnete sich die Wohnzimmertüre. Der Klang der Kirchenglocken, die den Liedern vorausgingen, wurde übertönt durch das kleine, helle Glöckchen, mit dem unsere Mutter zur Bescherung rief. «Kommet, ihr Hirten», hörten wir es von der Platte klingen. Ja, die kleinen Hirten ließen sich das nicht zwei Mal sagen, und sie kamen.

«Frohe Weihnachten!», wünschten sich alle und umarmten und küssten sich mit diesem Gruß. Das inspirierte unseren kleinen, frechen Dackel Tobi, uns bellend anzuspringen und sich von jedem ein paar Mal mehr streicheln zu lassen als sonst üblich. In solchen Momenten kannte seine Eifersucht keine Grenzen. Aber auch er kam nicht zu kurz: Ein ganz besonderer Kauknochen war sein Weihnachtsgeschenk an diesem ereignisreichen Tag, und der beruhigte ihn sofort.

Weihnachten in unserem Hause, das war ein Fest für alle Sinne: Nicht nur die Ohren bekamen was zu hören, auch der Duft von frisch gebackenen Lebkuchen und Spekulatiusgebäck drang an unsere Nasen. Der Blick auf all die schönen, teils verpackten Geschenke, der kunstvoll geschmückte Weihnachtsbaum, der jedes Jahr mit neuen dekorativen Kugeln, Ketten und Anhängern versehen wurde. Und nicht zu vergessen die Weihnachtskrippe, die mit einer von Jahr zu Jahr größer werdenden Landschaft das eigentliche Zentrum des Weihnachtsgeschehens bildete.

Wo also zuerst hingucken? Selbstverständlich hingen meine Augen zunächst am zweigeschossigen Spielzeug-Bauernhof, vor dem ich niederkniete. Im Erdgeschoss fand ich auch ein paar Tiere: Schafe, Ziegen und natürlich Kühe. Eine kleine Hühnerleiter führte zum Heuschober, der wohl für die Eierablage vorgesehen war.

An Weihnachten feiern wir die Geburt Jesu und sehen ihn als kleines Kind in der Krippe. Aber auch ein neuer Kleinbauer hatte heute das Licht der Welt erblickt und stieg nun in sein Berufsleben ein. Eins war sicher: Die Geschenke waren auch als wichtige Maßnahme gegen eventuell drohende Langeweile an den Weihnachtstagen zu verstehen, die aber auch in diesem Jahr erfolgreich abgewendet werden konnte. Dafür hatte das Christkind gesorgt, und dafür waren wir ihm, aber nun auch unseren Eltern, sehr dankbar.

MEINE VERROCKTE WEIHNACHT

Reinhard Lehmann

Es war Heiligabend 1956. Ich war gerade sechs Jahre alt geworden. Bei uns zu Hause ging es traditionell zu, das heißt: ein schön geschmückter Tannenbaum und Weihnachtsdeko im Wohnzimmer. Unsere Familie bestand aus meinen Eltern, meinem elf Jahre älteren Bruder und meiner Wenigkeit.

Mein Bruder war in der Lehre bei «Brema», einem Lebensmittelladen. Heute vergleichbar mit Rewe, allerdings nur in der Region Bremen. Jedenfalls hatte er schon einen geringen Verdienst.

Wir wohnten in einem kleinen Häuschen in einem Parzellengebiet. Zu dieser Zeit wohnten dort viele Leute. Es war die Nachkriegszeit, und man war froh, ein Dach über dem Kopf zu haben. Alle Zimmer waren sehr klein. Das Wohnzimmer war nur etwa zwanzig Quadratmeter groß, aber es war gemütlich.

In diesem stand eine sogenannte Musiktruhe, ein Möbelstück, das ein Radio, einen Schallplattenspieler und ein Fach für Schallplatten enthielt. Damals sehr modern. Nun, dieses Fach beherbergte so angesagte Platten wie «Wo meine Sonne scheint» von Caterina Valente, «Heimweh» von Freddy Quinn oder auch «Anneliese» von Hans-Arno Simon. Diese waren Schellackplatten, sozusagen Tonträger von der Größe einer LP, aber mit nur zwei Aufnahmen, und sie waren sehr zerbrechlich. Einmal aus der Hand gerutscht, zerfiel das gute Stück in etliche Teile und war somit unbrauchbar.

Der Weihnachtsmann kam bei uns meist in der Nacht auf Heiligabend. Die Geschenke lagen bereits unterm Tannenbaum, obwohl die Bescherung erst am späten Nachmittag stattfinden würde. Gemeinsam wurden Weihnachtslieder gesungen, und mein Vater spielte Gitarre dazu.

Dann, nach einer unendlich langen Wartezeit, durften endlich die Geschenke ausgepackt werden. Ich war sehr aufgeregt und neugierig auf das, was der Weihnachtsmann wohl gebracht hatte. An diese Geschenke kann ich mich heute nicht mehr erinnern, aber mein Bruder hatte auch noch ein Geschenk für mich. Als ich das Geschenkpapier entfernte, kam eine Schallplatte zum Vorschein. Sie sah schon ungewöhnlich aus. Ein pechschwarzes Etikett mit goldenen Verzierungen und ebensolcher Schrift.

Mein Vater nahm die Schallplatte und las vor: «Seeeh ijuuu laaater Alligator.» (Mein Vater konnte kein Englisch.)

Gemeint war natürlich: «See you later, alligator» von Bill Haley & His Comets.

«Nun», meinte er zu mir, «dann leg mal auf.»

Da ich sehr vorsichtig mit den Geräten umging, durfte ich auch Schallplatten auflegen. Da hatten meine Eltern vollstes Vertrauen zu mir.

Was dann aus den Lautsprechern kam, war unbeschreiblich. So etwas hatte ich noch nie gehört. Ich kannte bisher nur die Schlager, die im Radio gespielt wurden. Meine Begeisterung war groß, ganz im Gegensatz zu meinen Eltern.

«Mach diesen Lärm sofort aus. Das ist ja grässlich!»

Meinem Bruder gefiel diese Musik allerdings auch sehr gut. Er hat mir dieses Geschenk sicher nicht ganz uneigennützig gemacht.

Wenn unsere Eltern nicht zu Hause waren, spielten wir diese Scheibe häufig. Die Freunde meines Bruders kamen auch vorbei und brachten ihre Rock-Schallplatten mit.

So kam ich zu meiner ersten Schallplatte. Und im Laufe der Zeit wurde eine größere Sammlung daraus, die aus Rock-, Pop-, Schlager- sowie aus Klassik-Aufnahmen besteht. Alles Musik, die mir gefällt.

Noch heute denke ich gerne an dieses denkwürdige Weihnachtsfest zurück, das meinen persönlichen Musikgeschmack sehr geprägt hat.

Übrigens besitze ich diese Schellackplatte heute noch. Ich glaube, ich werde sie in einen Bilderrahmen stecken und, mit einem entsprechenden Text versehen, im Zimmer aufhängen.

Ich wünsche allen ein frohes Weihnachtsfest!

KAMPF AN HEILIGABEND

Renate Luth

Leo, unser viel geliebter Kater, rekelt sich genüsslich auf seiner Sofadecke, blinzelt gelangweilt in den Sonnenstrahl, der sich durch die weihnachtlich dekorierten Fensterscheiben stiehlt.

Im Gegensatz zu seinem Erzfeind, dem wild lebenden Straßenkater – von uns Stromer genannt –, führt er ein privilegiertes Leben, umsorgt, gepflegt, mit gefülltem Napf neben dem Kühlschrank. Während seine Leibeigenen bei Wind und Wetter das Haus verlassen, um ihren Lebensunterhalt zu verdienen beziehungsweise ihrem Kita- und Schulbesuch nachzukommen, wird von Leo nur müde die Pfote gehoben: «Macht's gut und bringt Feines mit!»

Später lässt sich Leo dazu herab, die Heimkehrer mit Begrüßungsmaunzen zu empfangen … heuchlerisch, denn das Einfordern von Leckerlis lässt sich auffällig zeitnah beobachten.

Am späten Nachmittag geht ein Ruck durch unsere Fellnase, es wird sich gedehnt, gestreckt und mit plötzlich hellwachen, blitzenden Augen fordernd an die Haustür gehockt: «Aufmachen bitte, der Herr Kater möchte den Tag zur Nacht machen!»

Vom Fenster aus beobachte ich, dass der Vagabund Stromer hinter einem Mauervorsprung auf seine Chance wartet. Fest entschlossen, sein Revier gegen verwöhnte Einzelhaustierkatzen zu verteidigen.

Arglos peilt Leo die Lage, markiert das Revier, von dem er großspurig und selbstverständlich annimmt, es gehöre zu seinen Liegenschaften. Die Krallen an der schneebedeckten Fichte schärfen, schick machen für den Weihnachtsabend.

Zögernd kämpft er sich durch den vier Zentimeter hohen Schnee. In seinen Augen vier Zentimeter zu viel, wenn man zu Hause Fußbodenheizung gewohnt ist. Verräterische Fremdspuren leiten ihn gefährlich nahe an die Mauer, hinter der Stromer in Habachtstellung lauert.

Plötzlich stehen sich die Kontrahenten gegenüber, gesträubtes Fell, peitschender Schwanz und steil aufgerichtete Ohren: Ring frei!

Mit wütendem Kampfmiauen springen sich die beiden an – verwöhnte Stubenkatze gegen abgehärteten Straßenkater. Das kann nicht gut gehen!

Gnadenlos schlägt Stromer seine Krallen in Leos Fell, die Abwehrversuche von Leo wirken kläglich. Erstes Blut fließt und färbt den Schnee rot. Vielleicht liegt es an dessen Geruch, oder aber der angeborene Kampfgeist lässt Leo plötzlich unerwartet und voller Energie zur Höchstform auflaufen: Stromer fängt sich einen – im wahrsten Sinne des Wortes – tierischen Schlag auf die empfindliche Nase ein.

Obwohl dadurch offensichtlich orientierungslos, erwischt er noch Leos rechtes Ohr: Beißattacke! Die Natur fordert ihren Tribut.

Dann lassen beide Kampftiger voneinander ab. Mit dem Ergebnis «unentschieden» wanken sie ihrer Wege. Leo in sein heimeliges Zuhause, Stromer in seine Obdachlosenunterkunft Kellereingang. Wundbehandlung, Streicheleinheiten und Trosthäppchen sind unserem Kater sicher, während meine Gedanken zu Stromer wandern: Und wer kümmert sich um ihn?

Achtzehn Uhr, Heiligabend wird eingeläutet. Geschmücktes Wohnzimmer, wohlig warm, bunt eingewickelte Geschenkpäckchen unter dem kerzenbeleuchteten Tannenbaum, gedeckter Tisch … alle Jahre wieder.

Es poltert an der Eingangstür. Für die vierjährige Emmi und den sechsjährigen Ole gibt es kein Halten mehr. Voller Spannung öffnen sie die Tür und stehen dem Weihnachtsmann gegenüber. Sein tiefes «Ho-ho-ho» geht im Aufschrei der Kinder unter: «Stromer! Der Weihnachtsmann hat Stromer mitgebracht!»

Vorsichtig setzt der Weihnachtsmann den völlig durchnässten, zerzausten Kater ab, der mit seiner blutverkrusteten Nase seinem Ruf als Unbesiegbarer in unserer Straße nicht gerade Ehre macht. «Ich weiß, dass ihr ein großes Herz für Katzen habt. Mögt ihr das auch diesem Burschen zeigen?»

Der Weihnachtsmann, gewohnt, im Mittelpunkt des Geschehens zu stehen, spielt für Emmi und Ole nur noch eine Nebenrolle, die er dank eines eingeschenkten doppelten Cognacs auffällig nachsichtig und schmunzelnd annimmt.

Gedopt mit Leckerlis lässt sich Stromer von den Kindern anfassen, Reinigung und Wundversorgung inklusive. Dann pirscht er sich Richtung Wohnzimmer, bleibt überrascht an der Tür stehen und schaut gebannt zum erleuchteten Tannenbaum. So etwas hat er offensichtlich noch nicht gesehen.

Aufgeregt putzt er sich als Übersprungshandlung das Fell, um dann vorsichtig auf leisen Pfoten in die festlich geschmückte Stube zu schleichen.

Argwöhnisch beäugt Leo den unerwarteten Weihnachtsbesuch, rückt aber nicht einen Zentimeter von seiner Decke.

Stromer erobert sich einen Sesselplatz, schielt zu seinem Kontrahenten rüber, bewahrt Sicherheitsabstand, wohl wissend, dass Leo hier seinen Heimvorteil genießt. Toleranzverhalten in beiden Lagern.

Das Glöckchen zum Start der Bescherung bimmelt, und Emmi und Ole stürzen sich voller Vorfreude auf die Geschenke unter dem Tannenbaum. Jubelschreie erfüllen die Stube, beide Kater spitzen die Ohren und schauen von ihren Plätzen etwas irritiert auf die ihrer Meinung nach störenden Menschenlaute. Nicht mal Weihnachten hat man seine Ruhe.

Als die Kinder ihnen jeweils Katzenfutterdosen in weihnachtlicher Deko vor die Pfoten legen, ruft das Unverständnis bei Leo und Stromer hervor. Na ja, das wird sich spätestens geben, wenn man ihnen den Inhalt in Schälchen serviert. Immerhin ist Bedienung das Mindeste, wenn man sein Fell für Streicheleinheiten zur Verfügung stellt.

Die achtlos hingeworfenen leeren Geschenkverpackungen spielen da schon in einer anderen Liga: Leo hüpft vom Sofa, untersucht ausgiebig einen Schuhkarton, springt hinein und macht es sich in seinem neuen Lager gemütlich.

Mit Argusaugen beobachtet Stromer die Aktivitäten seines Nebenbuhlers, fasst Mut und entert einen Wäschekorb, in dem das Geschenkpapier nach seiner Pflichterfüllung gesammelt wird.

Vergessen ist der Revierkampf – ein gegenseitiges Kater-Weihnachtsgeschenk? Fehlt nur noch die Pfotenumarmung, aber das geht dann doch zu weit.

Gegen Mitternacht wird Stromer unruhig, springt aus dem Wäschekorb, strebt zur Haustür, bleibt stehen, schaut sich noch einmal um und verschwindet langsam in der Dunkelheit.

Frohe Weihnachten, Stromer. Bis zum nächsten Heiligabend … gern auch ohne Kampf.

WIE AUS DEM FLUCH EIN SEGEN WURDE

Marika Mayer

Seit Stunden war ich damit beschäftigt, Liederzettel zu falten und zu verteilen, die Heizung unter jeder Kirchenbank auf ihre Funktion zu prüfen und die Kerzenständer auf dem Altar auf Hochglanz zu polieren. Es war mein erstes Weihnachten als Mesnerin hier in dieser kleinen Dorfkirche, und ich wollte jeden nur möglichen Fehler so gut es ging vermeiden. Viel zu sehr graute es mir vor dem gnadenlosen Urteil der anspruchsvollen Kirchenbesucher, denen es anfangs gar nicht gepasst hatte, dass ich mit meinen zwanzig Jahren das Amt der Mesnerin übernommen hatte. Sie waren alle der Meinung, ich habe nicht genug Zeit, da ich ja mitten in meinem Berufsleben stecke. Anneliese, die alte Mesnerin, die im Sommer wegen eines Schlaganfalls ihr Amt hatte ablegen müssen, habe viel mehr Leidenschaft an den Tag gelegt und als Rentnerin natürlich auch mehr zeitliche Kapazitäten gehabt.

Daweil war ich heute, an Heiligabend, schon seit sieben Uhr auf den Beinen. Ich hatte die Gewänder der Ministranten gebügelt, zehn Packungen Lebkuchen besorgt, die die fleißigen Messdiener nach der Christmette als Weihnachtsgeschenke mit nach Hause bekommen sollten, und mindestens dreißig Mal den Code für unser neues elektronisches Türschloss wiederholt, um uns am Abend ja nicht in der Kirche einzuschließen. Peter von der Kirchenverwaltung hatte darauf bestanden, ein solches Schloss in beide Kirchentüren einbauen zu lassen. Er hatte gesagt, ihm sei wohler, wenn er wisse, dass die Türen sicher verschlossen seien. Auch wenn ich ein elektronisches Schloss für übertrieben hielt, hatte ich mich nicht getraut, etwas dagegen einzuwenden. Ich wollte unnötigen Diskussionen aus dem Weg gehen. Und so hatte ich heute lieber die fünfstellige Nummer den ganzen Tag vor mich hin gemurmelt und hoffte nun, dass der Testlauf der beiden Schlösser heute Abend reibungslos ablief – genauso wie die ganze Christmette.

Die Zeit verging wie im Flug, und ich hatte am späten Nachmittag gerade noch Zeit, zu duschen, bevor ich um siebzehn Uhr schon wieder in der Kirche sein musste, um der Dorfjugend bei den Vorbereitungen für ihr Krippenspiel zu helfen. Glücklicherweise lief die Vorführung gut, bis auf einen kleinen Hirten, der seinen Text vergaß. Doch da ich vorsorglich die Texte jeder Rolle auswendig gelernt hatte, konnte ich dem nervösen Jungen als Souffleuse aus der Patsche helfen.

Auch die anschließende Messe verlief reibungslos. Mir fiel ein Stein vom Herzen, als die Ministranten und der Priester sich zum Auszug bereit im Gang aufstellten, alle Lichter – bis auf die des prächtigen Christbaumes – ausgeschaltet wurden und die Kirchengänger aus vollem Halse zum Klang der Orgel «Stille Nacht» sangen. Beseelt und mit einem Gefühl der Erleichterung, weil die Christmette gelungen war und sich der Aufwand gelohnt hatte, schaute ich auf die kleinen LED-Lämpchen, die sich in den roten Kugeln spiegelten und den Christbaum somit zum Funkeln brachten.

Die Kirchenbesucher stimmten gerade die dritte Strophe des nostalgischen Weihnachtsliedes an, als es schlagartig finster wurde. Das schwache Licht der Kerzen auf dem Altar reichte nicht bis in die hinteren Reihen, weshalb die meisten Leute vor Schreck verstummten. Als schließlich auch der Organist aufhörte zu spielen, da er seine Noten ohne Licht nicht lesen konnte, wurde es mucksmäuschenstill im Gotteshaus. Peter, der Kirchenverwalter, eilte nach hinten in die Sakristei, um den Sicherungskasten zu überprüfen. Schulterzuckend kehrte er nach wenigen Sekunden wieder zurück.

«Die Sicherungen sind alle drin. Muss wohl ein Stromausfall sein», verkündete er. Während die Leute um mich herum belustigt tuschelten, rutschte mir das Herz in die Hose. Denn ein Stromausfall bedeutete nicht nur kein elektrisches Licht mehr, es bedeutete auch …

Ich sprang von meiner Bank auf und erreichte mit wenigen Schritten die Tür. Die Tür, die mit einem elektronischen Türschloss verriegelt war. Ich gab den Code ein – tatsächlich! Die Tür ließ sich nicht öffnen. Ich verfluchte Peter im Stillen für seine verrückte Idee, ein elektronisches Schloss an beiden Türen anzubringen. Ich verfluchte jedoch auch mich selbst, weil ich nicht mutig genug gewesen war, mich dagegen durchzusetzen. Am allermeisten verfluchte ich jedoch diesen verdammten Stromausfall, wegen welchem nun alle Gottesdienstbesucher in der Kirche festsaßen und ausreichend Zeit hatten, mir Tausende von Vorwürfen an den Kopf zu werfen.

Doch zu meinem Erstaunen nahmen alle das Malheur ziemlich gelassen. Leider hatten wir kein Netz, weshalb wir niemanden aus der Außenwelt erreichen konnten. So gab ich mein Bestes, um den Leuten in der Kirche die Wartezeit so angenehm wie möglich zu machen. Ich holte den gesamten Kerzenvorrat aus der Sakristei und erhellte damit jeden einzelnen Winkel des Kirchenschiffs so gut es ging. Ich beobachtete, wie sich plötzlich kleine Grüppchen unter den Kirchengängern bildeten und die alten Leute den Jüngeren weihnachtliche Erlebnisse aus ihrer Jugend erzählten. Auch viele Erwachsene unterhielten sich lachend, und das Ehepaar Birkner, das schon seit vielen Wochen durch eine Ehekriese ging, führte ein Gespräch mit dem Pfarrer. Ich bemerkte, wie Herr Birkner zärtlich nach der Hand seiner Frau Elisabeth griff, was mir ein Lächeln auf die Lippen zauberte.

Da auch die Heizung ausgefallen war, verteilte ich die Schaffelle, welche den Hirten beim Krippenspiel als Kostüm gedient hatten, unter den Leuten. Auch die Lebkuchen, die eigentlich für die Ministranten gedacht waren, wurden frühzeitig geöffnet und von den Leuten dankbar als Ersatz für ihren Festtagsbraten angenommen. Als der Organist erneut «Stille Nacht» anstimmte und dieses Mal noch andächtiger mitgesungen wurde, fühlte ich mich sogar ein kleines bisschen wohler als beim ersten Mal. Nach einer Stunde ging der Strom wieder, und ich konnte die Tür öffnen. Doch die meisten Leute blieben in der Kirche, viel zu vertieft in die Gespräche, für die sie sich normalerweise nie Zeit nahmen.

Am zweiten Weihnachtsfeiertag steckte ich eine Stunde vor Beginn der Messe die Liedernummern auf die Anzeigetafel. Ich sah, wie die alte Frau Kaspers in das Gotteshaus kam, und als sie mich entdeckte, kam sie mit wackeligen Schritten auf mich zu. «Ob Sie es glauben oder nicht, das war das schönste Weihnachtsfest, das ich seit Langem hatte», sagte sie lächelnd und tätschelte meinen Arm. «All die Jahre saß ich an Heiligabend alleine im Wohnzimmer und bin dort vor dem Fernseher eingeschlafen. Doch dieses Mal war es anders. Ich war in froher Gesellschaft von vielen jungen Menschen. Und die festliche Stimmung durch die unzähligen Kerzen! Ich habe alles so genossen. Sie sind eine gute Mesnerin. Ich hoffe, Sie bleiben uns bis mindestens nächstes Weihnachten in diesem Amt erhalten.»

VON WEGEN VERKLEIDET

Evelyn Hagen

Ein Feuerwehrauto soll es sein. Ein knallrotes mit durchdringender Sirene, einer langen weißen Leiter, die man abnehmen kann, mit einer schrillen Hupe und Blaulicht auf dem Dach. Eins, das von selbst wendet, wenn es irgendwo gegenfährt. Und ein Feuerwehrmann mit gelbem Helm muss hinter dem Steuer sitzen. Genau so ein Feuerwehrauto wünscht sich Sebastian sehnlichst vom Weihnachtsmann.

«Ist ein Polizeiauto nicht schöner?», fragt Mama.

Er schüttelt energisch den Kopf. Schließlich kann er nicht wissen, dass seine Tante Margret schon ein Polizeiauto für ihn gekauft hat, mit Sirene und Fernlenkung.

«Feuerwehrauto oder Polizeiauto, das ist doch wurscht», hat Mama zu ihr gesagt.

Doch das ist durchaus nicht wurscht, denn Sebastian will unbedingt Feuerwehrmann werden und auf gar keinen Fall Polizist.

So rückt Weihnachten immer näher, und Sebastian überlegt, ob es nicht sicherer wäre, mit dem Weihnachtsmann direkt Kontakt aufzunehmen, zumal er spürt, dass das Echo auf seinen Wunsch eher zurückhaltend ist. Aber wohnt der auch in Hamburg?

Wozu hat Sebastian einen Computer? Den grünen aus Plastik mit den blauen Tasten, den Opa ihm zum Geburtstag geschenkt hat und der nach dem Anschalten immer zuerst «Happy Birthday» spielt. Damit kann man jeden erreichen.

Sophie sitzt andauernd vor ihrem grauen Kasten und schreibt «I-Meils» an irgendwen. Wie viel besser muss es erst mit seinem tollen bunten Apparat klappen!

Entschlossen macht Sebastian sich daran und tippt:

Liber Weinaxman ich wünsche mier so ser ein Feuerwerauto. Bite brin mier einz.

Und weil er immer gut aufgepasst hat, setzt er hinzu:

www.liberweinaxman.de.

Während Sebastian seinen Mischlingshund Maxi krault und dabei zufrieden sein Werk betrachtet, schleicht Sophie herein und guckt ihrem kleinen Bruder über die Schulter.

«Das funktioniert nicht mit dem Ding. Ist doch nur ein Spielzeug. Und den Weihnachtsmann gibt es sowieso nicht. Die sind alle nur verkleidet!»

Sebastian schaltet den geschmähten Computer aus und verlässt mit verächtlichem Blick das Zimmer. Was versteht die schon davon? Weiß nicht einmal, dass es den Weihnachtsmann gibt!

Am Morgen des Heiligen Abends sitzt die Familie am

Frühstückstisch, als Sophie plötzlich ausruft: «Ihr glaubt nicht, was Sebastian in seinen komischen Computer getippt hat! Eine E-Mail an den Weihnachtsmann!» Sie will sich ausschütten vor Lachen.

«Das ist ja eine prächtige Idee», bremst Papa sie aus. Und zu Sebastian sagt er lächelnd: «Die musst du mir unbedingt zeigen.»

Ohne weiter auf seine spottende Tochter zu achten, verschwindet er mit seinem Söhnchen an der Hand im Kinderzimmer.

«Er wünscht sich ein Feuerwehrauto. Hast du das gewusst?», fragt er später beim Tannenbaumschmücken seine Frau.

«Natürlich. Aber er kriegt schon ein Polizeiauto von seiner Tante. Das macht auch Lärm. Und ein Auto reicht nun wirklich, nicht wahr?»

Papa schweigt, obwohl er nicht sicher ist, dass es Sebastian nur um den Lärm geht.

Vor der Bescherung machen Papa, Sebastian und Sophie wie in jedem Jahr einen Spaziergang, damit der Weihnachtsmann Gelegenheit hat, die Geschenke unter dem Baum aufzubauen.

Auch Maxi, der heute besonders aufgeregt ist und wie eine Sprungfeder herumhüpft, darf mit.

Der Supermarkt in der Hamburger Straße hat noch geöffnet. Einige Leute eilen hinein, um vergessene Kleinigkeiten zu besorgen, und vor dem Eingang steht ein Weihnachtsmann und verschenkt Schokoladensternchen.

Sebastian starrt ihn an. Der muss doch jetzt bald los und Spielsachen verteilen!

«Hoffentlich denkt er an mein Feuerwehrauto», flüstert er seinem Papa zu und betrachtet prüfend den großen Jutesack.

Papa macht ein betroffenes Gesicht, räuspert sich und sagt: «Ihr bleibt hier draußen und gebt auf Maxi acht. Ich bin gleich wieder da.»

Gott sei Dank hat der Supermarkt eine Spielzeugabteilung!

Und ein einsames Feuerwehrauto steht noch im Regal. Das Vorführauto! Einen Karton gibt es nicht mehr, aber eine Tüte genügt auch. Papa atmet erleichtert auf. Das wäre eine schöne Enttäuschung geworden!

Inzwischen warten die Geschwister ungeduldig vor der Tür. Maxi langweilt sich und kläfft den komischen weißbärtigen Mann im langen roten Mantel beharrlich an. Sebastian kniet sich hin und versucht, ihn zu beruhigen, als im selben Moment Papa aus dem Laden kommt, das geheime Geschenk unter den Arm geklemmt.

Wie ein Pfeil schießt Maxi los, reißt Sebastian die Leine aus der Hand und springt so ungestüm an seinem Herrchen hoch, dass dieser vor Schreck die Tüte samt Auto fallen lässt.

Im nun folgenden Durcheinander, in dem sich alle bemühen, das durchgedrehte Hündchen wieder einzufangen, verlässt das Feuerwehrauto, durch den Sturz unversehens in Betrieb gesetzt, die umgekippte Papiertüte und rollt gegen den schweren Stiefel des Weihnachtsmannes.

Da macht es pflichtgemäß kehrt. Die weiße Leiter ist etwas verrutscht, aber das Blaulicht auf dem Dach dreht sich, die Sirene heult, und der kleine Feuerwehrmann hinter dem Steuer lenkt sein Gefährt direkt auf Sebastian zu.

Ungläubig staunend hebt dieser den glänzenden Wagen hoch, schaut zum Weihnachtsmann und begreift: Sein Schreiben ist angekommen!

Der Weihnachtsmann selbst hat ihm das Auto gebracht!

«Danke», stammelt er strahlend vor Freude. «Es ist genau so, wie ich es mir gewünscht habe.»

Und triumphierend wendet er sich an seine Schwester: «Siehst du, alte Schlaubergerin? Das kommt von meiner I-Meil! Von wegen verkleidet!»

MEINE KINDHEITSERINNERUNGEN AN DIE WEIHNACHTSZEIT

Christa Wagner

Das Jahr neigt sich dem Ende entgegen, der Kalender wird dünner, und die Adventszeit steht vor der Tür. In meinen Händen halte ich eine der Ausgaben von den «Weihnachtsgeschichten am Kamin». Angeregt durch die vielfältigen sowie emotionalen Geschichten werde ich an meine Kindheit erinnert, die sieben Jahrzehnte zurückliegt.

Meine Geschichte führt uns in ein kleines Dorf, in die Nähe des Deisters. Mein Vater war dort auf einem Rittergut als Melkermeister tätig. So ein großes Gut beschäftigte damals noch zahlreiche Landarbeiter und ernährte somit viele Familien.

Durch die Nachwirkungen des Krieges waren die Menschen in den Fünfzigerjahren mit dem Wiederaufbau beschäftigt. Schwere körperliche Arbeit bestimmte das Leben und die Selbstversorgung stand im Mittelpunkt. Es war eine Zeit der Entbehrungen, aber auch eine der Gemeinsamkeit, die gerade an den Winterabenden mit Freunden und Nachbarn gepflegt wurde.

An diesen Abenden wurde oft gesungen, und mein Vater

begleitete uns mit seiner Mundharmonika. Danach spielten die Männer Karten, die Frauen handarbeiteten oder hielten Kaffeeklatsch bei hausgebackenem Kuchen, und auch wir Kinder waren dabei. Das alles fand in unserer großen Wohnküche statt.

In der Adventszeit kam es schon mal vor, dass von außen plötzlich an das Küchenfenster geklopft wurde. Das waren dann die Augenblicke, in denen wir Kinder kerzengrade und mucksmäuschenstill auf der Chaiselongue saßen. Dass vorher einer der Erwachsenen den Raum verlassen hatte und nach dem Klopfen wieder in die Küche trat, haben wir Kinder damals nicht miteinander in Verbindung gebracht.

Um das Rittergut herum führte ein alter Wassergraben. Zugefroren gab es für uns Kinder keine bessere Schlittschuhbahn. Durchgefroren, mit roten Wangen, kamen wir erst kurz vor Einbruch der Dunkelheit heim. Oft wurden wir von einem köstlichen Duft empfangen. Mal roch es nach Bratäpfeln, die unsere Mutter vorbereitet hatte und die für uns Kinder im Kachelofen bereitstanden. Oder es gab Waffelherzen, aus dem gusseisernen Waffeleisen, das ins Holzkohlefeuer gehalten und geschwenkt wurde. Ich habe nie wieder solche leckeren Waffeln gegessen!

Der Backofen war überhaupt vielseitig verwendbar – unter anderem wurden dort auch die Hausschuhe für unseren Vater vorgewärmt. Einige Male sind wir Kinder versehentlich beim Spielen gegen die Ofenklappe gekommen, sodass sie zufiel. Das waren dann die Momente, in denen ein Geruch von verbranntem Gummi durch das Haus zog und Vaters Hausschuhe nicht mehr zu retten waren.

In der Vorweihnachtszeit wuchs bei uns Kindern von

Abend zu Abend die Spannung. Wenn wir im Bett lagen, drangen seltsame Geräusche an unsere Ohren. Da war ein Hämmern, ein Sägen, und auch das Singen der Nähmaschine war zu hören.

Die Spannung nahm weiter zu und wurde fast unerträglich. Jetzt war auch noch unsere «gute Stube» verschlossen, und seit Tagen vermisste ich meine Puppe Anna – sie war einfach verschwunden.

Durch mein ständiges Fragen nach dem Weihnachtsmann muss ich meine Mutter schrecklich genervt haben. Mit nur wenigen Worten erklärte sie mir, dass es keinen Weihnachtsmann gäbe und die Eltern ihn spielten.

Mit meinen acht Jahren konnte ich das nicht glauben. Das konnte doch nicht wahr sein! Ich wurde von starken Zweifeln geplagt.

Am vierten Adventssonntag wurden alle Mitarbeiterkinder des Rittergutes, die das vierzehnte Lebensjahr noch nicht vollendet hatten, von der Baronin zu einer Weihnachtsfeier eingeladen.

Es war mein erster Besuch im Herrenhaus. An diesem Nachmittag trug ich ein rotes Samtkleid, dazu eine weiße Strumpfhose und schwarze Lackschuhe. Bereits nach kurzer Zeit fröstelte ich. Da war aber auch eine gewisse innere Anspannung, die mich das lästige Kratzen der Strumpfhose und die kalten Füße vergessen ließ.

Auf der breiten Freitreppe stieg ich mit klopfendem Herzen die Stufen empor und begab mich in die Halle, in der bereits eine große Kinderschar wartete – es mögen wohl so um die vierzig gewesen sein. Von den Räumlichkeiten des altehrwürdigen Hauses war ich überwältigt.

Dazu der stattliche Tannenbaum mit den vielen Kerzen, der die große Halle in festliche Stimmung versetzte. Auf einem großen Tisch waren viele Geschenke aufgebaut. An jedem hing ein kleines Kärtchen mit dem Namen eines Kindes. Alles war liebevoll verpackt. Wir wurden mit Kakao und Keksen verwöhnt. Dazu wurde eine Weihnachtsgeschichte vorgelesen. Doch kaum war diese beendet, klopfte es an der Tür, und er trat ein – der Weihnachtsmann.

Aber … meine Mutter hatte mir doch gesagt … es gebe keinen Weihnachtsmann? Dieser hier war jedoch so echt, dass ich völlig verunsichert war.

Als er mich dann auch noch mit meinem Namen ansprach und fragte, ob ich ein Gedicht aufsagen könne … fehlten mir die Worte. Nur stockend kam das Weihnachtsgedicht – von Theodor Storm – über meine Lippen.

An diesem Nachmittag bekam ich mein erstes Buch geschenkt: «Cilly auf der Geisterinsel». Dieses Buch habe ich geliebt und mehrfach gelesen.

Die Festtage rückten näher, es wurde noch geschlachtet, und wie oft meine Mutter Kekse nachbacken musste, weil meine beiden älteren Brüder auch das letzte Versteck, die Suppenterrine – Mutters eiserne Reserve –, geplündert hatten, kann ich heute nicht mehr sagen. Aber es ist einige Male vorgekommen.

Einen Tag vor Heiligabend zog meine Mutter mit unserem Handwagen, der mit Kuchenteig, Apfelspalten und eingeweckten Zwetschgen beladen war, zum Bäcker ins Dorf. Ich durfte sie begleiten. In der Backstube trafen wir auf weitere Frauen aus dem Ort, die das gleiche Anliegen hatten. Der mitgebrachte Teig wurde ausgerollt und mit den Zutaten auf den großen Backblechen der Bäckerei als Zucker-, Zwetschgen- und Apfelkuchen abgebacken. Unseren Handwagen hatte mein Vater so umgebaut, dass drei große Backbleche übereinander passten.

Es war wirklich eine besondere Zeit, denn während des restlichen Jahres wurde bescheiden gelebt, doch zum Weihnachtsfest war unsere Speisekammer immer reichhaltig gefüllt.

Den Gottesdienst am Heiligabend besuchten wir nur mit unserer Mutter, denn mein Vater hatte auch an den Feiertagen Dienst. Mit seinen Gehilfen und Lehrlingen versorgte er die rund einhundertzwanzig Kühe und Rinder des Guts. An diesem Abend wurde eine Extraportion Heu ausgelegt. Dass mein Vater vor dem Verlassen des Stalls am Heiligen Abend immer ein Gebet sprach und die Tiere segnete, habe ich erst später erfahren.

Wie in vielen anderen Familien gab es an diesem Abend auch bei uns traditionell Kartoffelsalat und Würstchen.

Erst nach dem Essen wurde die «gute Stube» zur Bescherung wieder freigegeben. Unter dem Tannenbaum saß meine geliebte Puppe Anna, mit einem neuen Kleid, in einer aus grobem Holz gefertigten Puppenwiege.

Für jeden stand ein bunter Teller, gefüllt mit Süßigkeiten und Mutters Keksen, unter dem Weihnachtsbaum.

Ja, vieles hat sich seitdem im Laufe der Jahrzehnte verändert, doch geblieben sind die Erinnerung und die immer wiederkehrende Vorfreude auf das bevorstehende Weihnachtsfest.

VOR DEM HEILIGEN ABEND

Gerhard Axt

Weihnachten 1946 stand vor der Tür. Der Zweite Weltkrieg war seit einem Jahr beendet. Doch die Not und das Leid waren noch überall zu spüren. Etwas zu essen und eine warme Stube waren damals das Wichtigste. Lichterglanz verbreiteten allenfalls selbst angefertigte Kerzen am Weihnachtsbaum.

Wir hatten nur noch eine elektrische Glühbirne. Meine Mutter schraubte sie abwechselnd in die Lampen von Küche, Wohn- und Schlafzimmer. Ausgerechnet vor Weihnachten ging sie kaputt. Guter Rat war gefragt. Ich sah, dass in einem Lagerraum unter unserem Treppenhaus, der einst von französischen Zwangsarbeitern in der ehemaligen Schmiede genutzt worden war, noch eine Birne in der Lampe war. Kurz entschlossen kletterte ich in den Lagerraum und holte die Birne. Sie sah so anders aus, als wie wir sie gewohnt waren. Wegen ihres länglichen Glaskolbens mit dem geraden Abschluss nannte ich sie «französische Birne». Wir hatten wieder Licht zu Weihnachten. Die Freude darüber war groß.

Aber kein Fest zog die Menschen zu allen Zeiten so

magisch nach Hause, an den Ort ihrer Kindheit zurück, wie Weihnachten. So erging es auch unserer Mutter. Wir hatten zwar unsere Wohnung in der Stadt. Doch kurz vor Weihnachten nahm sie uns Kinder bei der Hand und fuhr mit uns zu ihren Eltern, also unseren Großeltern, in ihr Heimatdorf Steinthaleben.

Da unser Vater noch irgendwo in sowjetischer Kriegsgefangenschaft war, hofften wir insgeheim sehr, dass er zu Weihnachten heimkehren würde. So beschlossen wir, doch wieder nach Hause zurückzufahren. Mein Großvater, er hatte an diesem Tag seinen sechzigsten Geburtstag, spannte am Abend des 23. Dezember 1946 sein Lieblingspferd, den Fuchs, vor den kleinen Ackerwagen, um uns zwischen zwei Strohballen sitzend zum Bahnhof im Nachbardorf Rottleben zu fahren.

Er war die ganze Zeit so schweigsam. Wenn ich mich heute daran erinnere, muss ich an eine alte Feldpost-Fotokarte von ihm denken, die ich später gelesen habe. Er hatte im Ersten Weltkrieg mit den Worten *Andenken an Weihnachten 1916 in Flandern* an seine Lieben daheim geschrieben. Seine Tochter, meine Mutter, war da zwei Jahre alt gewesen. Heute frage ich mich, ob er wohl dreißig Jahre später vor dem Heiligen Abend 1946 daran gedacht hat.

Meine Großmutter buk derzeit noch selber Brot. Ich sah, wie sie zwei dieser kastanienbraun glänzenden Bauernbrote in die Tasche meiner Mutter schob, wie Mütter das eben so machen.

Auf der Landstraße zum Bahnhof fuhren wir an den südlichen Ausläufern des Kyffhäusergebirges, in Nordthüringen gelegen, vorbei. Ich erinnerte mich, dass wir im

Frühjahr dort auf dem Feld Futterrüben verzogen und gehackt hatten, was mir gar nicht gefallen hatte. Ich kletterte lieber mit anderen Kindern auf die sagenumwobene «Ochsenburg» und naschte von den Frühkirschen.

Jetzt aber, in dieser frostigen Winternacht, glitzerten und funkelten die Eis- und Schneekristalle auf den Bäumen, den Birkenzweigen und dem Gebüsch im hellen Mondlicht. Es sah aus, als hätten sich unzählige Schneegeister zum Weihnachtszauber versammelt. Das Pferd trabte mutig durch den Schnee. Seine Atemluft stieg als weißer Hauch auf. Die eisenbeschlagenen Wagenräder drückten knirschend den Schnee zusammen und hinterließen tiefe Spuren.

An einem der langen Winterabende hatte meine Großmutter uns erzählt, dass man zu Weihnachten hier in Nordthüringen die «Barbarossahöhle» entdeckt habe. Es waren Bergleute des «Schwarzburgischen Bergamtes aus Könitz mit Sitz in Saalfeld», die in der Nacht vom 23. zum 24. Dezember 1865, nach Kupfer und Silber suchend, auf die heute für Besucher zugängliche Höhle stießen. Sie hat also 2025 ihr hundertsechzigjähriges Jubiläum.

Im für diese dörfliche Gegend außergewöhnlich hohen Bahnhofsgebäude Rottleben angekommen, warteten wir auf den Zug. Ich erinnerte mich, wie das Bahnhofsgebäude, das es heute nicht mehr gibt, im Zweiten Weltkrieg beschossen wurde.

Als wir wieder zu Hause waren, merkten wir, dass die zwei Brote fehlten. Wie sich später herausstellte, waren sie wohl durch die ruckelige Fahrt aus der Tasche meiner Mutter zwischen die Strohballen gefallen.

Am 24. Dezember 1946 pochte es in aller Herrgottsfrühe an unser klappriges Haustor in der Altstadt. Es war mein Großvater. Er war mit dem Fahrrad – mehr geschlittert als gefahren – zu uns in die Stadt gekommen und brachte uns im Rucksack die Brote. So hatten wir von Weihnachten bis ins neue Jahr unser tägliches Brot.

Wir schmückten unseren Weihnachtsbaum und dachten an unseren Vater. Er kehrte aber erst zu Ostern 1948 zurück.

ERSTE WEIHNACHT

Horst Hübner

«Seid ihr fertig?», rief unsere Mutter aus der Küche. «Es ist gleich so weit. Wenn das …»

Ein feiner, heller Ton kam aus dem Wohnzimmer.

Klingeling!

Das Glöckchen rief.

«Jetzt aber schnell!», sagte sie zu meinem elf Jahre älteren Bruder und mir. «Wenn es zum zweiten Mal klingelt, dann sollten wir an der Tür sein.»

Klingeling! Klingeling!

Still standen wir vor der Tür zum Wohnzimmer. Dahinter raschelte es.

«Gleich dürfen wir …»

Klingeling! Klingeling! Klingeling!

Das war das Zeichen. Langsam öffnete sich die Tür.

«Frohe Weihnachten!», sagte mein Vater mit feierlicher Stimme.

Nacheinander gingen wir in das Zimmer. Wir stellten uns in einem Kreis auf, und mein Vater stimmte das Lied «Vom Himmel hoch, da komm ich her» an.

Ich war im Vormonat sechs Jahre alt geworden und

kannte die Melodie, aber den Text nicht so genau – jedenfalls nicht gut genug zum Mitsingen.

Also schaute ich mich um und kam ins Staunen.

Der Wohnzimmertisch war in die Mitte des Raumes verschoben worden. Er war mit einem Tuch gedeckt. Darauf standen vier Kerzen. Aber nicht so kleine flache oder hohe dünne, wie sie bei uns häufiger am Abend angezündet wurden. Nein, diese waren breit und dick – und rot. Solche hatte ich bisher noch nie gesehen.

Hinter den Kerzen, in einem mit Tuch eingeschlagenen Topf, stand ein Bäumchen. Für mich allerdings, der ich gerade über die Tischkante blicken konnte, war das ein richtiger Baum. Groß und grün. Mitten im Winter – ein kleines Wunder.

An einigen Zweigspitzen hingen lange silberne Fäden, teilweise gekräuselt, teilweise glatt. Sie bewegten und drehten sich und glitzerten dabei. Fast wie kleine Blitze.

Die vier Kerzen verursachten ein ständig wechselndes Licht- und Schattenspiel im Bäumchen. Es sah aus, als ob ein feiner Windhauch die Zweige bewegte.

An den oberen Zweigen entdeckte ich vier Anhänger. Sie waren rund und aus einem hellen Material. Leicht mussten sie sein, denn die Zweige bogen sich nicht. Überhaupt schienen die Anhänger förmlich zu schweben, weil keinerlei Befestigung zu sehen war. Die dünnen Garnfäden, an denen sie hingen, waren im Kerzenlicht nicht zu erkennen.

Die Anhänger stellten kleine pausbäckige Engel dar, die in hauchfein gearbeiteten Ringen schaukelten, jeder mit einem Instrument in den Händen. Einer hielt eine Geige, der andere eine Trompete, der dritte eine Trommel und der vierte sogar eine Triangel. Mit baumelnden Beinchen saßen die Engel in ihren Ringen, die Flügel mit Goldpapier beklebt.

Feinste Handarbeit. Sperrholz und Laubsäge waren mir damals kein Begriff, aber ich konnte jetzt erahnen, was die Geräusche zu bedeuten hatten, die in den letzten Wochen aus unserer Küche gekommen waren.

Das grüne Bäumchen, die dicken Kerzen und die Engelsanhänger – so etwas hatte ich zuvor noch nicht erlebt. Es war eindrucksvoll und staunenswert.

Aber die größte Überraschung lag auf dem Tisch vor den Kerzen: ein flacher, viereckiger Gegenstand. Rot eingepackt.

«Ist das etwa Schokolade?», flüsterte meine Mutter beinahe ehrfurchtsvoll.

«Ja, Schokolade. Echte Schokolade aus England.»

«Wie kommt die denn auf unseren Tisch?»

«Das weiß nur der Weihnachtsmann.»

Aufgeregt fragte mein älterer Bruder: «Ist die für uns?»

«Ja, für die ganze Familie.»

Schokolade … das bedeutete rein gar nichts für mich.

Aber als ich die strahlenden Augen meiner Eltern und meines Bruders sah, da wurde mir klar: Das musste etwas ganz Besonderes sein.

War es auch, wie ich später schmecken konnte.

Wir fassten uns an den Händen und sangen: «Stille Nacht, heilige Nacht …»

«Kinder, ich glaube, jetzt wird Frieden», sagte mein Vater.

Ich habe sie nie vergessen, meine erste Weihnacht.

Berlin. 1949.

WEIHRAUCH, CAPPELLETTI UND BACCALÀ: WEIHNACHTEN IM JAHR 1979

Monika Roncuzzi

Ich glaube, ich schmücke den Weihnachtsbaum jedes Jahr auf dieselbe Weise: vorne gut sichtbar die drei Wichtelmännchen, die meine Tochter als kleines Mädchen gebastelt hat.

Weiter unten, ein wenig in den Ästen versteckt, die Fliegenpilze, weiter drüben das Glöckchen und die Trompete aus Glas und schließlich – gleichmäßig verteilt – die alten, farbigen Glaskugeln aus meiner Kindheit, so platziert, dass sie jeweils von einer Kerze beleuchtet werden. Oben auf der Baumspitze sitzt ein Vögelchen, Lamettafäden werden in den Ästen verteilt, eine Glitzergirlande locker über die Äste gelegt, und schließlich kommt darüber das Engelshaar, das den ganzen Baum wie ein Schleier überzieht und um jede Kerze ein geheimnisvolles Leuchten zaubert.

So war auch ich es, die damals an jenem unvergesslichen Heiligabend sagte: «Mir ist der Weihnachtsbaum das Wichtigste, den schmücke ich.»

«Einen Baum hatten wir selten, aber meine Großmutter

kochte an Weihnachten immer Cappelletti», meinte mein Mann. Ich wusste das, und die gefüllten Teighütchen aus der Emilia-Romagna gehörten seit jeher selbstverständlich zu unserem Weihnachtsessen.

«Und ich muss Baccalà haben», verkündete Silvana, die mit ihrem Mann und ihren beiden Kindern bei uns zu Gast war. Beim Gedanken an Stockfisch lief mir das Wasser im Mund zusammen. «Ich habe ihn mitgenommen, wenn ich ihn bitte kochen darf. Ich mache schon alles selber!», bat sie flehentlich. Die Küche gehörte ihr.

Meine Freundin Elda sagte: «Bei uns zu Hause gehörte zum Heiligabend immer der Gang zur Mitternachtsmesse.» Natürlich würden wir alle mit ihr gehen.

Renzo und seinem Sohn war alles recht.

Es war beschlossen: An diesem Abend sollte jeder sein Weihnachten haben. Ich schmückte den Lichterbaum, mein Mann schnitt mit unserer vier Jahre alten Tochter Girlanden aus Goldpapier und verzierte damit die Fenster unseres Weihnachtszimmers. Silvana briet ihren fetten Baccalà, sodass es bald im ganzen Haus penetrant nach Fisch roch.

Drei Familien waren bei uns zu Besuch. Sie waren zwar mit uns befreundet, mochten sich aber untereinander nicht besonders gut leiden. An jenem Abend aber fiel kein abschätziges Wort, keine verletzende Bemerkung, keiner stieß sich am anderen. Alle fünf kleinen Kinder purzelten munter durcheinander, und sie stritten kein einziges Mal, obschon sie noch nie alle zusammen gespielt hatten. Was war geschehen?

Am Vortag hatten mein Mann und ich wie immer zum nahe gelegenen Meeresort Lido Adriano fahren wollen, wo wir unser Maklerbüro betrieben. Schon von Weitem sahen wir, wie das Meer grau, wild und aufgewühlt um sich schlug. Das Wasser hatte schon den Strand bedeckt und begann, durch die Straßen zu strömen. Ich stieg aus dem Auto, und mein Mann fuhr zum nächsten Ort Punta Marina, um zu sehen, wie die Lage dort war.

Das Wasser stieg von Minute zu Minute. Ich befand mich zwar auf einem erhöhten Bürgersteig, aber es wurde mir langsam unheimlich, und ich schaute mich nach einer Fahrgelegenheit um. Ein Bekannter, der ebenfalls wegwollte, ließ mich einsteigen, und wir fuhren los. Wir kamen aber nicht weit. Nach ein paar Metern blieb der Wagen stecken, das Auspuffrohr hatte sich mit Wasser gefüllt.

Der Fahrer sah mich entsetzt an: «Und jetzt, was sollen wir tun?», fragte er mich.

«Aussteigen und zu Fuß weiter», antwortete ich kurz entschlossen und stieg aus. Da stand ich bis zu den Knien im eiskalten Meerwasser. Sekundenschnell füllten sich meine hohen Winterstiefel, und ich eilte auf den Dorfausgang zu, wo das Wasser noch niedriger stand.

Da kam auch schon mein Mann wieder, und wir fuhren zurück nach Hause nach Ravenna.

Am Tag darauf – es war Heiligabend – fuhren mein Mann und ich, diesmal mit hohen Regenstiefeln ausgerüstet, erneut an die Küste. Das Bild, das sich uns bot, war erschreckend: Das Meer hatte sich wieder zurückgezogen, die Straßen waren trocken, aber alle Keller, Garagen und viele Untergeschosse standen unter Wasser.

Ein strahlend blauer Himmel spiegelte sich in den unzähligen neu entstandenen Seen, und über allem lag eine gespenstische Stille. Bei genauerem Hinsehen konnte man Leute ausmachen, die versuchten aufzuräumen.

Die arme Maria vom Lebensmittelgeschäft stand draußen vor ihrem Laden und erzählte, das Wasser sei gestiegen, immer höher und höher, und als jemand gerufen habe, es sei jetzt einen Meter hoch, habe sie geschrien: «Ich bin ja selber nicht viel größer als einen Meter, und ich kann nicht schwimmen!»

Sie war in Sicherheit gebracht worden, aber alles in ihrem Geschäft war hinüber: Die Lebensmittel in den Papiertüten und Kartons waren aufgeweicht, und die Etiketten von Flaschen und Büchsen waren weggespült worden.

Auch in unserem Büro sah es kläglich aus: Unsere zwei netten Polstersofas standen tief im Wasser, die Dokumente in unseren Schreibtischen waren zu Pappe geworden.

Wir begannen, den Raum auszuschöpfen, und trugen Eimer um Eimer hinaus. Es war bitterkalt, und ich lief zu unserer Hausmeisterin und bat sie um ein Paar Handschuhe.

Auch sie war am Aufräumen. Sie sah nach und entschuldigte sich, sie habe nur noch diesen einen, den anderen habe sie verloren. Ich nahm ihn dankbar entgegen.

Die Dämmerung brach früh herein. Das Stromnetz war zusammengebrochen, und es versprach eine ungemütliche Nacht zu werden. So luden wir die drei betroffenen Familien kurzerhand für Heiligabend zu uns nach Hause ein.

Eine durch den Schicksalsschlag zusammengewürfelte Gemeinschaft rückte zusammen und feierte Weihnachten. Von Zeit zu Zeit seufzte jemand: «Unsere schönen Bücher!» oder «Unsere Möbel, die wir im Keller gelagert hatten!» oder «Und ich? Ich habe die wertvollsten Sachen noch hinaufgebracht, aber nicht hoch genug, das Wasser stieg höher, als ich dachte!»

Der Schrecken saß uns in den Gliedern und stimmte uns milde und dankbar, und es wurde ein friedlicher Abend. Kurz vor Mitternacht, nach Cappelletti und Baccalà, nach Kerzenschein und Bescherung, brachen wir auf.

Die Kirche war zum Bersten voll. Es waren nicht nur alle Plätze belegt, auch in den Gängen standen die Leute dicht an dicht. Feierlich zogen Ministranten und Priester durch den Mittelgang ein, beziehungsweise: Die Leute vor ihnen strömten nach vorn, die hinter ihnen rückten nach. Mein Mann, unsere kleine Tochter an der Hand, und ich folgten dem langsamen Menschenstrom und standen plötzlich vor der Treppe zum Altar. Auf den Treppenstufen saßen, ebenfalls dicht gedrängt, kleine Kinder, wie Engelchen. Die einen schliefen schon, die anderen kämpften gegen den Schlaf.

Wir wurden weitergeschoben, den Seitengang zurück. Hier und dort tauchten vertraute Gesichter auf: Verwandte, Bekannte, Freunde.

Weihrauch und Jubellieder stiegen empor und erfüllten den Kirchenraum. Friede, Freude und guter Wille waren nicht nur leere Worte an diesem Heiligabend, sie wurden plötzlich greifbar, spürbar.

DIE SACHE MIT DER LOCKE

Ingrid Maria Schäfer

Die kleine Irina kränkelt seit Langem vor sich hin, und niemand weiß genau, was ihr fehlt. Jeden Tag wird sie ein wenig dünner und ein wenig blasser. Trotzdem ist sie ein fröhliches Kind und verliert nie den Mut.

Draußen fallen die ersten Schneeflocken aus einem Himmel, der schwer und grau ist wie eine Decke aus Blei. Das liebliche Weihnachtsfest ist nicht mehr fern. Irina sieht aus dem Fenster den tanzenden und wirbelnden Flocken zu. Es wird Zeit, dass sie ihren Wunschzettel schreibt, und diesmal ist ihr Wunsch so außergewöhnlich, dass sie jedes Mal Herzklopfen bekommt, wenn sie nur daran denkt.

Sie wünscht sich die Locke eines Engels.

In einem alten Märchen hat sie gelesen, dass solch eine Locke ein mächtiger und wirksamer Schutz gegen Kummer, Unglück und Krankheit sei. Solch eine Locke würde ihr helfen. Sie weiß, dass dies ein wagemutiger Wunsch ist und dass die Chance auf seine Erfüllung gering ist, aber sie will es versuchen.

Und so kommt es, dass sie mit zitterndem Händchen

und mit bange klopfendem Herzen ihren Wunschzettel auf die Fensterbank legt und auf ein Wunder hofft.

In der Poststelle oben im Himmel türmen sich die Briefe mit den Wunschzetteln, und Meister Husch, der leitende Postengel, hat alle Hände voll zu tun, sie zu lesen und zu sortieren.

Eigentlich trägt er einen anderen Namen, aber alle nennen ihn nur «Meister Husch», weil er dieses Wort in jeden Satz einfließen lässt: «Kommt, lasst uns das in Angriff nehmen, und – husch – sind wir fertig!» Oder: «Bring diese Nachricht husch dem Erzengel Gabriel!»

Meister Husch liebt die Weihnachtszeit und die schier endlose Flut von Wunschzetteln, die dann hereinströmt. Gewissenhaft liest er jeden einzelnen Brief durch und steckt ihn anschließend in das entsprechende Wunschfach: Spielzeug, Bücher, Technik, Puppen ... Ab und zu huscht ein Lächeln über sein Gesicht, wenn ein kühner Wunsch auftaucht, oder wenn der Wunschzettel-Schreiber listig hinzugefügt hat: «Meine Schwester ist eine blöde Ziege, der brauchst du nichts zu bringen!»

Bei dem Brief, den er jetzt öffnet, legt sich jedoch ein ungewöhnlicher Ernst auf sein Gesicht. Mehrmals liest er ihn durch, dann legt er das Blatt ratlos vor sich auf den Tisch.

Die Locke eines Engels!

Dieser Wunsch ist nicht erfüllbar. Das ist ganz ausgeschlossen! Auch wenn es so viele lockige Engelsköpfe gibt, dass man Millionen Kinder mit deren Locken beschenken könnte, ohne dass man es den himmlischen Frisuren ansehen würde – es besteht nun mal das eiserne Gesetz, dass nichts, was fest zum Himmel gehört, auf die Erde gelangen darf. Unter strengster Bestrafung ist das untersagt! Niemand würde das wagen!

Höchst beunruhigt starrt Meister Husch auf den Wunschzettel. Was soll er denn jetzt machen? Diesen Herzenswunsch kann und darf er nicht erfüllen, aber ignorieren will er ihn auch nicht. Die Wünsche der Kinder werden hier oben sehr ernst genommen.

Schließlich rückt er entschlossen seinen Heiligenschein zurecht, nimmt den Brief und macht sich – husch – auf den Weg zum Erzengel Gabriel. Der ist findig und weiß vielleicht einen Ausweg …

An dieser Stelle der Geschichte wird es Zeit, den kleinen Cherub Puck vorzustellen. Er gehört zu jener winzigen Engelssorte, die nur aus Kopf und Flügeln zu bestehen scheint. Überall und ständig flitzen diese Winzlinge im Himmel herum, sodass man sie gar nicht zählen kann und niemand genau weiß, wie viele es von ihnen gibt.

Der kleine Puck ist ein Tunichtgut. Seine übermütigen Streiche und kleinen Bosheiten haben schon oft für Stirnrunzeln gesorgt, und die Standpauken, die ihm der Erzengel Gabriel zu halten pflegt, scheinen ebenso zahlreich wie wirkungslos.

«Wir müssen hier alle rücksichtsvoll miteinander umgehen und füreinander da sein!», predigt ihm der Erzengel stets. «So etwas nennt man Verantwortung!»

Und der kleine Puck senkt jedes Mal seinen prächtigen goldenen Lockenkopf, wartet geduldig das Ende der Strafpredigt ab und flattert dann hurtig davon, auf der Suche nach neuen Möglichkeiten zu einem lustigen Streich.

Der kleine Tunichtgut denkt gar nicht daran, sich zu ändern.

So stehen die Dinge, als Meister Husch mit aufgeregt flatternden Flügeln und einem verrutschten Heiligenschein beim Erzengel Gabriel eintrifft und um ein dringendes Gespräch bittet. Der kleine Puck, der das zufällig mitbekommt, beschließt, ein wenig zu lauschen. Wenn Meister Husch derartig aus der Form gerät, muss etwas Außerordentliches im Gange sein …

Die Audienz verläuft nicht gut.

Die vorsichtige Anfrage von Meister Husch, ob der Locken-Wunsch der kleinen Irina vielleicht doch erfüllbar wäre – und dabei schielt er unmissverständlich auf die Locken des Erzengels – wird empört zurückgewiesen.

«Selbst wenn das erlaubt wäre …», raunzt der Erzengel Gabriel verärgert, «Wenn da jeder auf der Erde mit solchen Wünschen käme, hätten bald alle Engel eine Glatze!»

Meister Husch nimmt allen Mut zusammen und bohrt noch einmal nach: «Aber wenn wir das – husch – ganz diskret machen, wenn niemand sonst davon erfährt … Wir können das kleine Mädchen dort unten doch nicht im Stich lassen!»

«Es bleibt dabei: Nein!»

Meister Husch, der zum ersten Mal bedauert, dass er keine Locken mehr hat und nur noch mit einem spärlichen Haarkranz gesegnet ist, spürt, wie ein gewisser Zorn in ihm aufsteigt. Er hätte nicht gedacht, dass sich der Erzengel so unflexibel und verbohrt zeigen könnte. Und in seiner Empörung sagt er ihm das auch.

«Wie bitte?», zischt der Erzengel gekränkt. «Das sagt

ausgerechnet so ein verknöcherter Post-Flattermann wie du?»

Jetzt erreicht die Audienz ihren Höhepunkt. Die Stimmen werden immer lauter, die Wörter, mit denen man sich gegenseitig beschreibt, immer pikanter, die Stimmung im Raum immer frostiger. Die Atmosphäre riecht nach unweihnachtlichem Krieg – da dringt das Geräusch von heftig flatternden kleinen Flügeln durch den Lärm, und der Cherub Puck landet elegant zwischen den Streithähnen. Sein kleines Gesichtchen glüht vor Aufregung.

«Ich mache das!», ruft er atemlos aus. «Ich gebe freiwillig eine Locke her!»

Die beiden Streithähne starren ihn verblüfft an. Der Erzengel Gabriel findet als Erster seine Sprache wieder: «Du weißt nicht, was du da sagst! Nichts, was fest zum Himmel gehört, darf auf die Erde gelangen. Wenn das herauskommt, erwartet dich eine schwere Strafe!»

Aber der kleine Puck, der mit Strafen schon reichlich Erfahrung hat, faltet trotzig die Flügel. «Das ist mir wurst», entgegnet er widerspenstig. «Dort unten auf der Erde ist ein armes kleines Wesen, dem man Freude und Licht in sein Leben bringen könnte, nur mit einer Locke! Für mich ist das Nächstenliebe und Mitgefühl. Wenn ich dafür bestraft werde, nehme ich das locker auf mich!» Und mit einem leicht spöttischen Zwinkern zum Erzengel Gabriel hinauf fügt er noch dreist hinzu: «Wir müssen alle füreinander da sein. So etwas nennt man Verantwortung!»

Dem Erzengel Gabriel, mit seinen eigenen Worten geschlagen, schießt das Blut ins Gesicht, seine Flügel plustern sich auf wie ein Wattebausch, und sein Heiligenschein glüht vor Entrüstung hell wie ein Schmiedefeuer. Aber dann sieht er den entschlossenen Winzling mit den trotzig gefalteten Flügeln vor sich stehen. Ausgerechnet dieser kleine Tunichtgut zeigt eine Größe, die beschämend ist für all diejenigen, die eigentlich ein Beispiel geben sollten. Da kann er nicht mehr anders: Er nickt. «Aber das bleibt streng geheim! Nur unter uns dreien!»

«Ich hole die Schere!», ruft der kleine Puck und saust davon.

Und so kommt es, dass der tapfere Cherub aus all seinen dicken Locken die glänzendste und prächtigste auswählt, sie liebevoll verpackt, in seiner schönsten Schrift den Namen der kleinen Irina hinzufügt und seine Herzensgabe voller Genugtuung im Postamt auf den Haufen der Geschenke legt, die am Weihnachtsabend ihren Weg zur Erde finden werden.

Er weiß, dass seine Locke das gewünschte Wunder bewirken wird, und sein kleines Herzchen klopft in ganz weihnachtlicher Weise.

Und neugierig, wie dieser Cherub nun mal ist, hat er nachgeforscht, was für eine furchtbare Strafe ihn erwarten würde, falls die Sache mit der Locke jemals auffliegt. Siehe da: Solch ein geschriebenes Gesetz existiert gar nicht! Irgendjemand hat das Gerücht in versunkenen Zeiten in die Welt gesetzt, um zu verhindern, dass zu viele himmlische Dinge ihren Weg hinunter auf die Erde finden …

DER AUFERSTANDENE ENGEL

Annette Wilk

Für unsere Familie unabdingbar zu Weihnachten gehörten vier Dinge: ein Weihnachtsbaum, der vom Boden bis zur Decke zu reichen hatte, das Weihnachtskonzert von Manfredini, Mutters Plätzchen und – der Weihnachtsengel.

Diese circa zwanzig Zentimeter hohe, aus heller Eiche geschnitzte Figur stand in jedem Jahr inmitten von Tannenzweigen auf dem Weihnachtstisch, vor sich eine dicke Wachskerze, deren Schein sein gütiges Gesicht, das auf die zum Gebet gefalteten Hände geneigt war, sanft erhellte. Dieser Engel hatte nichts Kitschiges oder Niedliches, er wirkte anmutig, aber nicht feminin, würdevoll und dennoch demütig.

Der Gesichtsausdruck dieser Figur im Schein der Kerze strahlte einen solchen Frieden aus, dass es mich jedes Mal tief ergriff. Falls meine Mutter einmal vergessen haben sollte, ihn in unsere Mitte zu stellen, sorgte ich dafür, dass das schnellstens nachgeholt wurde.

Aber eines Tages kam es zur Katastrophe. Als ich im Januar ein Wochenende zu Hause verbrachte, erzählte mir meine Mutter Folgendes: Sie hatten Besuch gehabt, und die Kerze mit dem Engel stand wie immer in dieser Jahreszeit auf dem Tisch. Schließlich geleitete man den Besuch hinaus. Da der Tisch bereits abgeräumt war, gingen meine Eltern nicht in das Kaminzimmer zurück – den Engel mit der brennenden Kerze hatten sie ganz vergessen. Es kam, wie es kommen musste. Als sie einige Stunden später in den Raum kamen, war im Tisch bereits ein großes Brandloch – und die Vorderseite des Engels war verschmort.

Meine Mutter wollte ihn mir zeigen, aber ich hätte den Anblick der verkohlten Figur nicht ertragen. Mein Schmerz war groß. Hier lag etwas in Trümmern, das für mich vollkommene Harmonie und Reinheit ausgestrahlt hatte. Weihnachten würde nie wieder so sein wie zuvor.

Im folgenden Frühjahr fuhr ich mit einer Reisegruppe zum Skilaufen in die Dolomiten. Eines Nachmittags unternahmen wir einen Ausflug ins nahe gelegene Bozen. Ich erinnerte mich, dass meine Eltern den Engel damals dort gekauft hatten.

So verbrachte ich die Zeit also nicht in Cafés oder beim Stadtbummel wie die anderen, sondern suchte gezielt Holzschnitzereien auf, immer auf der Suche nach einem Engel, der dem Zerstörten ähnelte. Und das Wunder geschah: Bereits im zweiten Laden sah ich es oben im Regal stehen – das genaue Ebenbild «meines» Engels! Der Verkäufer wollte mir noch andere Exemplare zeigen, aber ich winkte ab – einen Schöneren konnte es für mich nicht geben.

Ich hatte kaum genügend Geld dabei, und für den Rest des Urlaubs musste ich mich sehr einschränken, aber das war mir egal. Ich fieberte dem Moment entgegen, in dem ich meinen Eltern das Paket mit dem auferstandenen Engel präsentieren würde.

Ich wurde nicht enttäuscht – die Überraschung war mehr als gelungen, die Freude groß. Weihnachten war gerettet.

Das ist nun über dreißig Jahre her. Meine Eltern sind lange verstorben, das Elternhaus verkauft, aber der Engel erhält auf unserem Weihnachtstisch nach wie vor einen besonderen Platz und erfreut alle, die ihn sehen, mit seiner besonderen Ausstrahlung.

WO FINDEN WIR DEN NEUEN KÖNIG?

Wolf-Ulrich Cropp

Es liegt schon einige Jahre zurück, doch stets zur Weihnachtszeit werde ich an ein Gespräch erinnert. An ein Gespräch mit meinem Enkel Julius. Er war damals sechs Jahre alt, und seine Fragen beschäftigen mich immer noch. So sehr, dass ich darüber berichten möchte:

Heiligabend neigte sich dem Ende zu. Weihnachtslieder waren gesungen worden, Julius hatte neben dem festlich geschmückten Tannenbaum ein passendes Gedicht aufgesagt, ganz auswendig, und Schwesterchen Julia hatte auf der Blockflöte «Stille Nacht, heilige Nacht» gespielt. Dann war sogar ein Weihnachtsmann mit einem Sack voller Pakete erschienen, der jedoch trotz Kapuze, Wallebart und verstellter Stimme von den Kindern rasch als Herr Schulz aus der Nachbarschaft entlarvt worden war. Endlich hatten sich unsere Enkelkinder über die Geschenke hermachen können, die Verpackungen aufgerissen und sich mit Ahs und Ohs über die Gaben gefreut.

In diesem Jahr waren wir von der Familie unseres älteren Sohnes eingeladen worden, Weihnachten bei ihnen in Berlin mitzufeiern. Der harmonische Weihnachtsabend sollte für Julius nun nach dem Abendessen ausklingen. Immerhin ging es schon auf fast dreiundzwanzig Uhr zu! Wo war er eigentlich?

Ich fand ihn unter dem Tannenbaum, neben der aus Holz geschnitzten Krippe. Ich hatte das edle Stück einst in Freiberg, im Erzgebirge, erworben. Seitdem stand es, quasi als Wanderpokal, unter den jeweiligen Tannenbäumen der Familien. Als schöne dekorative Zierde, doch eigentlich immer unbeachtet. Julius hatte die Müdigkeit übermannt, er schien zu schlafen. Ich trat an den Baum.

Zu meiner Überraschung sagte er plötzlich: «Schau mal, Opi, diese drei Figuren da an der Krippe, was bedeuten die? Was ist mit denen?»

Ich kniete nieder, setzte mich auf den Teppich neben Julius und erklärte: «Das sind die Heiligen Drei Könige.»

«Heilige Drei Könige? Komisch, das verstehe ich nicht! Kannst du mir etwas dazu erzählen?»

«Ach, Julius, das ist eine lange Geschichte. Die erzähl ich dir ein anderes Mal.»

«Aber ich möchte, dass du sie mir jetzt erzählst!»

«Andermal, es ist schon so spät.»

«Nein, Opi, bitte jetzt!»

Julius' Eltern nickten mir zu. Ich begann: «Vor sehr langer Zeit lebten im Morgenland besonders ausgebildete Menschen, die sich mit der Sternenkunde beschäftigten. Aus dem Lauf der Gestirne glaubte man, Erkenntnisse für das Geschehen auf der Erde ableiten zu können ...»

«Was ist das Morgenland?», unterbrach mich Julius.

«Das Morgenland ist das Land, wo die Sonne aufgeht. Wir leben im Abendland, da geht die Sonne unter.»

«Aber bei uns scheint die Sonne doch auch?»

«Schon richtig, aber immer etwas später. Also, eines Tages, vor über zweitausend Jahren, wurde in westlicher Himmelsrichtung ein besonders heller, strahlender Stern entdeckt, der vielen Menschen sehr rätselhaft erschien. Drei Männer deuteten das wunderbare Leuchten als ein besonderes Zeichen. Es war nämlich schon lange vorausgesagt worden, dass ein König geboren werden sollte, dessen Licht leuchten möge über die Völker der Erde.»

«Wer waren die Männer?», fragte Julius.

«Wie du an der kostbaren Kleidung und der Kopfbedeckung, den Turbanen, siehst, mussten es sehr reiche Männer gewesen sein. Königliche Gelehrte, die sich als Wissenschaftler schon viele Jahre mit der Himmelskunde beschäftigten. Bei uns werden sie die drei Weisen aus dem Morgenland oder auch die Heiligen Drei Könige genannt.»

«Hatten die Männer auch Namen?»

«Aber ja! Caspar, Melchior, Balthasar.»

«Und die drei suchten einen König? Wie spannend!»

«So war es. Die Gelehrten wurden sehr neugierig und sagten sich, der besondere Stern wird uns zeigen, wo wir den Geburtsort des neuen Königs finden werden. Da der helle Himmelskörper aber nur ein wenig über den Horizont schaute, beschlossen sie nach Westen zu reisen, um ihn besser beobachten zu können. Wir müssen uns aufmachen, um den Herrscher möglichst rasch zu begrüßen, entschieden sie, sattelten ihre Kamele, die mit Geschenken beladen wurden. Dann …»

«Geschenke? Was für Geschenke, Opi?», unterbrach mein Enkel hastig.

«Zu damaliger Zeit wertvolle Dinge, Julius: Gold, Weihrauch und Myrrhe. Und damit ritten sie über Berge und durch Wüsten, bis sie nach mühevoller Reise Jerusalem, eine große, glanzvolle Stadt im heutigen Israel, erreicht hatten. Dort fragten sie überall nach einem Schloss mit prunkvollen Gemächern, mit einem fürstlich geschmückten Saal, in dem sie einem gerade geborenen Königskind huldigen könnten. Doch niemand wusste etwas von einem neuen König. Es gab nur Herodes, einen grausamen Herrscher, der aus Angst, einmal von seinem Thron vertrieben zu werden, alle Babys aus einflussreichen Familien töten ließ. Zufällig stießen die drei Sterndeuter schließlich auf einen Propheten, einen Wahrsager, der ihnen riet, in den kleinen Ort Bethlehem zu reiten. Dort könnten sie vielleicht finden, was sie suchten. Mit der Information zogen die drei weiter, bis sie den winzigen Ort mit armseligen Behausungen und engen, schmutzigen Gassen erreicht hatten. Die Männer waren total verwundert, als sie etwas außerhalb des Ortes eine verfallene Hütte fanden, die von dem Stern mit ganzer Pracht angestrahlt und hell erleuchtet wurde. Zögernd und voller Zweifel, am richtigen Ort zu sein, näherten sie sich dem Stall. Dort fanden sie eine Krippe, in dem ein Baby in Windeln gewickelt lag, das Jesus hieß. Bei ihm stand eine Frau, Maria, mit ihrem Mann, dem Joseph. In unmittelbarer Nähe weilten ein Esel und mehrere Schafe, so wie es die Krippe hier zeigt. Die drei Weisen aus dem Morgenland konnten kaum glauben, was sie dort an Armseligkeit vorfanden. Hatten sie doch Reichtum und Hofstaat erwartet!»

«Und was passierte dann?», fragte Julius aufgeregt, ergriff die drei Holzfiguren und betrachtete Caspar, Melchior und Balthasar aus nächster Nähe.

«Mutter und Vater des Babys begrüßten die Fremden mit einem Lächeln und fragten verwundert: ‹Was wollen die hohen Herren bei uns? Wer seid ihr? Wir sind doch nur ein armes Ehepaar, das unterwegs ist, gezählt zu werden, wie es der Aufruf verlangt.› ‹Auf dem Weg in unsere Geburtsstadt Bethlehem wurde Jesus, mein Kind, geboren›, erklärte Maria. Über der Gruppe von Mensch und Tier lag eine tiefe, herrliche Stille. Ein wunderbarer Friede … Da geschah auf einmal etwas Seltsames. Ja, etwas gar Unglaubliches, als wäre in die Männer aus dem fernen Land eine besondere Kraft eingedrungen. Die drei weisen Sterndeuter knieten vor der Krippe mit dem Baby nieder. Sie falteten die Hände, senkten ihre Köpfe und beteten. In die erhabene Stille murmelten sie: ‹Wir haben den König, in der Krippe liegend, gefunden. Einen Heiland, der Großes vollbringen wird, das die Welt verändert.›»

Nun machte ich mit der Geschichte eine Pause.

Julius schien nachzudenken. Nach einer Weile meinte er: «Sag, Opi, warum beteten die drei Könige aus dem Morgenland vor dem armen Baby?»

«Ja, Julius, das war ein Wunder. Die Männer mussten plötzlich gefühlt haben, dass das, was da auf Stroh in der Krippe lag, mehr war als nur ein normales Kind. Vielleicht wurde ihnen das Besondere ihrer Begegnung in dem Stall bewusst? Erkannten in Jesus eine Person, die uns Menschen vom lieben Gott geschickt wurde?»

«Oh ja», rief Julius, «die Männer hatten den König der armen Menschen gefunden!»

«Nicht nur der Armen. Sie hatten den Heiland gefunden. Jesus Christus, Gottes Sohn, an den Christen glauben.»

«Sind wir auch Christen, Opi?»

«Aber ja, lieber Julius. Auch wir sind Christen. Weihnachten ist ein christliches Fest.»

«Jetzt verstehe ich das Weihnachtsfest! Wir beschenken uns, weil wir uns über die Geburt des Jesuskinds so sehr freuen? Ist doch so – oder?»

«Ganz recht! Als die drei Sterndeuter ihr Gebet beendet hatten, übergaben sie aus lauter Freude über den gefundenen König ihre Geschenke – natürlich auch, weil sie große Dankbarkeit empfanden. Caspar schenkte Gold, Melchior Weihrauch, Balthasar Myrrhe. Und mit einem starken Glücksgefühl im Herzen verließen die drei den Stall des wunderbaren Friedens unter den Menschen und den Tieren. Sie verschwanden noch in selbiger Nacht. Wieder zu Hause berichteten sie von ihrer wundersamen Begegnung. Und ihr Bericht verbreitete sich als frohe Kunde in der ganzen Welt.»

Mein Enkelsöhnchen betrachtete immer noch ganz versonnen die drei Holzfiguren und meinte: «Opi, das war eine schöne Geschichte. Der liebe Gott im Himmel hat einen Menschen zu uns auf die Erde geschickt, das ist doch wirklich ein großes Wunder! Was meinst du, Opi?»

«Ja, das ist ein Wunder!», entgegnete ich.

Mir fiel auf, wie zufrieden, ja glücklich Julius in dieser Nacht auf sein Zimmer ging. In seinen Händen hielt er die drei Krippenfiguren – fest an seine Brust gedrückt.

EIN SELTEN GEWORDENES SCHAUSPIEL

Vera Schönmann

Ich schaue durch das bodentiefe Fenster im Erdgeschoss unseres Schulgebäudes. Kleine Schneeflocken wirbeln durch den Wind. Ihre Dynamik überträgt sich wie eine Welle auf die Schülerinnen und Schüler. Unmittelbar muss ich an die Kurzgeschichte «Das Fenstertheater» von Ilse Aichinger denken.

Keine App hat den Schnee vorhergesagt für diese große Pause an einem Freitag zum Beginn der Adventszeit. Die Jüngsten schauen wie gebannt aus dem Fenster. Manche rennen von einem zum anderen und erhoffen sich dadurch eine bessere Sicht auf das unerwartete Ereignis. Andere stürmen begeistert nach draußen ins weiße Treiben.

«Ich habe nicht so früh mit Schnee gerechnet!», stellt ein Schüler überrascht fest.

«Haben Sie gesehen? Es schneit», werde ich freudig von einem Oberstufenschüler auf das Geschehen aufmerksam gemacht.

Ja, ich habe es gesehen, aber was mich mehr fasziniert, ist die Reaktion der jungen Menschen auf die kleinen Schneeflocken, die langsam zu Boden fallen. Mit ihnen wird alles heller: Überall strahlende Gesichter, die Freude kann man unmittelbar hören, sehen und auch fühlen. Einige scheinen ähnlich herumzuwirbeln wie die kleinen Flocken. Wer jetzt auf der Toilette oder heimlich am Handy ist, dem entgeht etwas, das steht fest. Das hier muss man erleben, eine Erzählung bleibt unvollständig.

Das Geräusch der Schulklingel durchbricht diesen malerischen Augenblick, und die Lernenden begeben sich zurück in ihre Klassenzimmer – ganz langsam, um möglichst lang genießen zu können, um die Zeit anzuhalten.

Als ich meinen Kursraum im dritten Stock erreiche und er sich nur allmählich füllt, beobachte ich für einen Moment die Schülerinnen und Schüler im gegenüberliegenden Gebäude. Sie strecken ihre Hände aus dem Fenster, wollen die kleinen Flocken einfangen, sie schmelzen auf ihren Fingern. Andere «probieren» den Schnee. Wie er wohl schmeckt?

Sobald der Unterricht anfängt, endet das Schauspiel so schnell, wie es begonnen hat. Die Fenster werden wieder zugezogen wie der Vorhang nach einer Theaterinszenierung. Die Aufmerksamkeit wird nach vorne auf die Tafel, den Lehrenden, das Stundenthema – oder auf den Sitznachbarn oder die Sitznachbarin gerichtet.

Nur ein Schüler meines Oberstufenkurses blickt noch einmal aus dem Fenster im dritten Stock unseres Schulhauses auf die scheinbar leere Bühne. Er bemerkt die hauchdünn mit Schnee bedeckten Dächer und stellt erstaunt fest, dass die Strahlen der Sonne die hauchdünne Schneedecke zum Glitzern bringen. Überwältigt von diesem Anblick, fühlt er sich zurückversetzt in einen unvergesslichen Familienurlaub im Allgäu – zum Beginn meines Mathematikunterrichts!

Das kann nur Schnee: eine ganze Schulgemeinschaft verzaubern und an einen anderen Ort, in eine andere Wirklichkeit entführen. Wir sollten diese Momente genießen, innehalten – sie sind selten geworden.

HERR SCHLÜTER AUF DER SUCHE NACH WEIHNACHTEN

Annette Willsch

Er schaute hoch, sein Blick wanderte ziellos und unsicher umher. Hatte er nicht gerade eben noch in ihrem gemütlichen, weihnachtlich geschmückten Wohnzimmer gesessen?

Dieser Raum hier war viel größer, und es schienen noch andere Leute da zu sein, Leute, die er nicht kannte. Hier stand auch ein Weihnachtsbaum in der Ecke, aber wo war das Lametta, wo waren die richtigen Kerzen? Überall Weihnachtsschmuck, aber all das Rot und Gold konnte den Raum nicht von seiner beige-braunen Trostlosigkeit erlösen, und die weihnachtliche Tischdecke in der Mitte des großen Tisches ließ die abgestoßenen Tischkanten noch schäbiger erscheinen.

Sein Blick wanderte nach draußen. Es schneite, aber die großen schweren Flocken schmolzen sofort und rannen wie dicke Tränen an den Scheiben der großen Glastüren herunter. Von der Kirche hörte man aus der Ferne leise das Mittagsläuten.

Um ihn herum Stimmen. Waren sie vertraut? Er dachte,

ja, aber irgendwie konnte er den Stimmen keine Namen zuordnen, so sehr er sich auch anstrengte. Im Radio sang jemand von einem Rudolph, hatte der was mit Weihnachten zu tun?

Er schaute auf die Essensreste auf seinem Teller. Der Senf fehlte. Es gab doch immer Senf zu den Bockwürstchen mit Kartoffelsalat. Aber war das denn überhaupt Kartoffelsalat, was er gerade gegessen hatte? Henriette achtete doch immer darauf, dass der Tisch ordentlich gedeckt war. Überhaupt: Henriette. Wenn er genau überlegte, hatte er Henriette schon eine ganze Weile nicht gesehen. Aber sie mussten sich doch fertig machen für die Christmette! Er rutschte unruhig auf seinem Stuhl hin und her.

Da beugte sich jemand über ihn, endlich ein vertrautes Gesicht. Der Duft von Tannengrün und Weihnachtsplätzchen.

«Hallo, Papa, die haben es euch aber schön gemacht hier! Habt ihr denn was Leckeres zu essen gehabt? Und die Engel, habt ihr die gebastelt? Du gehst doch so gerne in die Bastelgruppe, ist der hier von dir? Und guck mal, der Weihnachtsbaum, der ist ja toll geschmückt …»

Ein Lächeln formte sich auf seinen blassen, welken Lippen, fand den Weg in seine Augen. Er streckte seiner Tochter die Hände entgegen. Sie hob ihren Arm und legte ihn auf seine mageren Schultern unter dem abgetragenen Lieblingspulli. Das Lächeln verließ seine Augen, und er ließ seine einsamen Hände wieder in den Schoß sinken.

Jemand räumte seinen Teller ab. «Na, Herr Schlüter, haben Sie lieben Besuch?»

Einen Moment lang hörte er nicht, was der liebe Besuch

erzählte. «… und nachher zu Hause wird es richtig trubelig, alle sind da. Ich hab fast alles fertig vorbereitet, ist ja immer viel Arbeit, aber später, wenn es dann besinnlich wird, ist es ja auch wieder sehr schön.»

Er wollte sie fragen, ob Henriette auch da war, aber irgendwie klappte das nicht.

Die Besucherin bückte sich nach ihrer großen Tasche, die sie auf dem Boden abgestellt hatte, wühlte darin herum. «Ich habe dir deine Geschenke mitgebracht. Guck mal, wie schön Klara alles eingepackt hat, sie ist wirklich schon ein großes Mädchen. Die kannst du ja nachher auspacken, wenn ihr hier Bescherung habt. Eine der Betreuerinnen hilft dir bestimmt dabei, die sind ja alle total nett und fürsorglich …»

War jetzt endlich, wirklich Weihnachten?

WEIHNACHTSFREUDE

Annette Rust

Krista Kringel schreckte aus ihrem Nickerchen hoch. Was polterte und rumorte denn da im Büro ihres Mannes?

Krista war empört: Alle wichtigen Entscheidungen rund um das Weihnachtsfest wurden darin besprochen und beschlossen. Aber niemand betrat dieses Heiligtum, wenn die Tür zu und somit der Chef nicht zu Hause war. Dann herrschte Geheimhaltungsstufe 1. Das wussten alle, vom jüngsten bis zum ältesten Wichtel, von der kleinsten bis zur größten Elfe. Ansonsten war der Weihnachtsmann interessiert an allen weihnachtlichen Ideen und ließ seine Bürotür deshalb immer offen.

Krista stand auf und sah nach, wer sich da unbefugterweise im Büro herumtrieb.

Zum Grinch noch mal, was für ein Chaos! Und dort, inmitten umgestülpter Kartons, herausgezogener Schubkästen und verstreuter Weihnachtskarten, lugte eine grünkarierte Zipfelmütze hervor. Ein Wichtel in Ausbildung also. Krista zog ihn hervor, sie zitterte vor Wut. Wie konnte das Kerlchen es wagen?

Sofort begann das Verhör: «Name?»

«Toivo.»

«Ausbildungsjahr?»

«Mein erstes.»

«Was machst du hier?»

«Ich habe eine Aufgabe. Ich soll im Büro des Weihnachtsmannes etwas suchen.»

«Und was genau?»

«Weihnachtsfreude.»

Krista war baff. Selten hatte sie von so einer sinnlos blöden Quatschaufgabe gehört. Sie kannte die Scherze der älteren Wichtel zur Genüge. Die Ausbilder und leider auch der Weihnachtsmann drückten dahingehend immer ein Auge zu. Zum ersten Advent, wenn das jeweilige Ausbildungsjahr für die neuen Wichtel begann, wurde ihnen immer eine «hochwichtige» Aufgabe, sozusagen als Eingangsprüfung, gestellt, für deren Erfüllung sie eine Woche Zeit hatten: Weihnachtspakete nach Wolkenkuckucksheim bringen; wichtige Weihnachtspost in Marzipanstadt, in der Schokoladenstraße, Ecke angebissen, abliefern; eine Tüte Weihnachtsduft auf dem Weihnachtsmarkt kaufen oder eine Wolkenbank in den Weihnachtsfarben Rot, Grün und Gold streichen.

Nach einer Woche kamen die Wichtel unverrichteter Dinge zurück zum Nordpol, manche sorgenvoll, manche wütend – kein Wichtel lässt sich gerne hereinlegen –, andere laut lachend und wieder andere so enttäuscht, dass sie sich in eine andere Jahreszeit versetzen ließen und nun im Frühjahr beim Osterhasen ihre Lehre fortsetzten.

«Was du suchst, wirst du hier nicht finden, Toivo. Einfach ins Büro des Weihnachtsmannes einzubrechen, also, weißt du!»

Toivo brach in Tränen aus, er war völlig verzweifelt. «Aber ich muss diese Aufgabe lösen, sonst gefährdet das meine Ausbildung und ganze weitere Karriere als Weihnachtswichtel!»

«Wer sagt denn so was?»

«Mein Freund Knut, und der muss es wissen, er ist schon im zweiten Jahr.»

Krista schüttelte den Kopf. Da hatte sie es wohl mit einem äußerst naiven Exemplar von Wichtel zu tun. Dann allerdings kam sie ins Grübeln. Wie sah der Weihnachtsbetrieb, geleitet durch die Firma W, eigentlich zurzeit aus? Kinder mit ihren überzogenen, oft unverschämten und unerfüllbaren Wünschen (Weltfrieden, Freude und Hoffnung für alle Kinder, das neuste iPhone, ein Shetlandpony, die Nintendo-Switch-Konsole in Neonrot), ehrgeizige Eltern, die Weihnachten zu einem Event aufbauschten (und oft nach den Feiertagen pekuniär klamm im Clinch mit der restlichen Familie lagen), Hektik, Hast, Kommerz, Konsum, Weihnachtslieder von der Playlist.

Längst schon war der Weihnachtsmann mit seinem Rentierschlitten und Geschenken am Heiligabend nur noch symbolisch unterwegs. Bereits seit dem Herbst wurde in allen den Menschen bisher verfügbaren Medien Weihnachtswerbung ausgestrahlt. Pausenlos lud die Firma W zur Weihnachtszeit DIY-Videos zum Basteln und Dekorieren, zum Kochen, Backen und Braten hoch.

Ein weltweites Netz des Post- und Vertriebswesens wurde für das Versenden der Weihnachtspakete digital koordiniert. Am 24. Dezember saß der Weihnachtsmann mit seinen Oberwichteln in der Schaltzentrale und steuerte per Knopfdruck je nach Zeit- und Feierzone das Geschehen und die Lieferung der Geschenke an Groß und Klein.

Während Krista noch überlegte, reifte in ihr langsam eine Idee. Sie beschloss, dem kleinen Toivo zu helfen. Das wäre doch gelacht, sie hatte schon ganz andere Dinge geschafft! Sie entwickelte einen Wochenplan, bei dem Toivo tüchtig mit anpacken musste.

Gemeinsam machten die beiden sich an die Arbeit.

Erster Tag: weihnachtliche Vorhänge, Tischdecken, Platzdeckchen, Servietten, Zierkissenbezüge bügeln und im Weihnachtsmannhaus verteilen, Weihnachtsbaumschmuck putzen.

«Wie geht es dir heute, Toivo?», fragte Krista am ersten Tag, erntete jedoch nur ein Schulterzucken.

Zweiter Tag: Weihnachtsgirlanden im ganzen Treppenhaus anbringen und schmücken.

«Wie geht es dir heute, Toivo?», fragte Krista am zweiten Tag.

«Weiß nicht», antwortete Toivo.

Dritter Tag: frische Tannenzweige in großen Vasen im ganzen Haus verteilen, Lichterketten anbringen.

«Wie geht es dir heute, Toivo?», fragte Krista auch am dritten Tag.

«Na ja», antwortete Toivo.

Vierter Tag: Symbolfahrt vorbereiten, dafür Rentiere besuchen, mit Kraftfutter versorgen, striegeln, Weihnachtsmannschlitten putzen, Zauberstaub nachfüllen.

«Wie geht es dir heute, Toivo?», fragte Krista wieder.

«Muss ja», antwortete Toivo.

Fünfter Tag: Weihnachtspost der Kinder beantworten.

«Wie geht es dir heute, Toivo?», fragte Krista am fünften Tag.

«Geht so.»

Bei dieser wichtigen Wichtelaufgabe war Toivo sehr fleißig und oft gerührt: Die Kinder wünschten sich nämlich auch Zeit mit ihrer Familie, gemeinsames Spielen, einen Kinonachmittag, Oma und Opa zu besuchen, einen Spaziergang im Wald mit Füttern der Wildtiere, Vorlesen am Kamin oder Gesundheit für den besten Freund nach einer Operation.

Sechster Tag: Weihnachtsplätzchen backen (Lieblingssorte von Toivo: Zimtsterne mit Zuckerguss).

«Wie geht es dir heute, Toivo?», fragte Krista an Tag sechs.

«Eigentlich gut», antwortete Toivo.

Siebter Tag: im Winterwald die große Weihnachtstanne schlagen, im Haus aufstellen und schmücken, dabei alle bekannten Weihnachtslieder singen (der Chor der Weihnachtselfen hilft beim Schmücken und Singen mit), Probelauf für die gesamte Weihnachtsbeleuchtung.

«Wie geht es dir heute, Toivo?», fragte Krista auch am letzten Tag.

Toivo spürte, dass sich passend zur Weihnachtsbeleuchtung auch in seinem Inneren so etwas wie ein Licht entzündete, das ihn wärmte, leicht werden ließ, fröhlich und besinnlich zugleich.

«Ich fühle mich großartig! So geborgen, froh und zufrieden. Ich möchte singen und tanzen, andere umarmen, ich möchte lachen und weinen, alles auf einmal.»

«Nun, Toivo, dann hast du sie tatsächlich gefunden, die Weihnachtsfreude», schmunzelte der Weihnachtsmann, der leise hinzugetreten war. Er zwinkerte seiner Frau zu – gut gemacht! –, und Krista zwinkerte zurück.

Aber nicht nur Toivo hatte die Weihnachtsfreude gefunden, sondern viele andere Menschen auch. Alle Jahre wieder.

Frohe Weihnachten!

STRANDGUT

Joachim Frank

Nein, auch in diesem Jahr fand ich keine Flaschenpost. Seit ich in der Jugendzeitschrift «Rasselbande» von solchen abenteuerlichen Funden gelesen hatte, malte ich mir als damals neun oder zehn Jahre alter Junge aus, wie es wohl wäre, eine Botschaft von jemandem aus einem ganz fernen Land – vielleicht aus China oder Amerika – hier am Strand zu finden. Vielleicht auch nur aus Dänemark oder Schweden, denn von dort war es zu uns nach Hamburg an die Ufer der Elbe ja längst nicht so weit. Was für ein Triumph wäre das vor meinen Freunden gewesen!

Ach, dann im nächsten Jahr vielleicht, tröstete ich mich und wurde von anderen Fundstücken schnell abgelenkt, denn davon gab es viele: seltsame Flaschen, verrostete Dosen, Reste von Netzen, einmal das Lederetui für ein langes Messer. Wofür brauchte man so was? Überall lagen Holzstücke, die Wasser, Licht und Reibung gebleicht und geschliffen hatten. Zwischen Steinen und Geröll, halb von Sand bedeckt, steckte diverser Krimskrams, dessen einstige Funktion mir rätselhaft blieb.

Meine Fantasie schlug Purzelbäume: Wem hatte dieser

Schuh gehört, wer hatte jenes Stück Tau in Händen gehalten, welches Schiff hatte diesen Kanister über die Meere transportiert? Zu welcher Sprache gehörten diese Schriftzeichen, welches Geheimnis steckte hinter jenen Symbolen? Ich schaute weit über das Wasser in Richtung Elbmündung und überlegte, wie die Welt hinter dem Horizont wohl aussehen mochte.

Damals, es war um das Jahr 1960 herum, begleiteten mein Bruder und ich unseren Vater immer an einem der ersten Adventssonntage an den Elbstrand, wo die Frachter, Tanker und seltener einmal Passagierschiffe in den Hamburger Hafen einliefen oder ihn in Richtung Cuxhaven verließen. Jedes Mal, wenn einer der großen Pötte vorbeifuhr, schwappten Wellen ans Ufer, sodass man aufpassen musste, keine nassen Füße zu bekommen.

Ich las die Namen der Schiffe, deren Heimathäfen darunter, fragte meinen Vater, wenn ich nicht wusste, welche Fahne am Heck wehte, wo die Städte lagen. Wenn ich mir die fernen Länder vorstellte, aus denen die Schiffe kamen, geriet ich ins Träumen. Wie unendlich weit mussten die Meere sein, über die sie Wochen und Monate um die halbe Welt dampften, bis sie endlich an mir vorbeiglitten, manchmal begleitet von einem tiefdröhnenden Tuten. Stand ein Matrose an der Reling, winkte ich ihm zu, und manch einer von ihnen winkte zurück.

Während ich im Schneegestöber vergeblich nach einer Flaschenpost suchte und mein kleiner Bruder mit Begeisterung Steinchen in die Elbe warf, hielt mein Vater wie jedes Jahr nach Dingen Ausschau, aus denen er für uns Jungs etwas zu Weihnachten basteln konnte. Von meinem eigenen Herumstöbern war ich zwar abgelenkt, schaute aber immer wieder zu ihm hinüber, um zu sehen, nach was er suchte oder was er aufsammelte. In jenem Jahr verstaute er vor allem diverse Korkstücke in seinem Rucksack, die man hier zur damaligen Zeit sehr häufig in unterschiedlichsten Größen und Formen finden konnte.

Als wir auf der Rückfahrt, von Wind und Wetter durchgefroren, in der S-Bahn saßen, uns auf das warme Zuhause, den Adventskranz, Kakao und die von Mutter gebackenen Kuchen und Kekse freuten, zeigte Vater bereitwillig seine Fundstücke und ließ uns raten, was daraus werden könnte.

«Weißt du denn selbst schon, was du damit machen willst?», wollte ich wissen.

«Ich glaube, ich habe da eine hübsche Idee. Lass dich überraschen, mein Jung!», sagte er nur und steigerte damit meine Neugier noch weiter.

Ich weiß nicht mehr, was mein Bruder und ich uns in jenem Jahr am sehnlichsten gewünscht hatten. War es eine Ritterburg oder ein Tunnel für unsere kleine Eisenbahn, die wir jedes Jahr in der Vorweihnachtszeit in unserem Wohnzimmer aufbauen durften? Vielleicht ein Kaufmannsladen, eine Kasperbude, die Manege für einen Zirkus? All diese von ihm gebastelten Dinge bekamen wir im Lauf der Jahre neben anderen kleineren Geschenken zum Weihnachtsfest. Aber bis zur Bescherung am Heiligen Abend blieb es ein fieberhaftes Rätselraten und Spekulieren, was Vater für uns basteln würde.

Seit jener Zeit ist nun ein halbes Jahrhundert vergangen. Nachdem mein Vater verstorben ist, gilt es, den Dachboden des kleinen Reihenhauses auszuräumen, das meine Eltern später erworben hatten. Ich ziehe die Luke herunter, klappe die Leiter aus, steige die knarrenden Stufen hinauf und leuchte mit meiner Taschenlampe ins Dunkel. Plötzlich steht er vor mir: jener Bärenfelsen, den er uns damals aus den Korkstücken gebaut hat.

Wie jedes Jahr war er abends nach Feierabend in den Abstellkeller unserer Mietwohnung hinuntergestiegen, wo er sich eine kleine Werkstatt eingerichtet hatte. Auf einer großen grünen Holzplatte hatte er ein Gebirge aus Kork konstruiert, darin Grotten, Höhlen und kleine Gehege eingefügt, in die man Spielzeugtiere stellen konnte. Seitdem war das unser Bärenfelsen, wie wir ihn ähnlich aus gelegentlichen Besuchen in Hagenbecks Tierpark kannten.

Dazu bekamen mein Bruder und ich ein paar Steintiere. So nannten wir die aus steinartiger Masse gefertigten Figuren, die nun unseren kleinen Zoo bewohnten. Dass dem Tiger bereits ein Stück vom Schwanz fehlte, der Elefant nur ein Ohr und das Nashorn kein Horn mehr hatte, störte uns nicht sonderlich. Unbeschädigte Giraffen, Zebras und eine Bärenfamilie ergänzten in den folgenden Jahren Weihnacht für Weihnacht unseren Tierpark. Später erzählte mir meine Mutter, dass sie die ersten Figuren einer Nachbarin abgekauft hatte, als deren Söhne aus dem Spielalter herausgewachsen waren.

Wir Kinder waren begeistert, denn dieser in grünen, grauen und braunen Farben bemalte Bärenfelsen konnte nicht nur als Zoo genutzt, sondern außerdem hervorragend in andere Spiele integriert werden: Mit Freunden stellte ich in dem Korkgebirge Szenen aus diversen Karl-

May-Romanen nach, wir konnten die Schienen unserer kleinen Trix-Eisenbahn um den Felsen herumführen, und er diente auch Cowboys, Indianern und Rittern aus Plastik als Biwak, Versteck oder Schlachtfeld. Und stabil war der Felsen, mein kleiner Bruder konnte sich sogar draufsetzen! Was mein Vater baute, das hielt ewig.

Im Lichtkegel meiner Taschenlampe erwachen augenblicklich all diese Erinnerungen an die längst vergangenen Weihnachtsfeste meiner Kindheit, begleitet von Gefühlen großer Dankbarkeit.

Aber jetzt, heute? Was soll ich mit dem Bärenfelsen anfangen? Unsere Enkelkinder wünschen sich ganz andere Dinge: Julian will ein ferngesteuertes Auto oder den Spider-Man Titan Hero haben, Mira wünscht sich Glitzer-Diamanten und «Escape Game Kids – Operation: Letzter Drache», was immer das auch sein mag. Da kann ich doch nicht mit so einem Ungetüm ankommen! Wegwerfen? Nein, das bringe ich nicht übers Herz. Also mitnehmen. Irgendwo in unserem Haus wird sich dafür schon eine Ecke finden, in der er – am besten von meiner Frau unbemerkt – niemanden stört, vielleicht im Keller oder auf dem Dachboden.

Sollen doch unsere Kinder, wenn die Zeit gekommen ist, für dessen Entrümpelung sorgen, denn mit mir wird die Erinnerung an diesen Bärenfelsen verschwinden. Es sind ja nur ein paar bunt bemalte Korkstücke auf einer Holzplatte. Kein antikes Spielzeug einer bekannten Firma, sondern markenlos. Nicht mal Retro oder Vintage, bloß etwas Selbstgebasteltes, ohne Marktwert.

Strandgut der Zeit. Des Lebens. Meines Lebens.

UNSER WEIHNACHTSBÄUMCHEN

Sigrid Spinnler

Weihnachten ohne Weihnachtsbaum? Niemals! Undenkbar! Erst ein Christbaum über der wunderbaren Krippe verzaubert das Weihnachtszimmer, lässt zur Ruhe kommen, entfacht gleichzeitig die Weihnachtsfreude und lässt inneren Frieden einkehren.

Das war meine feste Überzeugung, bis ich die achtzig mit einigen Jährchen überschritten hatte. Aber wenn die Kräfte nachlassen, muss im Alter jeder überlegen, wo er Abstriche machen kann. Deshalb erwog ich erstmals, dieses Jahr auf einen Weihnachtsbaum zu verzichten. Schließlich war ja die Krippe an Weihnachten das Allerwichtigste, und diese würde wie immer mit viel Liebe, Sorgfalt, Fantasie und Freude aufgestellt und ausgeschmückt werden.

Gleichzeitig entschlossen sich meine Tochter und ihr Partner ebenfalls für eine Weihnacht ohne Christbaum. Sie hatten nämlich auf ihren Streifzügen mit ihrem Hund Buddy im Wald eine riesige gefällte Tanne entdeckt, für die sich seit Wochen niemand interessierte. Viel zu groß fürs Wohnzimmer, aber ein Prachtstück auf der Terrasse, gut sichtbar von der Wohnung aus.

Mehrmals die Woche führte mein Weg mit dem Auto an dem schönen Hof vorbei, der mit einem riesigen Angebot von Fichten, Edel- und Nordmanntannen in allen Größen und Preislagen aufwartete. Gut sichtbar schon von Weitem stand vor den stattlichen Tannen ein putziges Bäumchen, das ich vom ersten Augenblick an in mein Herz geschlossen hatte.

Einen Tag vor Heiligabend fuhr ich wieder vorbei und spürte einen Kloß im Hals. Enttäuscht und mit gesenkten Zweigen – wie ich mir einbildete – stand es noch da, mein Bäumchen, weil niemand es haben wollte. Ich stellte mir vor, wie traurig es sein musste, so jung und seiner Wurzeln beraubt entsorgt zu werden, ohne an Weihnachten die Erfüllung erleben zu dürfen, festlich geschmückt mit Kugeln, Sternen und Kerzen in einem Weihnachtszimmer an der Krippe zu strahlen – aber ich blieb hart und ersetzte es schließlich durch einen schönen Kiefernstrauß.

Am späten Vormittag des Heiligabends geschah es dann, dass meine Tochter mit Mann im Wohnzimmer stand, mit «meinem» Christbäumchen. Ich war so überrascht, dass ich meine Freude gar nicht zeigen konnte und nur mit Mühe die Tränen unterdrückte. Das bisschen zusätzlichen Stress nahm ich gerne in Kauf und schmückte das Bäumchen mit viel Liebe und übergroßer Freude. Jetzt war alles perfekt.

Eines stand fest: Nie wieder würde ich auch nur den Gedanken aufkommen lassen, Weihnachten ohne Christbaum zu feiern!

PS: Auch bei meiner Tochter erstrahlte an Weihnachten ein wunderschönes Christbäumchen.

FRÖHLICHE WEIHNACHTEN, HERR SCHRÖDER!

Dirk Früauff

Es ist Heiligabend in der Sackgasse einer kleinen Wohnsiedlung in einer kleinen Stadt.

«Fröhliche Weihnachten, Herr Schröder!», ruft Amelie gut gelaunt. Amelie mag, ja, sie liebt Weihnachten sogar, und sie mag ihren Nachbarn von gegenüber – Herrn Schröder. Und versteht gar nicht, warum andere den älteren Herrn nicht mögen wollen.

Mit ihren fünf Jahren weiß sie noch nicht, wie sich die Enttäuschungen des Lebens anfühlen und wie sie einen Menschen zu einem enttäuschten und verbitterten Zeitgenossen werden lassen. Und so verschwendet sie auch gar keinen Gedanken daran, dass man so einem Menschen vielleicht besser nicht gute Weihnachtswünsche ausrichten sollte.

Amelie erinnert sich, wie Papa nicht gerade freundlich zu Mama sagte: «Dieser alte Sack gönnt anderen einfach nichts», als Herr Schröder vor Kurzem klingelte und sich mal wieder über etwas beschwerte. Anscheinend störte Herrn Schröder diesmal die wunderschöne Weihnachtsbeleuchtung ihres Hauses. Sie sei viel zu hell und leuchte störend in sein Wohnzimmer.

«Frohe Weihnachten, Amelie», nuschelt Herr Schröder in sich hinein.

Was vielleicht niemand weiß, einfach weil niemand sich Gedanken darüber macht: Amelies Weihnachtsgruß ist bisher der einzige, der Herrn Schröder an diesem Heiligabend erreicht.

Gab es denn nie schöne Weihnachten für Herrn Schröder?

Zu Hause, in seinem abgewetzten Sessel sitzend, denkt er an den Weihnachtsgruß von Amelie. Er schaut auf das gegenüberliegende Haus, in dem sie mit ihren Eltern und dem etwas größeren Bruder Paul wohnt. Wie schön es doch geschmückt ist! In diesem Moment kann Herr Schröder gar nicht verstehen, warum ihn die Weihnachtsbeleuchtung so gestört hat, so sehr, dass er darauf bestand, dass der Teil, der in sein Wohnzimmer strahlte, umgehend abmontiert werden müsse.

Amelies Vater hatte nicht gerade freundlich reagiert, und verändert hat er an der hellen Beleuchtung gar nichts. Seit der etwas unwirschen Forderung von Herrn Schröder und deren Nicht-Erfüllung grüßen sich Herr Schröder und der Vater von Amelie gar nicht mehr. Aber Amelie strahlt weiterhin, wenn sie ihn sieht! Und wünscht ihm fröhliche Weihnachten, so echt, wie es nur fünfjährige Kinder einem anderen Menschen wünschen können. Herr Schröder ist davon so gerührt, dass seine Gedanken zu seinem eigenen fünfjährigen Ich driften.

Er schließt die Augen und taucht ein in ein Weihnachten vor langer Zeit: ein Heiligabend vor fünfundfünfzig Jahren. Herr Schröder ist einfach nur der kleine Christian. Er sieht eine warme Stube, darin seine gütige Mutter, die neben seinem Vater auf dem grünen Sofa sitzt. Der Weihnachtsbaum daneben strahlt wenig dezent unter dem vielen Lametta in Gold und Rot.

Der kleine Christian in seinem knallroten Lieblingspullover steht auf einem Schemel, nachdem sein Vater seiner Mutter eine Weihnachtsüberraschung angekündigt hat. Der Vater scheint aufgeregter zu sein als Christian selbst und wippt nervös mit den Beinen. Er sieht Christian aufmunternd an.

Leise beginnt der kleine Junge das Weihnachtsgedicht aufzusagen, das sein Vater ihm seit Anfang November heimlich beigebracht hat.

Und plötzlich denkt Herr Schröder daran, wie seine Kindheit vor genau diesem sich noch fulminant entwickelnden Ereignis verlief: Christian war ein schüchternes Kind gewesen und hatte kaum ein Wort geredet! Sagte nichts im Kindergarten, war stumm im Kaufmannsladen, wortlos beim Bäcker und selbst bei der geliebten Tante Käthe, die um die Ecke in derselben Stadt wohnte, bekam er keinen Ton heraus. Kein Mensch außer seinen Eltern hatte je seine Stimme gehört. Ja, nur zu Hause redete er ein wenig, aber wirklich nur sehr wenig. Selbst kurze Antworten fielen ihm schwer. Aber immerhin traute er sich im Schutz des elterlichen Hauses, wenn niemand sonst zu Besuch war, ein paar Worte zu.

Vielleicht ist es deshalb so besonders, dass er nun ein so

langes Gedicht aufsagt: «Von drauß' vom Walde komm ich her …». Vier Strophen, bis: «… und morgen flieg ich hinab zur Erden, denn es soll wieder Weihnachten werden.»

Geschafft! Christian sieht Mama auf sich zukommen, Tränen der Rührung in den Augen. Noch nie hat sie ihren Jungen so lange zusammenhängend sprechen gehört. «Fröhliche Weihnachten, mein kleiner tapferer Christian», flüstert Mama ihm glücklich ins Ohr.

«Fröhliche Weihnachten, Mama», sagt Christian laut und strahlt.

Dann packt Mama Christian warm ein, und sie gehen mit Papa durch das wunderbar erleuchtete Städtchen zu der alleinstehenden Tante Käthe, die wie jedes Jahr zum Weihnachtstee mit allerlei Geschenken auf Christian wartet. Sie laufen am Kaufmannsladen vorbei, vor dem der freundliche Besitzer Herr Müller die Straße kehrt, kurz nach Ladenschluss an diesem Heiligabend.

«Fröhliche Weihnachten, Herr Müller!», ruft Christian.

Herr Müller hält inne, sieht Christian mit großen Augen an und strahlt plötzlich in einer ungeahnt weihnachtlichen Pracht, sodass seine Goldzähne nur so funkeln. Noch nie hat Herr Müller die Stimme des kleinen Christian gehört.

«Fröhliche Weihnachten, Christian!», erwidert er mit zitternder Stimme und klatscht merkwürdigerweise dreimal laut in die Hände.

Nach diesem für alle Beteiligten beglückenden Erlebnis treffen sie auf Frau Berbisch, die Verkäuferin aus dem Bäckereiladen. Frau Berbisch ist beladen mit mehreren Tüten voller Geschenke und auf dem Weg zu ihren Liebsten.

«Fröhliche Weihnachten, Frau Berbisch!», ruft der kleine Christian.

Auch Frau Berbisch ist überrascht, stellt die Geschenktüten ab, kniet sich nieder und stupst die Nase des kleinen Christian. Ihre sonst so undurchdringliche Miene erscheint deutlich zugänglicher.

«Fröhliche Weihnachten, lieber Christian», sagt sie leise. «Das ist die größte und schönste Weihnachtsüberraschung, dass du mich ansprichst!»

Vor Tante Käthes Haustür angekommen, knetet Christian nervös seine kalten Hände. Die Tür öffnet sich, Tante Käthe lächelt Christian an und wünscht ihm fröhliche Weihnachten.

Christian öffnet den Mund.

Er ist so aufgeregt, dass zunächst gar nichts passiert, doch dann ruft er es aus: «Fröhliche Weihnachten, fröhliche, fröhliche Weihnachten, Tante Käthe!» Und lacht so laut und ruft erneut: «Fröhliche Weihnachten!»

Tante Käthe bekommt große Augen und Tränen kullern ihr über das aufgeregt freundliche Gesicht. Sie nimmt ihn bei der Hand und geht feierlich mit ihm zum gedeckten Tisch.

Dort hebt sie den kleinen Christian auf einen freien Platz und gesellt sich mit einem Hopps neben ihn.

Aus dem alten Radio erklingt «O du fröhliche». Tante Käthe nimmt Christian in den Arm und wiegt sich ergriffen mit ihm hin und her.

Mama und Papa eilen hinzu und fassen sie an den Händen, sodass sie einen kleinen Kreis bilden. Gemeinsam stimmen sie ein: «Freue, freue dich, o Christenheit!»

Herr Schröder bewegt seine Fußzehen, wie er es in seinem Entspannungskurs gelernt hat, um wieder in die gegenwärtige Zeit zurückzukommen, und dies mit einem breiten Lächeln auf dem Gesicht. Kurz sind sie vergessen, die Ereignisse, die ihn griesgrämig werden ließen: die Frau, die ihn vor langer Zeit verließ, der Sohn, der sich kaum noch meldet, die Beförderung, auf die er seit nun zehn Jahren wartet. An anderen Tagen steigern sich die Gedanken zu unaufhörlich kreisenden Grübeleien.

Heute aber steht Herr Schröder auf, vergisst glatt, seine Hausschuhe gegen die Winterstiefel auszutauschen, geht aus der Haustür, läuft, ja, rennt in seinen Pantoffeln über die Straße und klingelt gegenüber bei Amelies Familie.

Amelies Papa öffnet die Tür und fragt erstaunt: «Ja, bitte?»

Herr Schröder öffnet den Mund, bekommt aber – fast so, wie bei Tante Käthe vor nunmehr fünfundfünfzig Jahren – zunächst keinen Ton heraus.

Langsam versammelt sich die ganze Familie im Hausflur: Vater, Mutter, Paul und Amelie – alle schauen verwundert und freundlich ihren Nachbarn an.

«Fröhliche Weihnachten!», ruft Herr Schröder plötzlich und lacht und lacht und hört gar nicht mehr auf zu lachen. Sein Lachen ist so ansteckend, dass die ganze Familie mit einfällt.

Freundlich reichen sie einander die Hände und gehen gemeinsam ins Haus.

EIN BESONDERES ERLEBNIS IM STALL

Eine Weihnachtsgeschichte nach einer Idee von Delia Zumbrunn-Richner, ausgeschmückt und aufgeschrieben von Therese Richner

Fritzli war es wind und weh. Diese Schulweihnacht! Früher, im Kindergarten und in der ersten und zweiten Klasse, hat er sich noch darauf gefreut. Aber dann kam alles anders. Frau Koch, die Lehrerin der dritten Klasse, hatte mit ihm geschimpft und gesagt, er singe ganz falsch. Dann, in der vierten Klasse, hatte er gar nicht mehr mitgesungen, nur noch die Lippen bewegt. Nach der Vorstellung hatte die Lehrerin geschimpft, sie hätte ganz genau gemerkt, dass er nicht gesungen hatte. Sicher habe er den Text nicht auswendig gelernt.

Und jetzt, am Morgen, hatte Frau Roth, seine neue Lehrerin, angekündigt, dass sie am Nachmittag mit dem Liederüben für die Schulweihnacht beginnen würden.

Das bescherte ihm Bauchschmerzen, und am liebsten wäre er gar nicht hingegangen. Aber er wusste genau, dass seine Mutter das nicht tolerieren würde, und so ging er schweren Herzens am Nachmittag wieder zur Schule.

Als dann Frau Roth die Liederblätter verteilte, wurde

Fritzli ganz flau im Magen. In einem unbeobachteten Moment schlich er sich an der Wand entlang und verschwand im Schulhausgang.

Was soll ich jetzt tun?, fragte er sich. Nach Hause konnte er nicht gehen, seine Mutter würde ihn postwendend zurück in die Schule schicken. Und auch im Dorf herumlungern ging nicht, die Leute wussten ja, dass er in der Schule sein müsste.

Plötzlich hatte er eine Idee. Der Stall vom Bauer Weber, wo er schon oft gewesen war, stand ganz abgelegen am Waldrand.

Schnurstracks lief Fritzli zum Hof, und als er schließlich bei den Kühen im Stall war, wurde ihm ganz wohlig. Bauer zu werden war nämlich schon lange sein Traum. Er streichelte die Kühe und klagte ihnen sein ganzes Elend. Da fiel ihm auf, dass eine Kuh ganz aufgeregt war. Er ging zu ihr hin, um sie zu beruhigen, und merkte sofort, dass sie bald kalben würde.

Bei seinem Onkel, der auch einen Bauernhof hatte und bei dem Fritzli oft die Ferien verbrachte, hatte er gelernt, wie man herausfindet, wie lange es wohl noch dauert, bis das Kalb kommt. Wenn man den Schwanz senkrecht nach oben heben kann, dann kommt das Kalb in der nächsten Stunde noch nicht, sagte sein Onkel immer. Sofort versuchte Fritzli es, aber der Schwanz machte keinen Wank. Nun wusste er, dass das Kalb bald kommen würde und keine Zeit mehr blieb, den Bauern zu rufen.

Fritzli streichelte die Kuh und redete ihr gut zu. Und tatsächlich dauerte es nicht lange, bis die Beine zum Vorschein kamen und kurz darauf das Kalb ins bereitgelegte

Stroh flutschte. Glückselig rieb Fritzli das Kalb trocken, und die Mutterkuh leckte es liebevoll ab.

Ganz benommen von diesem wunderbaren Erlebnis legte Fritzli sich ins Stroh, dicht neben das Kalb, und schlief ein.

Unterdessen fiel in der Schule allmählich auf, dass Fritzli fehlte. Seppli rief laut: «Der Fritzli ist nicht da!»

Frau Roth stutzte, meinte aber, er werde wohl auf der Toilette sein. Doch als er dann längere Zeit nicht wieder auftauchte, schickte sie Seppli los, um bei den Toiletten nachzusehen.

Als der kurz darauf ohne Fritzli zurückkam, war nun auch Frau Roth beunruhigt und sagte: «Wir müssen ihn suchen.»

Sie teilte die Klasse in drei Gruppen auf, die jede an einem anderen Ort suchen sollte. Eine Gruppe ging zum Sportplatz, die zweite suchte das ganze Schulareal ab und die dritte schaute im Dorf nach. Sie vereinbarten, dass sie sich in einer halben Stunde wieder in der Schule treffen würden.

Alle kamen zurück, aber ohne Fritzli. Etwas ratlos standen sie beisammen, bis plötzlich Vreni, die Tochter vom Bauer Weber, sagte: «Vielleicht ist er ja in unserem Stall! Da ist er öfters, weil er so gerne Bauer werden möchte.»

Schnurstracks machten sie sich auf den Weg zu ebendiesem Stall. Als Frau Roth die Stalltür öffnete, traute sie ihren Augen nicht. Da lag der Fritzli, selig schlafend, neben einem neugeborenen Kalb im Stroh. Sie wies die Kinder an, draußen zu warten und ganz leise zu sein.

Die Lehrerin spürte, was Fritzli da Einmaliges erlebt

hatte. Sie kniete sich neben ihn ins Stroh und strich ihm sanft übers Haar.

Als Fritzli die Augen öffnete, war er ganz verwirrt. Als er dann das neugeborene Kalb neben sich liegen sah, kam ihm alles wieder in den Sinn. Er erklärte Frau Roth, warum er weggelaufen war, und entschuldigte sich.

Frau Roth lächelte ihn nachsichtig an und sagte: «Ich bin einfach nur froh, dich gefunden zu haben. Und weißt du was? Bei der Schulweihnacht musst du nicht singen. Aber nach allem, was du da im Stall erlebt hast, könntest du die Geschichte vom Jesuskind erzählen, das auch in einem Stall geboren wurde.»

Fritzli strahlte Frau Roth erleichtert an und sagte: «Gern!»

Bei der Schulweihnacht, als die Kinder zum Singen auf der Bühne standen, saß Fritzli gemütlich im Publikum.

Anschließend kam sein Auftritt. Mit fester Stimme erzählte er vom Jesuskind, das in einem Stall in Bethlehem zur Welt gekommen war. Er erzählte, dass Gott selbst sich entschieden hatte, in seinem Sohn auf die Welt zu kommen, um auf Augenhöhe mit den Menschen zu leben, um ihnen zu zeigen, wie Leben gelingen kann. Um ihnen aufzutragen, Gott, sich selbst und ihre Nächsten zu lieben. Fritzli berichtete von der Angst der Hirten und wie sie im Stall beim Jesuskind totalen Frieden gefunden hatten. Er erzählte, wie die drei Weisen aus dem Morgenland den Weg zum neugeborenen König gesucht und gefunden hatten. Und nicht zuletzt erzählte er von den Heerscharen von Engeln, die gesungen hatten.

Die Zuschauenden waren berührt von Fritzlis Erzählung. Das klang alles so echt, als hätte er die Geburt im Stall selbst erlebt. Wenn man genau hinschaute, sah man da und dort jemanden eine Träne verdrücken.

Nach der Aufführung trat der Schuldirektor auf die Bühne und dankte allen Mitwirkenden. Ganz speziell bedankte er sich bei Fritzli, der diese wunderbare Geschichte von der Geburt Jesu im Stall von Bethlehem so eindrücklich erzählt hatte.

Als sich die Leute schon auf den Heimweg machten, ging der Direktor zu Fritzli, klopfte ihm auf die Schulter und sagte: «Ein Sänger wirst du wohl nicht mehr, aber sicher mal ein wunderbarer Bauer.»

Fritzli strahlte, und als Frau Roth noch nickend anfügte: «Und auch ein wunderbarer Geschichtenerzähler!», war die Welt für ihn wieder rundum in Ordnung. Und ein kleines bisschen freute er sich sogar schon auf die Schulweihnacht im nächsten Jahr.

AUF EINEM BIERDECKEL

Peter Osterried

Nach nahezu schneelosen Winterjahren hatte es endlich einmal geschneit! Luzias mädchenhaftes Lächeln hielt noch an, als sie die Wohnungstür öffnete, ihren Schlüsselbund aufs Mahagonitischchen warf und ihre von Schneekristallen bedeckten eleganten Wildlederstiefel – schön waren sie ja, bequem aber nicht im Entferntesten – mit einem entschlossenen Ruck abstreifte. Welche Befreiung, welche Wohltat nach stundenlangem Operieren in stehender, halb gebückter Haltung am OP-Tisch!

Endlich zu Hause! Endlich in ihrer Traumwohnung, die sie vor einem Jahr bezogen hatte. Es hatte so lange gedauert, ehe endlich eine Wohnung in einer oberen Etage mit Balkon gegenüber dem Stadtpark zu kaufen gewesen war. Immer hatte sie davon geträumt, in einem der alten Jugendstilhäuser etwas zu finden. Jetzt, nach ihrer Scheidung, wollte sie hier ihre letzten Berufsjahre verbringen und auch im Alter wohnen. Stadtzentrum und Klinik waren fußläufig zu erreichen, das sorgte für Bewegung vor und nach der Arbeit, und wenn sie einmal alt war, würde sie noch nicht einmal mehr ein Auto brauchen. Sie hatte einen durchaus praktischen Sinn für Lebensfragen, das brachte ihr Beruf so mit sich.

Luzia hatte schon immer guten französischen Rotwein geliebt, besonders an kalten Wintertagen. Bewaffnet mit einem großzügigen Viertel Châteauneu-du-Pape, von dem sie seit ihrem Studienjahr in Montpellier immer ein paar Flaschen im Weinregal auf Vorrat hortete, machte sie es sich an diesem Dezemberabend auf dem Sofa gemütlich und positionierte ihr Notebook auf ihrem Schoß. Nicht ohne Aufregung fuhr sie es hoch.

Das war ihr zu einer lieben Angewohnheit geworden, das Chatten im Netz. So viel Zuwendung Luzia in der Chirurgie ihren Patienten schenkte, so aufgeschlossen, wie sie für all ihre Ängste, ja manchmal auch intimen Probleme war, so sehr hatte sie es seit ihrer Scheidung verlernt, mit ihren Mitmenschen außerhalb des Klinikalltags persönlich in Kontakt zu treten.

Aber hatte sie es wirklich verlernt? Vielmehr war es eine bewusste Entscheidung gewesen. Nie wieder sollte jemand sie in ihrem privaten Zuhause verletzen! Kein Nachbar, keine vermeintliche Freundin, schon gar kein Mann. Doch bei diesem festen Entschluss hatte Luzia in mangelnder Selbsteinschätzung nicht bedacht, dass sie für das Einsiedlertum genauso wenig geeignet war wie eine lebenslustige spanische Tänzerin für ein Dasein im Kloster. Intimitäten vermisste sie nicht besonders, aber menschliche Nähe doch sehr.

Da war dieses Internetforum wirklich ein Glücksgriff gewesen! Dort trafen sich Theaterliebhaber aus aller Herren Länder. Luzia selbst war oft in einem Chatroom, in dem deutschsprachige Theaterfans sich miteinander austauschten. Von Internetkontakten hatte sie vor dieser Erfahrung nie etwas gehalten und auch nie welche gehabt. Sie war also durch puren Zufall auf das Forum aufmerksam geworden, als sie für eine Dienstreise nach Wien eine Liste mit kleineren Theatern gesucht hatte. Über diese Recherche war sie auf das Forum gestoßen, wo sich eben keine Aufschneider, Zombies oder Liebeshungrigen trafen, sondern ganz interessante Leute mit spannenden Ansichten, hilfreichen Tipps und eben mit demselben Hobby wie sie: die Welt der Bühne. Man kannte sich zumeist per Vornamen, und wenn man wollte, konnte man auch ein kleines Profil erstellen. Luzia hatte das gemacht, nicht aus Koketterie, sondern weil sie es selbst auch nett fand, von jemandem, mit dem sie schrieb, ein Bild zu haben. Sie hatte vermieden, ihren Beruf und ihren Wohnort anzugeben, sie blieb also immer noch anonym, aber die Selbstbeschreibung, ihr Foto und ihr Vorname waren echt.

Wie immer schaute sie zuerst in ihr Postfach. Schon wieder eine Nachricht von Chris! Die neue Ballettinszenierung in Stuttgart sei der Hammer, ob man da nicht einmal zusammen über ein Wochenende hinfahren wolle? Luzia überging diesen Vorschlag. Was doch die Weihnachtszeit mit den Menschen macht, dachte sie amüsiert. Denn erst seit ein paar Wochen schienen sich drei Herren in dem Chatroom noch für etwas anderes als Theater brennend zu interessieren: nämlich für Luzia.

Luzia fand das, ehrlich gesagt, ein bisschen anstrengend. Aber gut. Was sollte ihr in diesem Forum schon passieren? Hier würde sie von keinem Menschen verfolgt werden, und so änderte sich ja auch nichts an ihren grundsätzlichen Lebensentscheidungen nach der Trennung. Doch um nun wirklich ganz ehrlich zu sein: Weil Luzia jeden Annäherungsversuch in der realen Welt streng unterband, war sie für diese virtuellen Flirtschnipsel nicht gerade unempfänglich. Wer hörte denn nicht gerne Dinge wie: «Du bist eine interessante Frau, sagst kluge Dinge, und dein offenes Lächeln auf dem Foto gefällt mir»?

Luzia hatte sich die drei Herren aus Neugier natürlich auch angeschaut, oder vielmehr: Sie hatte es versucht, denn nur zwei der Kandidaten hatten ein Profilfoto. Chris wäre früher genau ihr Typ gewesen: offenes Lächeln, für sein Alter – vielleicht Mitte vierzig – noch jungenhaft, sportlich und dabei auch noch intelligent. Letzteres waren sicher alle drei, da musste sie nur die Chats lesen. Aber so wie Chris aussah, und das war wirklich nicht schlecht, beschränkten sich seine Kontakte zum anderen Geschlecht wohl kaum auf den virtuellen Raum. Und Casanovas kannte sie zur Genüge, die wurden auch baldigst zu Lügenbaronen. Der zweite Herr war Ferdinand. Er war etwas älter, sah auch nicht schlecht aus mit seinem gepflegten, angegrauten Dreitagebart. Doch das war es eben, die Herren um die Mitte fünfzig drehten alle noch einmal völlig ab.

Ja, und Martin? Von dem wusste sie eigentlich nur, dass er am regelmäßigsten schrieb. Seine Avancen waren viel weniger deutlich, er ließ vieles im Konjunktiv der vorgestellten Begegnung wabern: Wie schön es doch wäre, zusammen zu reisen, man könnte doch einmal essen gehen, und wo er wohne, sei es auch sehr schön. Auch heute war da wieder so eine Nachricht von ihm.

Schließlich klappte Luzia den Laptop zu und ging gähnend ins Bett.

Doch die Avancen der drei Männer ließen sie nicht zur Ruhe kommen. Was sollte sie bloß machen? Immer übergehen, immer absagen war nicht nur unhöflich, sondern irgendwie auch peinlich. Und wie sollte sie herausfinden, ob einer der Kandidaten wider Erwarten vielleicht doch etwas taugte? Luzia war fast so weit, sich aus dem Chatroom abzumelden. Im Theater, da wurde der Heldin in heiteren Komödienszenarien die Qual der Wahl immer abgenommen. Wenn sie Portia wäre, hätte ihr Vater eine Lotterie mit drei Kästchen für die Zeit nach seinem Tod arrangiert, und schwups, würde der beste Herr, Bassanio, das richtige Kästchen wählen und auf einem weißen Schimmel vorreiten … Ja, im Theater!

Am nächsten Morgen hatte Luzia frei und blickte bei einer Tasse Tee hinaus in den Schnee. Da kam ihr eine Idee, um die Herren charmant in die Schranken zu weisen. Wahrscheinlich hatten sie auf so eine theatralische Lotterie überhaupt keine Lust und würden gar nicht reagieren. Und wenn doch? Darüber könnte Luzia sich später immer noch Gedanken machen. Sie schrieb eine Gruppennachricht an die drei Herren:

Ihr Lieben, Ihr wollt mich ja unbedingt kennenlernen. Dafür müsst Ihr Euch aber anstrengen! Wer von Euch die schönste Weihnachtsgeschichte schreibt, die getippt auf einen Bierdeckel passt, mit dem treffe ich mich. L.

Wie erwartet, passierte zehn Tage lang gar nichts. Erleichtert dachte Luzia, die Sache habe sich damit erledigt. Sie freute sich auf die Weihnachtstage, an denen sie ausnahmsweise einmal keinen Notdienst hatte, und überlegte, ihre einzige noch lebende Verwandte zu besuchen, die Cousine ihrer verstorbenen Mutter.

Doch als sie am 22. Dezember abends nach Hause kam, sah sie auf ihrem Laptop eine Pop-up-Nachricht. Sie war von Martin, jedoch ohne Text. Lediglich ein Foto als Anhang? Es war das Foto eines Bierdeckels, auf dem liebevoll ausgeschnitten und geklebt folgender Text stand:

Eine mutige Adventskerze, die man gerade entzündet hatte, verließ am 13. Dezember abends das Haus, aus Angst, am Weihnachtsfest schon nicht mehr zu leben und zu brennen. Ob die Flucht ihr zu einem längeren Leben verhelfen würde, wusste sie selbst nicht. Aber in dieser Nacht spielte ein Stern Geige und beobachtete die ängstlichen Schritte der Kerze. Er hatte Mitleid mit ihr.
«Willst du mich küssen und mit mir leben?», fragte der Stern. Voll Glück eilte die Kerze zu ihm, um es wahr werden zu lassen. Doch kurz vor dem Kuss fragte sie den Stern noch, ob er einen Namen habe.
«Wir Sterne hier im Himmel haben alle Namen! Wenn wir uns geküsst haben, heißt du so wie ich: Luzia. Denn heute ist der Namenstag aller Mädchen, die wie das Licht heißen. Luzia heißt die Lichtvolle, die Strahlende. Und wir beide werden dann genau für diese Mädchen besonders hell leuchten, ihnen Glück bringen und an Weihnachten mit ihnen zusammen singen.»

Luzia schrieb, ohne nachzudenken, zurück, erst ihre Adresse, dann ihre Telefonnummer und zum Schluss nur fünf Worte:

Komm an Weihnachten, egal wann!

Hätte Luzia, wie die Sterne es vermögen, in die Zukunft blicken können, hätte sie jetzt schon gewusst, dass diese fünf Worte die beste Entscheidung ihres Lebens waren. Denn ihre Lotterie würde genauso zu einem Wunder führen wie Portias drei Kästchen im «Kaufmann von Venedig», Luzias Lieblingskomödie von Shakespeare.

RÜCKKEHR

Stephan Wilhelm

Ein alter Mann sitzt im Zug am Fenster und schaut hinaus in die verschneite Landschaft, die langsam vorbeizieht. Leicht nach vorn gebeugt beobachtet er aufmerksam, als müsse er einen bestimmten, kaum auszumachenden Punkt erkennen. Seine Augen huschen unruhig umher. Manchmal bleibt der Blick an irgendetwas hängen, gleich neben den Gleisen oder weiter entfernt. Dann schaut er wieder voraus, als suche oder erwarte er etwas. Ein anderes Mal erhellt ein Lächeln freudigen Erkennens sein Gesicht. Oder es zeigt Enttäuschung, wenn er das Gesuchte nicht findet. Die wachen, offenen Augen schauen nach Bäumen und Häusern, folgen den Biegungen des Flusses oder den Zügen der Berge auf der anderen Seite des Tals.

Während sich die Bahn gemächlich durch die Kurven schlängelt, bleibt dem alten Mann genug Zeit, das Gesehene in sich aufzunehmen. Seine Konzentration ist voll und ganz auf das Land vor dem Fenster gerichtet. Er bemerkt kaum die Menschen, die sich mit ihm im Zug befinden. Auch nicht die junge Frau, die ihm gegenübersitzt.

Interessiert betrachtet sie den alten Mann. Seine derbe,

gebräunte Haut, die bis in den Nacken fallenden weißen Haare, den ebenso üppigen wie struppigen Bart, die kräftige Nase und die leicht geneigte Stirn. Unter den buschigen Brauen blicken klare, helle Augen hervor. Die Linien um die Augen herum verraten den Witz und Humor, die in diesem Gesicht wohnen. Große, kraftvolle Hände ruhen auf den Oberschenkeln. Man sieht ihnen an, dass sie auch heute noch fest zupacken können. Die Haltung der Hände verrät Spannung, Unruhe. Der Mann sitzt jetzt kerzengerade da, als könnte er jeden Moment aufspringen, mit dem ausgestreckten Zeigefinger an die Scheibe klopfen und rufen: «Da, da, da ist es!»

Vor den Augen des Mannes zieht das weiße, verschneite Land vorbei, doch mit den Augen der Erinnerung sieht er es anders. Dieselbe Landschaft vor mehr als fünfzig Jahren. Sommer, wogende Felder und Wiesen, das satte Grün der Wälder, der Weg am Fluss, die alte Brücke mit dem Wehr, einzelne Gehöfte. Da ist das Dorf, der Dorfplatz mit der Kirche und den großen Linden, das Schulhaus, der Bahnhof und die Schmiede am Fluss. Immer wieder der Fluss.

Wenn er die Augen schließt, zieht die Landschaft in entgegengesetzter Richtung an ihm vorüber. Genau so hat er sie damals zum letzten Mal gesehen. Eine kleine Dampflok zog stampfend drei Wagen hinter sich her, und in einem saß ein junger Mann, gespannt, voller Erwartung. Der junge Mann beobachtete sehr aufmerksam, wollte sich jede Einzelheit genau einprägen. Über ihm im Gepäcknetz lag derselbe kleine graue Koffer wie heute. Damals, als er in eine fremde, ungewisse Zukunft fuhr, hatte er sich vorgenommen, irgendwann noch einmal hierher zurückzukommen. Vielleicht würde er dann das Geld für die Reise selbst haben, oder er würde noch einmal einen Pfarrer Christoph finden, der es ihm lieh.

Pfarrer Christoph war in dieser Welt der einzige Mensch gewesen, der Verständnis und Vertrauen zu ihm gehabt hatte. Er hatte auch Verständnis für seinen Entschluss gehabt, in die neue Welt zu gehen, und ihm das fehlende Geld und den Koffer gegeben. Dabei hatte er gesagt: «Auf der Reise, die ich noch antreten werde, brauche ich weder Koffer noch Geld.»

Zuversicht und Mut hatte dem Jungen auch gegeben, dass der alte Mann für ihn beten wollte. Für ihn, den alle nur einen Taugenichts, einen Schwächling und einen Dummkopf nannten, für den sie nur Spott, Hohn und Verachtung übrighatten. Daran hatte sich auch nichts geändert, nachdem er den Gesellenbrief als Sattler besaß. Weder in der Familie noch von anderen wurde er anerkannt.

Nur von Pfarrer Christoph hat der Junge Abschied genommen an jenem frischen hellen Sommermorgen. Ihn will er nun als Ersten und Einzigen besuchen. Er ist sich sicher, dass ihn im Dorf nach all den Jahren niemand erkennen wird. In aller Ruhe wird er sich überall umschauen können.

Beim Verlassen des Bahnhofsgebäudes bleibt der weißhaarige Mann stehen und schließt die Augen. Jetzt sieht die Dorfstraße so aus wie früher. Ja, da ist sie. Vor seiner Abreise damals hat er noch einmal zurückgeschaut und sie zufällig über die Straße laufen sehen. Das Mädchen mit dem langen Zopf hatte er über alles geliebt. Doch niemals hatte er je gewagt, sie anzusprechen. Nur ein einziges Mal hatten sich für Sekunden ihre Blicke getroffen. Ein einziges Mal. Sie hatte immer so traurige dunkle Augen gehabt. Das Mädchen hatte nicht zu denen gehört, die sich über ihn lustig machten. Sie ist seine große, heimliche Liebe geblieben.

Andächtig und voller Dankbarkeit steht der alte Mann nun am Grab seines Freundes und geistigen Vaters wie vor dem Monument eines Heiligen. Er betet stumm, sieht den freundlichen alten Pfarrer vor sich und hört seine Stimme. Das Gebet wird zum Gespräch. Er dankt für die Gebete um das Glück des Jungen und erzählt, wie sie erfüllt worden sind. Mehr als erfüllt. Der Junge und der Pfarrer hatten nie Briefe gewechselt. Trotzdem wusste er den guten Christoph stets an seiner Seite.

Er erzählt, wie er in der neuen, fremden und unwirtlichen Welt mit dem rauen Malmquist zusammentraf, der ihm die entscheidende Chance gab. Ohne es vielleicht zu wollen, verschweigt der alte Mann jedoch, dass er in den vielen Jahren, in denen er zufrieden und glücklich sein durfte, auch die Chance erhalten hat, das selbst erfahrene Vertrauen wiederum an andere weiterzugeben.

In der Christmette sitzt der alte Mann gedankenversunken in einer Ecke. Er schaut sich um, betrachtet neugierig die Menschen um sich herum, besonders die jungen. Ob von denen vielleicht jemand den kleinen grauen Koffer brauchen könnte? Vorn am Altar sieht er wie früher seinen alten Pfarrer Christoph stehen, hört ihn sprechen und singen.

Plötzlich schreckt er aus seiner Betrachtung hoch. Ihm

ist, als habe er das Lied von Pfarrer Christoph mitgesungen, während der wirkliche Pfarrer auf der Kanzel predigt. Verstört blickt er um sich, schaut eine neben ihm sitzende Frau an und blickt in zwei dunkle, etwas traurige Augen.

DER MANN, DER SEIN LACHEN VERLOR

Ronald Tietjen

Am Rande eines kleinen, verschneiten Dorfes, dessen Dächer im Winter wie mit Zucker bestäubt wirkten, stand ein graues, windgebeugtes Häuschen. In diesem Häuschen lebte ein Mann, der unter den Dorfbewohnern nur als Herr Grimbart bekannt war. Sein Gesicht war wie aus Stein gemeißelt: immer ernst, immer missmutig, und seine Stimme klang so rau wie der Wind, der durch die knorrigen Äste der kahlen Bäume wehte.

Die Kinder des Dorfes flüsterten sich Geschichten über Herrn Grimbart zu – mal gruselige, mal traurige. Manche sagten, er sei ein Zauberer, der sein Herz vor langer Zeit verloren habe. Andere meinten, er habe einfach die Welt satt und wolle nichts mehr mit ihr zu tun haben. Doch die Wahrheit war viel einfacher und tragischer: Herr Grimbart konnte einfach nicht mehr lachen.

Es war sieben Jahre her, dass das Lachen aus seinem Leben verschwunden war, wie ein Vogel, der einen stürmischen Himmel meidet. Und ohne Lachen verlor das Leben seinen Glanz. Darum sprach Herr Grimbart nur selten mit den Menschen im Dorf, nicht aus Bosheit, sondern aus Angst, dass sie sein Schweigen und seine Schwere nicht verstehen würden. Er lebte allein, hatte weder Freunde noch Familie – nur das graue Haus, den Wind und die endlose Stille.

Eines besonders frostigen Dezembermorgens, als der Schnee unter seinen schweren Stiefeln knirschte, machte sich Herr Grimbart auf zu einem seiner einsamen Spaziergänge. Der Wald hinter dem Dorf war seine Zuflucht; die verschlungenen Pfade und die stillen Lichtungen waren der einzige Ort, an dem er sich nicht fremd fühlte. Doch an diesem Tag war etwas anders.

Am Fuße einer schneebedeckten Eiche entdeckte er einen kleinen Vogel, dessen Flügel unnatürlich verdreht waren. Er war ein unscheinbares Geschöpf, mit einem Federkleid, das an verblassendes Blau erinnerte, und Augen, die trotz ihrer Hilflosigkeit vor Lebenswillen funkelten. Herr Grimbart hob den Vogel ganz vorsichtig auf, seine rauen Hände erstaunlich sanft.

«Du armer Tropf», murmelte er. «Bist zu schwach, um zu fliegen.»

Zu Hause bereitete er eine kleine Kiste mit weichem Moos vor und legte den Vogel hinein. Er suchte alte Stoffreste zusammen und wickelte sie um das verletzte Flügelchen, gab seinem gefiederten Patienten Wasser und Brotkrumen. «Du wirst nicht sterben», sagte er, mehr zu sich selbst als zu dem Vogel. Und so begann eine seltsame Freundschaft zwischen den beiden.

Der Vogel, den er Spatz nannte, weil er keinen besseren Namen wusste, erholte sich langsam. Herr Grimbart begann, mit ihm zu sprechen, um ihn zu beruhigen. Natürlich erwartete er nicht, dass der Vogel je antworten würde. Doch eines Abends, als der Wind um das Haus heulte und der Mond wie ein bleiches Auge durch die Wolken lugte, geschah etwas Wunderbares.

«Warum bist du so traurig, Mensch?», fragte eine leise, klare Stimme. Herr Grimbart, der gerade dabei war, den Ofen zu befeuern, fuhr erschrocken herum. Der Vogel saß auf einer Kiste und sah ihn an, mit einem Ausdruck, der beinahe weise war.

«Du kannst sprechen?» Herr Grimbart blickte ihn erstaunt an.

«Das kann ich», antwortete der Vogel. «Und du hast mein Leben gerettet. Also sag an, was bedrückt dich so sehr?»

Herr Grimbart zögerte. Es war lange her, dass er mit jemandem über sich selbst gesprochen hatte. Und jetzt sollte er mit einem Vogel sprechen?

Doch dann brachen die Worte fast aus ihm heraus: «Ich habe mein Lachen verloren. Vor sieben Jahren. Es verschwand einfach, als meine Frau von mir ging. Sie war schwer krank. Seitdem ist alles grau. Ich habe immer gerne gelacht, und mein Lachen war immer echt. Es kam von Herzen, und jetzt … ist da nichts.»

«Nichts ist nur eine Leere, die darauf wartet, gefüllt zu werden», entgegnete der Vogel. «Bedenke, dass das Lachen keine Antwort auf die Welt ist, sondern eine Schöpfung aus dir selbst heraus. Es formt sich aus dem Staub deiner Sorgen und dem Gold deiner Träume. Und so, wie der Stern die Dunkelheit nicht fürchtet, so findet das Lachen auch in der tiefsten Nacht seinen Weg.»

Herr Grimbart runzelte die Stirn. Lange dachte er über die Worte seines Gegenübers nach. «Aber wie lange soll ich noch warten?», fragte er und schloss die Augen dabei. «Jeder Tag ist für mich so grau wie der nächste. Ich glaube langsam, ich habe es einfach nicht mehr verdient zu lachen.»

«Bist du dir da sicher?», entgegnete der Vogel. «Du hast mich gerettet, obwohl ich für dich ein Nichts war. Vielleicht liegt die Antwort, die du suchst, in kleinen Taten, nicht in großen. Das Herz ist ein merkwürdiges Ding; es gibt, ohne zu erwarten.»

Die Wochen vergingen, und Herr Grimbart pflegte den Vogel weiterhin. Schließlich kam der Tag, an dem Spatz endgültig genesen war, seine Flügel waren stark genug, um ihn zu tragen. Herr Grimbart brachte ihn nach draußen, wo der Schnee in der Wintersonne glitzerte. Er war gleichzeitig froh, dass es Spatz wieder so gut ging, und traurig, dass dieser ihn nun verlassen musste.

«Nun», sagte der Vogel, als er in das traurige Gesicht des Mannes blickte, «ich möchte dir zum Abschied noch einen Wunsch erfüllen, also überlege gut. Was ist dein Wunsch?»

«Gib mir mein Lachen zurück», sagte Herr Grimbart, ohne zu zögern. «Denn so will ich nicht länger weiterleben.»

Der Vogel neigte seinen kleinen Kopf. «Ich würde es dir gern geben, doch das geht leider nicht. Denn das Lachen ist kein Besitz, den man einfordern oder sich wünschen kann. Es ist ein Geschenk, das uns das Leben selbst macht, wenn wir bereit dazu sind, die Welt mit neuen Augen zu sehen. Halte einfach die Augen offen, Mensch.»

Mit diesen Worten breitete Spatz seine Flügel aus und flog in den Himmel hinauf. Herr Grimbart sah ihm lange nach, bis er nur noch ein kleiner Punkt am Horizont war.

Dann geschah plötzlich etwas Seltsames. Der Punkt am Horizont leuchtete auf, heller und heller, bis er wie ein Stern am Himmel stand. Ein warmes, goldenes Licht schien die Welt zu umhüllen, und in diesem Moment spürte Herr Grimbart etwas in seinem Inneren, das er lange nicht mehr gefühlt hatte.

Und tatsächlich … er lächelte. Das erste Mal nach sieben Jahren. Zuerst war es nur ein zaghaftes Lächeln, fast vergessen, doch es wuchs und wuchs, bis es zu einem lauten, glücklichen Lachen wurde, das von den Hügeln widerhallte.

Die Dorfbewohner, die ihn sogar aus der Ferne hören konnten, staunten. Der missmutige Herr Grimbart, der schweigsame Mann am Waldrand, lachte! Und es war, als ob die Welt am Vorabend vor Weihnachten dabei selbst ein bisschen heller wurde.

Von diesem Tag an war Herr Grimbart nicht mehr derselbe. Er war wie verwandelt, begann, mit den Dorfbewohnern zu sprechen, Kindern Geschichten zu erzählen und sogar an Feierlichkeiten teilzunehmen.

Jedes Jahr, wenn der Weihnachtsstern am Himmel erschien, dachte er an Spatz, seinen kleinen Vogel, der ihm gezeigt hatte, dass Wunder manchmal in den kleinsten Dingen verborgen sind. Und so lebte Herr Grimbart weiter, endlich wieder glücklich und nicht mehr allein, sondern umgeben von Freunden und der Freude, die er selbst viel zu lange verloren geglaubt hatte.

INHALT

HINWEIS FÜR DIE LESERINNEN UND LESER

Vielleicht haben die hier veröffentlichten Geschichten Sie angeregt, selbst eine Weihnachtsgeschichte zu schreiben.

Wenn Sie, liebe Leserinnen und Leser, sich mit einem Beitrag beteiligen möchten, schicken Sie Ihre Geschichte bitte ausschließlich an folgende Anschrift:

Barbara Mürmann
Postfach 605564
22250 Hamburg
oder per E-Mail: weihnachtsgeschichten@winbot.de

Ihre Geschichte sollte bitte noch unveröffentlicht, nicht länger als 5 Manuskriptseiten (pro Seite 30 Zeilen à 60 Anschläge) und bis spätestens **Ende März 2026** eingetroffen sein. Bitte geben Sie Ihren Kontakt an, damit wir Sie anschließend erreichen können.

Von den vielen eingesandten Geschichten hat die eine oder andere durchaus die Chance, wenn nicht in diesem, dann in einem der nächsten Bände der *Weihnachtsgeschichten am Kamin* veröffentlicht zu werden.

***

Wir freuen uns über eingereichte Manuskripte, können jedoch weder für sie haften noch sie zurücksenden oder in jedem Fall Korrespondenz darüber führen. Die Einsendung der Manuskripte erfolgt unverbindlich; eine Veröffentlichung kann nicht garantiert werden.

SENDEN SIE UNS IHR SCHÖNSTES WEIHNACHTSGEDICHT!

Dichten Sie gerne? Vermissen Sie auch die schöne Tradition der Weihnachtsgedichte – und würden Sie gerne einmal ein neues Weihnachtsgedicht lesen, hören oder gar vortragen? Machen Sie mit und senden Sie uns Ihr selbst geschriebenes, noch unveröffentlichtes Weihnachtsgedicht!

Schreiben Sie an: weihnachtsgedichte@rowohlt.de

Oder per Post:
Rowohlt Taschenbuch Verlag
Stichwort: Weihnachtsgedichte
Kirchenallee 19
20099 Hamburg

Vielleicht hat auch Ihr Gedicht die Chance, in der Sammlung «Die schönsten Weihnachtsgedichte am Kamin» veröffentlicht zu werden. Einsendeschluss ist **Ende März 2026**. Bitte denken Sie daran, Ihren Kontakt anzugeben, wenn möglich, auch mit einer E-Mail-Adresse.

Die Einsendung erfolgt unverbindlich, eine Veröffentlichung kann nicht garantiert werden. Für zugeschickte Beiträge übernimmt der Verlag keine Haftung; sie werden nicht zurückgeschickt. Es ist leider nicht möglich, über jeden Beitrag individuell Korrespondenz zu führen.

Wir freuen uns über jeden eingereichten Text!